HEDWIG COURTHS-MAHLER

Ihr Reisemarschall

HEDWIG
COURTHS
MAHLER

Ihr Reise-marschall

WELTBILD VERLAG

Genehmigte Lizenzausgabe für
Weltbild Verlag GmbH, Augsburg 1998

Einbandgestaltung: Peter Engel, München
Titelfoto: Superbild, München
Gesamtherstellung: Presse-Druck Augsburg
Printed in Germany
ISBN 3-89604-204-1

I

»Nein, nein, Ceda, so geht das nicht weiter! Ich finde mich in diesen Rechnungen nicht zurecht. All diese Widerwärtigkeiten vergällen mir die ganze Reise. Diese Deutschen sind schwerfällige und gründliche Menschen.«

»Aber Mamia, Vater war auch ein Deutscher, und wie prächtig bist du mit ihm ausgekommen!« rief Ceda lächelnd.

»Ja, dein Vater! Das war eben ein besonderer Mensch. Seinesgleichen gibt es nicht noch einmal. Ich habe ihm versprechen müssen, daß ich mit dir nach Europa gehe, hauptsächlich nach Deutschland, sobald du dein zwanzigstes Jahr vollendet hättest, falls er selbst nicht mehr dazu käme, mit uns zu reisen. Leider hat er uns allein gelassen. Und nun sind wir hier in Berlin, und dies Deutschland bringt mich schon beim Beginn unserer Reise fast um.«

Mercedes Nordau, von ihrer Mutter und ihren Freunden nur Ceda gerufen, schlang den Arm um ihre Mutter.

»Rege dich doch nicht auf, Mamia, es ist wirklich unnötig. Alles wird sich einrichten lassen. Mir gefällt es in der deutschen Heimat meines Vaters sehr gut. Von Berlin bin ich sogar entzückt. Ich freue mich, daß wir hier sind.«

Señora Nordau, eine echte Spanierin, noch sehr schön mit ihren dreiundvierzig Jahren, nur viel zu üppig, gestikulierte heftig mit den schönen, ein wenig zu molligen Händen, an denen kostbare Ringe funkelten.

»Ich halte es aber nicht aus, Ceda. Welchen Genuß habe ich von dieser Reise, wenn ich mich dauernd mit tausend Kleinigkeiten herumärgern muß. Um alles muß ich mich kümmern! Pedro, der sonst ein so guter und brauchbarer Diener ist, erscheint direkt hilflos hier, weil er die deutsche Sprache nicht beherrscht, und Juanita ist zwar eine erstklassige Kammerfrau, versteht aber von allen anderen Dingen nichts. Du aber kümmerst dich um gar nichts!«

»Weil du es absolut nicht willst, daß ich mich um etwas kümmern soll.«

»Nein, das sollst du auch nicht! Ärger macht alt und häßlich! Du sollst schön bleiben, zu meiner Freude. Wenn ich nur die deutsche Sprache besser beherrschte! Vater habe ich immer verstanden, aber hier verstehe ich die Menschen oft nicht richtig.«

»Dann kann ich doch aushelfen, Mamia!«

»Damit auch du dann mitten im Ärger drin stehst! Nein, nein, so geht es nicht weiter!«

»Du hättest auf Alfonso hören sollen, Mamia, er riet uns dringend, für diese Reise einen Reisemarschall anzustellen, der uns all diese Unannehmlichkeiten abnehmen würde.«

Ganz verzagt sah Señora Nordau zu ihrer Tochter auf.

»Ja, ja, Alfonso Mentora hatte recht, ich hätte auf ihn hören sollen. Aber ich dachte mir alles viel leichter. Wenn man das nun noch nachholte, Ceda, ob es so etwas hier gibt?«

Mit einem Ruck erhob sich Ceda aus dem tiefen Sessel, in dem sie gesessen hatte, und stand nun in ihrer ganzen ranken und schlanken Höhe vor der kleinen Mutter, die hilflos zu ihr aufsah.

»Gewiß, Mamia, warum soll es so etwas hier nicht geben? Ich habe im Inseratenteil verschiedener deutscher Zeitungen gelesen: Reisebegleiter gesucht! Dabei habe ich an dich und deine Nöte gedacht. Alfonso hatte ganz recht! Wenn wir von dieser Reise etwas haben und uns allen Ärger ersparen wollen, müssen wir einen Reisemarschall haben, der dir zugleich als Sekretär dienen kann, den du dir schon längst hättest anschaffen müssen. Seit Vaters Tod hast du viel zuviel mit allerlei Schreibereien zu tun, kleine Mamia, das schafft dir Verdrießlichkeiten über Verdrießlichkeiten. Also, kurz entschlossen, wir suchen uns einen Reisemarschall, einen Mann von guter Erziehung, der weiß, was er Damen schuldig ist, der uns überallhin begleiten kann als Kavalier, der uns alles Verdrießliche abnimmt, sich um Fahrscheine, Theaterbilletts, Rechnungen und Zuganschlüsse kümmert, Briefe für dich schreibt, in den Hotels Zimmer für uns bestellt, Autos herbeiruft, wenn wir sie brauchen, und tausend andere Dinge tut, die wir nicht selbst besorgen können und für die weder Pedro noch Juanita zu gebrauchen sind. Dann erst werden wir Vergnügen an dieser Reise haben.«

»Also, du meinst wirklich, daß so ein Reisebegleiter all das erledigen kann?«

»Selbstverständlich! Wenn man in der Lage ist, zu bezahlen, gibt es alles, was man braucht. Es muß selbstverständlich ein Mann von gutem Aussehen sein, der ein elegantes, sicheres Auftreten hat und mit dem man sich sehen lassen und an einem Tisch essen kann. Wir werden gleich ein Inserat aufgeben.«

Señora Nordau atmete wie erlöst auf.

»Ach, Ceda, wäre das eine Wohltat! Ja, das wollen wir tun, einen solchen Mann müssen wir haben. Erst dann werde ich wirklichen Genuß von der Reise durch Europa haben. Zwei Damen allein, das hat immer seine Schattenseiten. Dein lieber Vater ist ja leider nicht mehr am Leben, um uns zu beschützen. Mit ihm zu reisen war herrlich. Er war ein echter Kavalier. Alles Störende räumte er aus dem Weg, und durch ihn bin ich sehr verwöhnt worden. In jeder Beziehung.«

Cedas Augen waren feucht geworden. Noch immer konnte sie es nicht ruhig mit anhören, wenn von ihrem Vater gesprochen wurde, der ihr vor mehr als zwei Jahren durch den Tod entrissen worden war. Sie hatte ihn sehr geliebt, viel mehr noch als ihre Mutter, die ihr immer nur als ein Wesen erschienen war, das man wohl sehr liebhatte, mit dem man aber nicht das Ernste und Tiefe besprechen konnte, was man empfand. Ganz anders hatte sie mit Vater gestanden, mit diesem geistbetonten, zielbewußten und vornehm denkenden Mann, der ihr Unendliches gegeben, der sie eingeführt hatte in eine wunderbare Geisteswelt, der ihr das Verständnis für viele Dinge erschlossen hatte, die sie sonst nie begriffen hätte. Mit der kleinen, von ihr und dem Vater verwöhnten Mamia konnte man nur über Oberflächliches reden, sie lebte im Alltäglichen, glitt immer nur auf der Oberfläche des Lebens dahin. Sie war gewiß liebevoll und gutherzig, konnte sich auch leicht für einen Menschen begeistern, der ihr gefiel, aber ihre Gefühle und Gedanken basierten immer nur auf

Äußerlichkeiten. Von der Mutter wurde sie geliebt, weil sie schön war, weil es ihrer Eitelkeit schmeichelte, eine schöne Tochter zu haben, und weil, da sie nun selbst nicht mehr umschwärmt und verehrt wurde, ihre Tochter die gesellschaftlichen Triumphe feiern sollte, die sie selbst in ihrer Jugend hatte verbuchen können. Die Triumphe ihrer Tochter sollten fortan ihr Glück sein. Der Vater hatte die kleine, schöne Mamia herzlich geliebt, aber er hatte oft gutmütig überlegen über sie gelächelt, hatte sie immer als ein zärtlich geliebtes, spielerisches Kind betrachtet, dem man keine ernste Lebensaufgaben zutrauen durfte und dem man alles Schwere und Ernste aus dem Weg räumen mußte, um es bei guter Laune zu erhalten. So war die Mutter auch für Ceda mehr ein Wesen, das man beschützen und behüten mußte.

Wieviel mehr hatte ihr der Vater bedeutet. Von ihm hatte sie geerbt, was tiefgründig und wertvoll in ihr war. Von der Mutter hatte sie nur das etwas feurige Naturell, das sie immer zu beherrschen suchte, und die graziöse Anmut des Wesens, die alle Menschen bestrickte. Der Verlust des Vaters hatte sie tief erschüttert, und es hatte lange gedauert, bis sie einem Leben ohne ihn wieder Interesse abgewinnen konnte.

Äußerlich hatte Ceda die Schönheit der Mutter geerbt, ihre feinen Züge, das wundervolle dunkle Haar, den schöngeschwungenen blaßroten Mund, die seidigen Wimpern und die herrlich geschwungenen Brauen von dunkler Farbe. Die hohe, schlanke Gestalt, die so gar nicht an die kleine üppige Mutter erinnerte, war hingegen väterliches Erbteil, ebenso die hell leuchtenden grauen Augen, die einen überraschenden Kontrast bildeten zu den langen dunklen Wimpern und Brauen. Ihr Teint gemahnte an die Haut eines reifen Pfirsichs. Solange sie die Augen nicht aufschlug, sah man ihr an, daß sie Südländerin war, aber die grauen Augen erinnerten an den deutschen Vater. Es war Señora Nordau nicht zu verdenken, daß sie sehr stolz auf ihre schöne Tochter war.

Ceda wandte sich schnell ab, um der Mutter die feuchten Augen zu verbergen. Sie liebte es nicht, ihre Gefühle zu zeigen. Wenn nicht zuweilen ihr südlich-feuriges Temperament mit ihr durchging, wirkte sie kälter, als sie in Wirklichkeit war.

Ceda ließ sich an dem Schreibtisch des mit der landläufigen Eleganz guter Hotels ausgestatteten Zimmers nieder und setzte ein Inserat auf. Das zeigte sie dann der Mutter, die es langsam durchlas, weil sie mit der deutschen Sprache noch immer auf Kriegsfuß stand. Dann nickte sie strahlend.

»Oh, gut, sehr gut, Ceda, daß du darauf hingewiesen hast, daß es uns angenehm ist, wenn dieser Reisebegleiter auch die spanische Sprache beherrscht, dann kann er sich auch mit Pedro und Juanita verständigen. Hoffentlich finden wir einen uns angenehmen und sympathischen Herrn. Laß es gleich aufgeben.«

Ceda klingelte, und der spanische Diener Pedro, der ebenso wie die Kammerfrau die Damen von Mexiko herüberbegleitet hatte, erschien. Ceda gab Pedro Befehl, ihr den Boy heraufzuschicken, denn Pedro war nicht imstande, sich mit dem Portier unten zu verständigen, da er außer seiner Muttersprache nur sehr mangelhaft englisch sprach. Er war sonst ein tadellos geschulter Diener und schon seit zwanzig Jahren im Nordauschen Haus angestellt. Auch Juanita war schon lange Jahre im Dienst der Damen, sprach aber nur spanisch.

Als der Boy erschien, gab ihm Ceda in korrektem Deutsch, das nur einen leisen fremden Akzent hatte, den Auftrag, das Inserat sogleich zu besorgen. Der Boy verneigte sich und ging. Als die Damen wieder allein waren, setzte sich Ceda lächelnd an die Seite ihrer Mutter.

»So, Mamia, nun wollen wir einmal zusammen diese Rechnung durchsehen. Für mich ist das bedeutend leichter, da ich die deutsche Sprache vollkommen beherrsche.«

»Oh, du bist auch viel klüger als deine alte Mamia. Aber ich will doch nicht, daß du dich mit solchen widerwärtigen Dingen herumplagst.«

»Das wird ja nicht mehr nötig sein, sobald wir einen Reisemarschall haben werden.«

»Wie gut!«

»Alfonso wird triumphieren, wenn er hört, daß wir nun doch seinen Rat befolgt haben.«

»Ja, Alfonso ist auch klug. Ihr paßt sehr gut zueinander.«

»Er ist mein guter Freund, Mamia.«

»Eines Tages wird er dir mehr sein, Ceda.«

Ceda wehrte hastig ab.

»Quäle mich damit nicht; er wird mir immer nur ein guter Freund bleiben. An etwas anderes wollen wir jetzt nicht denken. Zunächst kommt es darauf an, daß wir jemand finden, dem wir uns anvertrauen können.«

»Es wird mir eine Wohltat sein, wenn ich all diese kleinen Sorgen und Verdrießlichkeiten auf die starken Schultern eines Mannes abwälzen kann. Ich bin eben nicht geschaffen, ohne den Schutz eines Mannes, der mir alle Widrigkeiten fernhält, durchs Leben zu gehen.«

Ceda lachte und streichelte die Hand der Mutter.

»Kleine Mamia, dir fehlt Vater noch viel mehr als mir, so schwer mich sein Verlust auch getroffen hat.«

»Ja, du bist eben stärker und selbständiger als deine arme Mamia. Ich habe es nie anders gelernt. Bei meiner Erziehung ist da viel versäumt worden. Dein Vater hat immer darauf gehalten, daß dein Wille gestärkt wurde. Wie oft hat er zu mir gesagt: ›Sie soll nicht so weiches Wachs werden in der Hand des Schicksals wie du, Graziella. Eine Frau der neuen Zeit muß wissen, was sie will‹.«

Liebevoll streichelte Ceda noch immer die kleine mollige Hand ihrer Mutter. Ihre Augen blickten sinnend ins Weite. Sie sah im Geiste die hohe, stattliche Gestalt des Vaters vor sich, seine kraftvollen Bewegungen, den energischen, entschlossenen Ausdruck seines markanten, stolzen Gesichtes, daß er die Mutter sehr geliebt hatte, wußte sie, aber jetzt, da sie reifer und verständiger geworden war, erkannte sie auch, daß er das Beste an ihrer Seite immer entbehrt hatte: den verständnisvollen Lebenskameraden, die Frau, die mit ihm durch alle Höhen und Tiefen ging. Und kurz vor seinem Tod, der jäh durch einen schweren Autounfall erfolgt war, als er eines Tages noch stolz und aufrecht neben ihr durch die Felder der Hazienda geritten war, hatte er ernst und zärtlich zu ihr gesagt: »Du, Ceda, bist mein Lebenskamerad geworden, wie es Mamia nie sein konnte. Ich bin glücklich und stolz, dein Vater zu sein.«

Diese Worte hörte Ceda im Geiste noch oft. Sie hatten sich ihr ins Herz gegraben und galten ihr als ein köstliches Vermächtnis, das ihr niemand entreißen konnte. Immer wollte sie so leben und so handeln, daß der Vater mit ihr hätte zufrieden sein können. Er gab ihr noch immer die Richtschnur für ihr Leben.

Für sie wäre ein Reisebegleiter nicht nötig gewesen, sie hätte sich überall zurechtgefunden, hätte auch der Mutter über alle Schwierigkeiten hinweghelfen können. Aber die kleine Mamia mußte ihre Ruhe haben, und deshalb mochte nun ein fremder Mann versuchen, ihr Halt und Stütze zu sein. Sie selbst würde sich mit ihm abfinden. Hoffentlich fanden sie einen Menschen, der ihnen sympathisch war und dem sie ihr Vertrauen schenken konnten. Mit einer unsympathischen Person in so naher Berührung zu leben war natürlich ausgeschlossen.

Ihre Mutter hatte freilich nicht so stark ausgeprägte Sympathien und Antipathien, sie kam gut mit jedermann aus und begeisterte sich leicht für diesen und jenen, der es nicht verdiente. Nur Unbequemlichkeiten durfte ihr niemand machen, dann war sie schon zufrieden. Für Ceda aber gab es ein sehr starkes Für und Wider, wenn sie mit fremden Menschen zusammenkam. Wenn sie sich auch gut beherrschen konnte und ihre Empfindungen nicht preis gab, so wußte sie doch immer gleich, wen sie leiden konnte und wen nicht. Gerade weil sie sehr impulsiv war, versuchte sie sich immer zu beherrschen, denn ihr Vater hatte ihr einst gesagt: »Es werden einmal viele Menschen von dir abhängig sein, über deren Wohl und Wehe du zu entscheiden hast, deshalb mußt du dich selbst zuerst beherrschen lernen. Nur wer sich selber beherrschen kann, ist fähig, anderen ein gerechter Herr zu sein.« Und diese Worte ihres angebeteten Vaters hatte sie sich tief eingeprägt.

II

Christa Römer sah zu Professor Bergt hinüber:

»Ist noch etwas zu erledigen, Herr Professor?«

Das mächtige, von buschigem grauen Haar und Bart umwallte Haupt des Professors wandte sich ihr zu. Er sah eine Weile wie geistesabwesend in ihre Augen. Dann klärte sich sein Blick und ruhte wohlgefällig auf der anmutigen schlanken Gestalt seiner jungen Laborantin, die in weißem Arbeitskittel, das blonde Haar fest eingebunden in eine weiße Binde, vor ihm stand und ihn mit ihren tiefblauen Augen ansah.

»Nein, kleines Fräulein, Sie können Schluß machen, wenn Sie die Analysen fertig haben.«

»Es ist alles fertig, Herr Professor!«

»Schön, dann ziehen Sie schnell den häßlichen Laborkittel aus, damit ich mich noch ein Weilchen an Ihrer Erscheinung laben kann. Auch die Binde herunter von dem blonden Haar, damit ich die Lockenpracht genießen kann.«

Mit geschickten Griffen hatte sie das getan und stand nun in ihrem schlichten, aber vornehm wirkenden dunkelblauen Kleid mit weißem Kragen und Ärmelaufschlägen vor ihm.

»Viel ist auch so nicht an mir zu sehen, Herr Professor«, sagte sie schelmisch.

»Das zu beurteilen können Sie ruhig anderen Leuten überlassen. Sie selbst verstehen sicherlich am wenigsten davon, zumal Sie den ganzen Tag nicht in den Spiegel sehen können, weil Sie genug andere Beschäftigung haben. Schade, Fräulein Christa, daß Sie Ihr junges Leben in meinem nüchternen Laboratorium vertrauern müssen.«

»Von ›vertrauern‹ kann gar keine Rede sein, Herr Professor; ich bin den ganzen Tag vergnügt und froh und Ihnen so dankbar, daß Sie mich gebrauchen können und mir die Stellung einer Laborantin gegeben haben.«

»Na, lieber Gott, das war doch wenig genug, was ich für meinen alten Freund Römer tun konnte. Ich hätte Ihnen ja gern auf andere Art geholfen, wenn Sie nur nicht so ungemein stolz gewesen wären und jede andere Hilfe abgelehnt hätten.«

Christas Gesicht wurde ernst.

»Sie denken hoffentlich zu gut von mir, Herr Professor, als daß Sie annehmen könnten, ein Gnadenbrot in Ihrem Hause könne mir lieber sein als eine Position, in der ich mir ehrlich mein Brot verdienen kann.«

»Na, beißen Sie nur nicht gleich und sehen Sie mich nicht mit so stolzen, abweisenden Augen an wie damals, als ich Ihnen das Anerbieten machte, in meinem Haus eine Zuflucht anzunehmen.«

Christa lachte ein wenig.

»Seien Sie nur nicht böse, Herr Professor, es war sehr lieb und gut von Ihnen gemeint, aber es ist mir viel lieber so, daß Sie mir eine Stellung als Laborantin anboten. Ich hatte nur schreckliche Angst, ob ich sie auch ausfüllen könnte.«

»Na, das wäre – als Tochter eines Arztes muß Ihnen doch so was in den Fingerspitzen liegen.«

»Sie sind also wirklich zufrieden mit mir und tun nicht nur so?«

Er lachte.

»Ich wüßte gar nicht, was ich ohne Sie anfangen sollte, so haben Sie mich verwöhnt. Alles läuft wie am Schnürchen, man braucht nicht viel zu reden. Sie kapieren schon, ehe man den Mund auftut. Na ja, es sitzt Ihnen eben im Blut vom Vater her.«

»Wie mich das froh macht, das Sie mit mir zufrieden sind und daß ich auf eigenen Füßen stehen kann. Wieviel besser ist das, als wenn Sie mich als lästiges Anhängsel der Frau Professor ins Haus gebracht hätten.«

Professor Bergt fuhr mit der Hand durch den grauen Haarbusch und lachte grimmig vor sich hin.

»Ja, ja, die Frau Professor! Kindchen, das ist so 'ne Sache. Wenn Sie eine Ahnung hätten, was das für eine vornehme und stolze Dame ist! Wahrhaftig, ich glaube, Sie waren klüger als ich und haben das bessere Teil erwählt. Es ist schon keine reine Freude, im Hause Bergt der Hausherr zu sein, wieviel weniger – na – Schwamm drüber, Kindchen. Nun will ich Sie aber nicht mehr länger aufhalten.«

»Es ist ja noch früh heute. Aber ich freue mich, daß ich heute so zeitig fortkomme, mein Bruder wird heute abend bei mir sein.«

»So, so, der Heinz! Wie geht es ihm denn? Hat er noch keine neue Anstellung in Aussicht?«

»Leider noch nicht! Es gibt jetzt so wenig freie Stellen.«

»Und außerdem ist er ebenso verflixt stolz wie seine Schwester Christa und will sich von keinem Menschen helfen lassen.«

»Sie müssen verstehen, Herr Professor, daß das einem Mann noch viel schwerer ankommt. Zum Glück hat er sich in seiner vorigen Stellung einige tausend Mark sparen können, die er allerdings nicht gern ausgeben möchte, da er immer noch damit liebäugelt, sich später eine Klitsche kaufen zu können. Er ist nun mal mit Leib und Seele Landwirt, wenn er auch sein Studium nicht fortsetzen konnte. Es wird sich aber schon was für ihn finden.«

»Hm! Schade, daß er seine Position bei Konstantin Rohwald durch dessen plötzlichen Tod verloren hat. Ist doch ein interessantes, großzügiges Leben gewesen, was er mit ihm hat führen können.«

»Sicherlich, Herr Professor, die ganze Welt hat er kennengelernt. Er ist Konstantin Rohwald auch sehr dankbar. Es war ein Unglück für meinen Bruder, daß Herr Rohwald dieser schrecklichen Blutvergiftung zum Opfer fiel, kaum vier Wochen nachdem er von einer seiner großen Reisen zurückgekehrt war. Mein Bruder betrauert ihn ehrlich, ganz abgesehen davon, daß er eine vorzügliche Stellung verlor. Er war ein so geistvoller und vornehmer Mensch.«

»Unbedingt! Und sein immenser Reichtum, der ihm erlaubte, ein so großzügiges Reiseleben zu führen, fällt nun an entfernte Verwandte, die er nie hat leiden können. Glauben Sie mir, Fräulein Christa, wenn er eine Ahnung gehabt hätte von seinem frühen Tod, dann hätte er sicherlich Ihren Bruder in seinem Testament bedacht. Denn Heinz war ihm doch in all den Jahren viel mehr ein Freund geworden als ein bloßer Reisebegleiter und Sekretär.«

»Ja, sie waren wirklich Freunde geworden; deshalb hat Heinz seinen Tod auch so schwer verwunden. Das Unglück kam so überraschend. Ein Glück nur, daß Herr Rohwald meinem Bruder nach jeder größeren Reise immer ein glänzendes Zeugnis ausstellte. Das war eine seiner Sonderbarkeiten. Heinz hat oft darüber gelacht, aber nun ist er doch froh, daß er so glänzende Zeugnisse von ihm besitzt. Eine ähnliche Stelle wird er freilich nie wieder bekommen.«

»Wie lange stand denn Ihr Bruder in Rohwalds Diensten?«

»Fast neun Jahre. Heinz hatte ihm an der Front einmal einen Dienst leisten können, den Rohwald sehr hoch einschätzte. Er behauptete immer, Heinz hätte ihm das Leben gerettet, wenn es Heinz auch immer wieder in Abrede stellte, weil es nur ein Zufall gewesen war. Als Heinz nach dem Krieg vor dem Nichts stand, weil unsere Übersiedlung von Spanien nach Deutschland bei Kriegsbeginn Vaters ganze Existenz vernichtet hatte und der Vater im dritten Kriegsjahr draußen im Feldlazarett starb, konnte Heinz sein Studium nicht vollenden. Was Vater sich in den fünfzehn Jahren seines Aufenthaltes in Spanien verdiente, hatte er als Kriegsanleihe gezeichnet, weil er es für seine Pflicht hielt. Heinz hatte also so gut wie keine Aussichten, und da griff er mit beiden Händen zu, als ihm Herr Rohwald das Anerbieten machte, sein Sekretär und Reisebegleiter zu werden. Rohwalds kolossales Vermögen war in Holland und Schweden investiert, und so ist ihm auch in der Inflation nichts verlorengegangen. So war für Heinz gesorgt, und all die Jahre blieb er in Rohwalds Diensten.«

»Und Sie blieben indessen bei Ihrer Tante Johanna zurück, die das wenige, was sie aus den Trümmern gerettet hatte, mit Ihnen teilte, als Sie Ihre Eltern verloren hatten. Eine tapfere, unverzagte Frau, Ihre Tante Johanna, von der Art Ihres Vaters. Wissen Sie, Kindchen, daß ich Ihre Tante Johanna mal sehr liebgehabt habe? Sie sollte meine Frau werden, aber –

sie hatte einen anderen lieb. Und – da ging ich hin und freite die stolze Frau Professorin, weil nun doch alles egal war und – weil sie Vermögen hatte. Ist mir schon recht geschehen, warum habe ich mich verkauft.«

Das klang sehr bitter. Christa sah ihn mitleidig an.

»Tante Johanna hat es mir anders erzählt. Sie hat gesagt, Georg Bergt habe in seiner Verzweiflung eine Torheit begangen: weil er vergessen wollte, nahm er die erste beste, ohne Überlegung.«

Der alte Herr wandte sich ab und machte sich an seinem Arbeitstisch zu schaffen.

»Na, wie es auch war, Kindchen, es hat wohl so sein sollen. Aber vernünftig war es von Ihrer Tante Johanna, daß sie an mich schrieb, als sie ihr Ende kommen fühlte: ›Nimm dich meiner Nichte Christa an, sie ist deines alten Freundes Kind, und er starb für das Vaterland‹.«

»Und Sie kamen schnell und traten für mich ein, als ich hilflos und verlassen dastand, da auch mein Bruder mir nicht helfen konnte, weil er in jener Zeit unerreichbar für mich mit Herrn Rohwald in den indischen Dschungeln jagte. Es war ein Glück für mich, daß Sie mir zu Hilfe kamen und mir die Anstellung boten, da ich nicht in Ihr Haus kommen wollte.«

»Ja, ja, Kindchen, wenn mein Freund Römer geahnt hätte, was ihm hier in Deutschland blühte, wäre er wohl lieber in Spanien geblieben. Er hatte sich in Madrid eine glänzende Position geschaffen und war als Chirurg sehr gesucht.«

Mit leise bebenden Händen strich sich Christa über das gelockte blonde Haar. »Vater hat immer nur das getan, was er für seine Pflicht hielt. Als der Krieg begann, sagte er: ›Mein Platz ist jetzt dort, wo deutsche verwundete Soldaten meine Hilfe brauchen.‹ – Und Mutter wollte nicht allein in Spanien bleiben, zumal damals Heinz in Berlin schon die landwirtschaftliche Hochschule besuchte. So begleiteten wir, Mutter und ich, Vater nach Deutschland.«

»Selbstverständlich, Ihre Mutter war eine Frau, wie sie für einen deutschen Arzt paßte, immer mutig ihm zur Seite durch dick und dünn.«

»Ja, Herr Professor, sie versagte erst, als die Todesnachricht von Vater eintraf, das ertrug ihr armes Herz nicht, es brach vor Schmerz um den Vater.«

Der Professor nickte.

»Kindchen, das war eine Liebe zwischen Ihrem Vater und Ihrer Mutter! Es war ein wunderschönes Verhältnis zwischen ihnen.«

»Oh, ich weiß, Herr Professor«, sagte Christa mit leuchtenden Augen. »Ein Abglanz dieser Liebe ist auch auf uns Kinder gefallen und hat unsere Jugend vergoldet. Mein Bruder Heinz hat das noch viel mehr erfahren als ich, denn ich bin zwölf Jahre jünger als er. Und gerade jetzt, da er wieder hier in Berlin weilt und wir oft zusammenkommen, sprechen wir viel davon, wie herrlich unser Familienleben war.«

Der Professor sah starr vor sich hin. Er dachte an seine eigene, liebeleere Ehe, in der jeder seinen eigenen Weg ging und keiner dem anderen etwas zuliebe tat. Dann sagte er aufatmend:

»Ein guter Mensch war Ihr Vater, kleine Christa, und ein genialer Chirurg. Sonst hätte ihn auch der König von Spanien damals nicht nach Madrid gerufen und dort festgehalten, als er in dessen Familie durch seine Kunst zwei Personen das Leben gerettet hatte. Er hätte dort sicherlich noch eine große Zukunft gehabt. Immerhin hatte er es in den fünfzehn Jahren in Madrid recht weit gebracht. Der König wollte ihn zu seinem Leibarzt ernennen, aber die spanischen Ärzte hintertrieben das immer wieder. Trotzdem wurde er bei jeder Gelegenheit an den Hof gerufen.

Jedenfalls können Sie stolz sein auf Ihren Vater, Kindchen. Er hat sehr vielen Menschen das Leben gerettet. Schade, daß er so früh sterben mußte. Auch ein Opfer des Krieges! Aber – jetzt sind wir ins Schwatzen gekommen, und ich habe Sie doch länger aufgehalten. Also, grüßen Sie mir den Heinz! Ich hoffe, ihn bald einmal bei mir zu sehen. Und hoffentlich findet er bald eine Position nach seinem Geschmack. Er ist ja ein kluger, energischer und tüchtiger Mensch; der beißt sich schon durch, darum ist mir nicht bange.«

»Mir auch nicht, Herr Professor, wenn es jetzt auch sehr schwer ist, sich eine Existenz zu schaffen. Guten Abend, Herr Professor!«

»Guten Abend, Fräulein Christa, und auf Wiedersehen!«

Der alte Herr sah dem jungen Mädchen eine Weile, in tiefes Sinnen verloren, nach. Wieder dachte er an seine gefühlskalte, hochmütige Frau, an seine in modernen Ansichten erzogene Tochter und an seinen leichtsinnigen Sohn, der nichts anderes konnte, als das Geld, das sein Vater verdiente, unter die Leute zu bringen.

Ein tiefer Seufzer hob seine Brust. Wenn damals Johanna Römer seine Frau geworden wäre, wie ganz anders hätte sich sein Leben gestaltet.

Wenn ich solche Kinder hätte wie die kleine Christa und ihren Bruder! Dann wüßte man, wofür man schafft und arbeitet, dachte er, und ließ das mächtige Haupt mit den charakteristischen Zügen auf die gestützten Hände fallen. Aber dann hob er es mit einem Ruck wieder empor. Nur nicht unterkriegen lassen, nicht weich werden, das taugte zu nichts.

Dann wandte er sich wieder seiner Arbeit zu. Christa hatte ihm mit ihrer schönen, klaren Handschrift das Ergebnis ihrer Untersuchungen aufgezeichnet, die sie im Laufe des Tages vorgenommen hatte. In Reih und Glied standen die Reagenzgläser in den Holzgestellen. Alles war korrekt und sauber geordnet. Er konnte sich auf sie verlassen. Er mußte noch von allem Kenntnis nehmen, damit er morgen früh in der Sprechstunde gewappnet war. Nach Hause zog ihn nichts. In seinem eleganten, unbehaglichen Heim ging es immer zu wie in einem Taubenschlag. Die großen Gesellschaften, ohne die seine Frau und seine Tochter nicht leben konnten, verleideten ihm mit ihrer Unruhe sein Haus.

Die kleine Christa hatte ganz recht gehabt, daß sie nicht in sein Haus hatte kommen wollen. Seine Frau und seine Tochter hätten ihr sicherlich keine Bitterkeit erspart, die mit solchem Gnadenbrot verbunden zu sein pflegt.

Christa hatte schnell das kurze Stück bis zur Elektrischen zurückgelegt, hatte an der Haltestelle noch einige Minuten warten müssen und fuhr dann nach Hause.

Seit dem Tod ihrer Tante hatte ihr eine Frau Schwalbe ein Zimmer ihrer Wohnung abgetreten. Frau Schwalbe mußte sich nach der Inflation sehr einschränken und war froh, eine ordentliche Mieterin zu bekommen. Sie lebte schlecht und recht von einer sehr kleinen Pension und verdiente durch Abschreiben mit der Schreibmaschine noch etwas dazu, froh, einen Erwerb gefunden zu haben, der sie nicht zwang, das Haus zu verlassen.

Christa wurde ebenfalls von ihr verpflegt, kam zum Mittagessen nach Hause und erhielt abends eine Tasse Tee und belegte Butterbrote. So kamen die beiden Damen recht gut miteinander aus und halfen sich gegenseitig.

Als Christa heute abend den Korridor mit ihrem Schlüssel öffnete, sah Frau Schwalbe lächelnd zur Tür ihres Wohnzimmers heraus.

»Ihr Herr Bruder wartet schon auf Sie, Fräulein Christa; ich habe Tee für ihn gemacht und Butterbrote belegt. Gleich bringe ich es in Ihr Zimmer.«

Heinz Römer ließ sich vorläufig bei Frau Schwalbe verköstigen; er speiste mittags mit seiner Schwester zusammen, abends war er nur gelegentlich da.

»Danke, liebe Frau Schwalbe. Kommen Sie dann nicht ein Weilchen zu uns herüber?«

»Ich habe noch eine Abschrift zu vollenden, Fräulein Christa; wenn ich fertig werde, sehe ich noch mal bei Ihnen herein.«

»Überanstrengen Sie sich nur nicht, Frau Schwalbe! Sie arbeiten jetzt so oft abends«, sagte Christa in der ihr eigenen liebenswürdigen und teilnahmsvollen Art, während sie Hut und Mantel ablegte.

»Lieber Gott, man ist ja froh, wenn man etwas zu tun hat; es kommen ohnedies Zeiten, wo ich feiern muß, das wissen Sie.«

Christa nickte ihr noch einmal zu und betrat dann ihr Zimmer, das sehr einfach, aber behaglich eingerichtet war. Das Bett stand hinter einer spanischen Wand.

Ihr Bruder kam ihr entgegen und breitete die Arme aus. Sie flog hinein.

»Guten Abend, Heinz! Hast du schon lange auf mich gewartet?«

»Kaum zehn Minuten, Christa; ich versäume ja nichts.«

»Ich kam mit Professor Bergt noch ins Schwatzen, obwohl ich zeitig genug mit meiner Arbeit fertig war. Wie ist es heute gegangen, Heinz?«

»Wie alle anderen Tage.«

»Wieder vergeblich?«

Er nickte.

»Überall, wo man anklopft, bekommt man den Bescheid: ›Keine Stelle frei!‹ Ich war wieder den ganzen Tag unterwegs, habe alles mögliche versucht, nichts ist geglückt. Während ich hier auf dich gewartet habe, sah ich die Abendzeitungen durch, ich bin noch nicht fertig damit. Einige Notizen habe ich mir gemacht. Morgen früh gehe ich gleich wieder los. Einmal muß es doch glücken!«

Mit leuchtenden Augen sah Christa an der hohen, kraftvollen Gestalt des Bruders empor. Er hatte sehr sympathische, klare und energische Züge. Man sah diesem Gesicht an, daß Heinz Römer ein ganzer Mann war, der sich nicht so leicht vom Schicksal unterkriegen ließ. Die stahlblauen Augen, die er gleich der Schwester vom Vater geerbt hatte, blickten bei ihm noch viel ernster und fester, sie lagen tief unter einer charakteristisch hervorspringenden Stirn gebettet. Um den schmallippigen, festgeschlossenen Mund lag ein harter Zug, der Tatkraft und Entschlossenheit verriet. Tief gebräunt war das Gesicht von Luft und Sonne, es verriet, daß er jahrelang in den Tropen gelebt hatte. Er hatte seinen früheren Herrn durch aller Herren Länder begleitet, hatte mühsame Forschungsreisen mit ihm unternommen und dann wieder den eleganten Lebensstil des reichen Mannes mit ihm geteilt, wenn sie wieder in zivilisierte Gegenden kamen. Konstantin Rohwald hatte ihn durch alle Höhen und Tiefen des Lebens geführt, hatte in mondänen Badeorten mit ihm gelebt und ihn in die Gegenden mitgenommen, wo die Ärmsten der Armen hausten und das Verbrechen sich breitmachte. Sie hatten im größten Luxus gelebt, und dann wieder die größten Entbehrungen und Strapazen erduldet. Heinz Römer hatte das eine wie das andere hingenommen und überall seinen Mann gestellt. Ob er in Frack und Lack in der exklusivsten Gesellschaft verkehrte, ob er im Überfluß schwelgte oder wochenlang kaum das Notwendigste hatte, immer war er in guter Laune, immer imstande, seinen etwas melancholischen Herrn aufzumuntern. Tollkühn und verwegen hatten die beiden Männer monatelang die wildesten Gegenden durchstreift und waren dann wieder in den eleganten internationalen Bädern und Kurorten aufgetaucht.

Dabei hatte Heinz Römer sehr viel gelernt, viel Interessantes gesehen und viele Eindrücke gesammelt. Aber all das konnte er jetzt nicht verwerten, und wahrscheinlich würde er nie wieder eine Stellung bekommen, wo es der Fall sein konnte. Darüber war er sich klar. Aber so hoch flogen seine Wünsche nicht einmal; er würde mit jeder Existenz zufrieden sein, die ihm seinen Lebensunterhalt gewährte und in der er nach und nach etwas zurücklegen konnte, bis er genug haben würde, um sich ein wenn auch bescheidenes Gut zu kaufen. Es war sein Lebensideal, eigenen Boden zu bebauen, wenn es auch nur ein kleines Stück war. Niemand hätte dem elegant und vornehm aussehenden Mann diese bescheidenen Wünsche zugetraut.

Frau Schwalbe hatte den Tee und die belegten Brote für die Geschwister hereingebracht, und nun verzehrten sie das bescheidene Mahl und plauderten dabei von allem, was ihre Herzen bewegte.

»Ich habe dir auch noch einige Zeitungen von Professor Bergt mitgebracht, die er im Laboratorium herumliegen läßt, wenn er sie durchgesehen hat. Die können wir auch noch einmal durchsehen, ob sich darin nichts für dich findet«, sagte Christa nach eingenommener Mahlzeit und kramte ein Paket Zeitungen aus ihrer Aktentasche.

»Dann wollen wir uns gleich an die Durchsicht machen, Christa. Ich darf doch noch bleiben?«

»Aber selbstverständlich! Ich freue mich immer, wenn ich dich mal einen Abend für mich habe.«

»Bist du nicht müde? Willst du nicht schlafen gehen?«

»Nicht vor elf Uhr! Von elf bis sieben schlafe ich, acht Stunden, die nach Tante Johannas Meinung jeder Mensch braucht, um sich ordentlich auszuschlafen. Danach richte ich mich gewissenhaft. Man muß haushalten mit seinen Kräften, wenn man leistungsfähig bleiben will. Um sieben Uhr stehe ich auf und habe dann genügend Zeit für meine gymnastischen Übungen und um zu frühstücken, ehe ich ins Laboratorium gehe.«

»Arme kleine Christa, wie gern würde ich dir ein leichteres und besseres Leben schaffen.«

»Oh, lieber Heinz, wenn Gott verhütet, daß es nicht noch schwerer wird, dann will ich schon froh sein.«

»Du hast keinerlei Vergnügen, keine Lebensfreuden.«

»Ich bin gesund, verdiene meinen Unterhalt, bin frei und unabhängig – was will ich mehr?«

»Du bist ein bescheidenes Gemüt, kleine Christa, aber ich hoffe, daß eine Zeit kommt, da ich dir ein besseres Leben schaffen kann.«

Sie küßte ihn lachend auf die Wange.

»Jetzt wollen wir erst mal sehen, ob wir nichts für dich in den Zeitungen finden.«

Sie ließen sich nebeneinander auf dem kleinen Sofa nieder und breiteten die Zeitungen aus. Sie suchten die Inseratenteile durch. Jeder nahm sich eine Zeitung vor. Plötzlich gab sich Heinz Römer einen Ruck und legte den Finger auf ein Inserat, als müsse er es festhalten:

Reisebegleiter gesucht!

Gebildeter, repräsentabler Herr mit besten gesellschaftlichen Formen, Alter zwischen 35 und 45 Jahren, bestimmtes Auftreten, der fähig ist, zwei Damen auf einer Reise durch Europa zu begleiten, ihnen alle Schwierigkeiten des Reiselebens abzunehmen und ihnen seinen männlichen Schutz angedeihen zu lassen, wird sofort gesucht. Erforderlich sind Sprachkenntnisse, wenn möglich auch Spanisch. Beste Referenzen erwünscht. Offerten an Señora Graziella Nordau, Berlin, Hotel Adlon.

»Christa, sieh dir das an!« rief er, tief atmend.

Sie las das Inserat und sah dann mit ihren großen, tiefblauen Augen zu ihm auf.

»Oh, Heinz, das wäre doch wie geschaffen für dich!«

Er lächelte ein wenig.

»Man sollte es meinen, nicht wahr? Freilich, mit Damen reisen – das ist wahrscheinlich viel schwerer, als mit einem Mann durch dick und dünn zu gehen. Damen sind launisch, unberechenbar, unbeständig – weiß Gott, was noch. Ein paar alte Weiblein unter meine Fittiche zu nehmen ist nicht gerade mein Traum. Aber danach darf ich nicht fragen. Wenn die Stelle gut dotiert ist und ich sie erhalten kann, greife ich mit beiden Händen zu. Lieber wäre mir freilich, wenn ich als Landwirt irgendwo unterkommen würde, das ist nun mal mein Wunsch, aber wer soll einen halbfertigen Landwirt einstellen? Fällt niemandem ein. Also muß ich schon sehen, daß ich verdiene und zurücklegen kann, bis ich genug zusammen habe, um mir selbst ein Stück Grund und Boden zu kaufen.«

»Du wirst dich also um diesen Posten bewerben, Heinz?«

»Sicher! Gleich heute abend schreibe ich und reiche die Offerte ein. Es ist wahrscheinlich am besten, wenn ich morgen vormittag gleich selbst in das Hotel Adlon gehe, meine Offerte abgebe und sagen lasse, daß ich warte, falls man mich zu sehen wünscht. Entweder sind es ein paar hilflose alte Wesen oder ein paar prätentiöse Ausländerinnen, die mir einheizen werden. Aber mögen sie – wenn sie mich anständig bezahlen, soll ihnen alles vergeben werden. Da sie auf die spanische Sprache Wert legen, sind es wohl Spanierinnen – oder sie wollen Spanien besuchen. Da könnte ich ja aufwarten, und auf diese Weise würde ich mal wieder meine spanischen Sprachkenntnisse auffrischen, die fast immer brachgelegen haben, seit ich Spanien verließ.«

Christa nickte.

»Das ist auch für mich totes Kapital, Heinz; man wird es nie verwerten können.«

»Wer weiß, vielleicht kommt doch mal eine Gelegenheit, wo dieses Kapital Zinsen trägt.«

»Für dich vielleicht, Heinz, wenn du diese Stellung bekommst.«

»Noch nicht daran denken, Christa! Mir ist es allerdings sehr wichtig, bald wieder eine Anstellung zu bekommen, damit ich nicht zuviel von meinem ersparten Geld ausgeben muß. Auf zehntausend Mark ist es schon bald wieder geschrumpft, sosehr ich mich auch einschränke, um nicht zuviel auszugeben. Scheußlich, daß wir alles verloren haben, was Vater in Madrid verdient hat. Weißt du, er wollte doch gern so viel zusammensparen, daß ich für mich in Deutschland ein hübsches Gut kaufen könnte. Er hätte es auch geschafft, wenn er durch den Krieg nicht aus seiner Existenz gerissen worden wäre. Vater sagte so oft zu mir: ›Junge, du bist wild auf einen Beruf, den sich eigentlich nur reiche Leute gestatten können, aber wenn es hier so gut weitergeht, schaffe ich schon genug, daß dein Wunsch erfüllt werden kann. Und wenn ich dann genug habe von den spanischen Granden, dann siedeln wir alle zu dir nach Deutschland über, und ich helfe dir in meinen Mußestunden, dein Land zu bebauen; ich freue mich schon darauf.‹«

Christa atmete tief und schwer.

»Mir ist, als hörte ich Vater, Heinz; er hatte einen goldenen Humor, und bestimmt wäre alles so gekommen, wie er es geplant hatte, hätte der böse Krieg nicht alles zunichte gemacht.«

»So ist es! Ich hatte ja kaum vier Semester an der landwirtschaftlichen Hochschule studiert, als der Krieg ausbrach. Kurz darauf erhielt ich von Vater ein Telegramm: ›Wir kommen heim, ich habe mich zum Roten Kreuz gemeldet.‹«

»Vater war sofort entschlossen, und Mutter ebenfalls.

Noch heute abend sprach ich mit Professor Bergt darüber. Er meinte, wenn Vater geahnt hätte, was uns bevorstände, wäre er nicht nach Deutschland zurückgekehrt. Aber wir kennen Vater besser, nicht wahr, Heinz? So viele Leben hat er an der Front retten können durch seine chirurgische Kunst. Daß er der gräßlichen Typhusepidemie zum Opfer fiel, die in seinem Feldlazarett ausbrach, war sehr schmerzlich für uns. Professor Bergt sagte heute, Vater sei ein genialer Chirurg gewesen.«

»Darin waren sich alle einig, die etwas davon verstanden. Segen lag auf seinem Tun. Du weißt ja, ich lag selbt einige Tage in seinem Lazarett, als ich die kleine Verwundung davongetragen hatte. Er selbst verband mich, und ich habe mit angesehen, wie er von den Verwundeten verehrt wurde. Es war das letztemal, daß ich ihn lebend wiedersah. Er nickte mir lachend zu, als er mich verbunden hatte, und klopfte mir auf die Schulter: ›Ein kleiner Aderlaß, mein Junge, das ist gesund! Und jetzt bekommst du zwei Wochen Heimaturlaub. Grüß mir Mutter und meine kleine Christa; sag ihnen, daß ich mit all meiner Liebe bei ihnen bin. Nicht weich werden, mein Junge; wir müssen jetzt nur an unsere Pflicht denken.‹ Das waren die letzten Worte, die ich von Vater hörte.«

Tief bewegt schwieg er. Christa schmiegte sich an ihn und schluchzte. Er legte den Arm um sie und streichelte ihr Haar.

»Ich sage wie Vater: Nicht weich werden, Christa! Wir kommen schon durch!«

Sie nickte tapfer und schluckte die aufsteigenden Tränen hinunter.

»Ist schon wieder vorbei, Heinz!«

»Tapferes Mädchen! Wenn ich dir nur ein sorgenloses Dasein schaffen könnte. Daß Vater alles, was er besaß, in Kriegsanleihen zeichnete, war für ihn selbstverständlich. Auch das hielt er für seine Pflicht. Das alles ist nun wertlos geworden – so gut wie nichts.«

»Einen Notgroschen haben wir gerettet, Heinz, durch die Aufwertung. Unser Bankier hat uns doch fünftausend Mark dafür gutgeschrieben, weil ich für alle Fälle etwas in bar daliegen haben wollte. Die gehören zur Hälfte dir, Heinz, und wenn es nötig wird, kannst du alles haben, ich brauche ja nichts.«

»Ausgeschlossen! Das liegt für dich fest! Leider ist es wenig genug.«

»Besser als nichts! Ich komme ja gut mit meinem Gehalt aus.«

»Wie dankbar bin ich Professor Bergt, daß er sich deiner annahm.«

»Man kann ihm nicht genug danken.«

»Und die Stellung bleibt dir auch erhalten, nicht wahr?«

»Solange Professor Bergt lebt, bestimmt. Er ist zufrieden mit mir. Und er ist gesund und stark, trotz seiner sechzig Jahre. Weißt du, Heinz, daß er sehr unglücklich ist, außer in seinem Beruf. Seine Frau ist eine stolze, hochmütige und herzenskalte Frau, die ihn nicht versteht, und an seinen Kindern hat er keine Freude. Seine Tochter ist in allen Dingen das Ebenbild ihrer Mutter, und sein Sohn ist ein Taugenichts, der es mit seinen achtundzwanzig Jahren noch zu nichts gebracht hat und das schwer verdiente Geld seines Vaters hinauswirft. Ich bin sehr froh, daß es mir erspart blieb, das Gnadenbrot in seinem Haus zu essen.«

»Um Gottes willen! Das wäre nicht in Frage gekommen, dann hättest du eben von mir Unterstützung annehmen müssen.«

Lächelnd sah sie zu ihm auf.

»Auch von dir wäre mir das hart angekommen, Heinz, weil ich weiß, daß du es selbst schwer genug hast. So ist es mir schon lieber.«

»So stolz, Christa, auch gegen deinen Bruder?«

»Du mußt mich nicht falsch verstehen. Wenn du selbst eine feste Lebensstellung hättest und ich dir keine Last wäre, würde ich gern von dir annehmen, was du entbehren könntest, aber nicht so, wie die Dinge jetzt liegen. Es ist schon besser so, daß ich auf eigenen Füßen stehe. So bin ich ein freier Mensch und falle niemandem zur Last.«

»Wenn dein Leben nur nicht so freudlos wäre.«

»In jedes Leben hinein kann man kleine Freuden bringen, man muß sich dessen nur bewußt sein.«

»Ich will nur wünschen, daß die beiden alten Damen mich engagieren, Christa; wir wollen jedenfalls mit gutem Mut und fröhlichem Gottvertrauen in die Zukunft sehen. Vielleicht kommt das Glück auch mal zu uns. Ich bin gespannt, was die Damen morgen zu meiner Offerte sagen. Ich werde sie in Spanisch abfassen, damit sie sehen, daß ich die Sprache beherrsche.«

»Ich werde dich mit meinen guten Wünschen begleiten.«

Die Geschwister besprachen noch allerlei. Nach zehn Uhr brach Heinz Römer auf, um sein bescheiden möbliertes Zimmer aufzusuchen, das er in Christas Nähe gemietet hatte.

Herzlich verabschiedeten sich die Geschwister voneinander.

III

Am nächsten Vormittag gegen elf Uhr betrat Heinz Römer das Vestibül des Hotels Adlon. Er gab bei dem Portier seine Offerte ab und zugleich seine Visitenkarte, auf deren Rückseite er notiert hatte: »Falls sofortige Vorstellung erwünscht, stehe ich zur Verfügung und bitte ergebenst um Bescheid.«

Er bat den Portier, Brief und Karte sogleich zu Señora Graziella Nordau hinaufzuschicken. Er werde im Vestibül auf Antwort warten.

Der Boy trug Brief und Karte hinauf zu den Damen, die das Hotel heute morgen noch nicht verlassen hatten. Es waren schon mehrere Offerten eingegangen, aber all diese Bewerber bedauerten, die spanische Sprache nicht zu beherrschen. Die Damen zogen schon in Erwägung, einen der Bewerber zu engagieren, man mußte sich dann eben mit Englisch oder Französisch behelfen. Ceda sagte dann aber zu ihrer Mutter:

»Laß uns noch bis morgen warten, Mamia: Vielleicht kommt doch noch etwas Passenderes. Ich muß sagen, all diese Schreiben gefallen mir nicht besonders.«

Und nun brachte der Boy Heinz Römers Offerte und überreichte sie Ceda mit einer Verbeugung. Diese sah zuerst auf die Visitenkarte, auch auf die Rückseite. Sie lachte ein wenig und sagte zu dem Boy:

»Bitte, warten Sie draußen, bis ich den Brief gelesen habe; ich werde rufen, wenn ich fertig bin.«

Als der Boy verschwunden war, sagte sie zu ihrer Mutter:

»Da hat es einer ganz besonders eilig; er ist gleich selbst gekommen, um seine Offerte abzugeben. Wir wollen sehen, was er uns zu sagen hat.«

Sie öffnete den Brief und rief erfreut: »Oh, Mamia, er hat die Offerte in spanischer Sprache abgefaßt!«

»So lies doch schnell, Ceda!«

Ceda las die Offerte vor. Heinz Römer gab in kurzen, klaren Worten seinen Lebenslauf an, berief sich auf seine neunjährige Tätigkeit als Reisebegleiter und Sekretär Konstantin Rohwalds, von dem er glänzende Zeugnisse vorlegen könne, erklärte, daß er die spanische Sprache außer Englisch, Deutsch und Französisch vollständig beherrsche und auch jede Konversation in der italienischen Sprache führen könne. Er habe fünfzehn Jahre in Spanien gelebt und die ganze Welt in seiner vorherigen Stellung bereist. Zum Schluß schrieb er: »Referenzen stehen zur Verfügung. Sonst hoffe ich allen Anforderungen genügen zu können.«

Irgend etwas in diesem Schreiben nötigte den beiden Damen ein besonderes Interesse ab. Ceda sah ihre Mutter an, als sie zu Ende gelesen hatte.

»Wenn dieser Heinz Römer ein sympathischer Mann ist, dürften wir das Richtige gefunden haben, Mamia.«

Señora Nordau klatschte wie ein Kind in die Hände.

»Oh, der ist gut! Ich habe es im Gefühl. Das ist der Mann, den wir brauchen! Er ist ein Mann von guter Familie, war sehr lange in einer Stellung und ist nur durch den Tod seines früheren Herrn frei geworden. Laß den Mann sofort heraufkommen, Ceda; wir wollen ihn uns ansehen. Wenn uns seine Persönlichkeit zusagt, haben wir sicherlich das Richtige gefunden.«

»Sympathisch muß er uns selbstverständlich sein, Mamia.«

»Nun ja, laß ihn schnell rufen, dann werden wir sehen.«

Ceda lachte.

»Er wird ja nicht davonlaufen, Mamia; wir wollen nicht so eilig sein, es macht einen besseren Eindruck. Er mag ruhig noch ein wenig warten.«

»Du bist schrecklich vernünftig mit deinen zwanzig Jahren, Ceda. Wie eine alte Frau bist du schon, so ruhig und überlegt. Hast gar kein Temperament. Du bist ganz die Tochter deines Vaters, der in allen Dingen so ruhig und vernünftig war.«

»Nun, Mamia, ein wenig bin ich doch auch deine Tochter. Zuweilen macht mir mein Temperament sehr zu schaffen. Aber ich muß es zügeln, darf es nicht durchgehen lassen. Vater hat es mir zur Pflicht gemacht. Aber ich will dich nicht länger quälen, merke ich doch, daß du fieberst, diesen Herrn Römer kennenzulernen.«

Lächelnd drückte sie auf die Klingel. Der Boy erschien wieder. Er zwang sein verschmitztes Berliner Jungengesicht in einen würdigen Ausdruck, was Ceda amüsierte.

»Bitte, führen Sie den Herrn, der diesen Brief brachte, herauf; wir möchten ihn sprechen.«

Der Boy machte seine Verbeugung und verschwand. Draußen ging er stolz an Pedro vorbei, der ihm den Eintritt hatte streitig machen wollen. Unwillig sah Pedro hinter ihm her, er fühlte sich durchaus unbehaglich in Deutschland, wo ihn sogar dieser Dreikäsehoch nicht für voll nahm und sich erdreistete, über ihn zu lachen, weil er nicht deutsch sprechen konnte.

Aber da kam der Boy schon wieder, mit dem er sich nun sehr mühsam in englischer Sprache verständigen konnte. Mit ihm kam ein Herr, der zwar sehr vornehm aussah, aber ganz sicher nicht ohne weiteres Einlaß finden würde.

»Lassen Sie den Herrn eintreten, Pedro; er wird von Ihren Damen erwartet«, sagte der Boy gravitätisch.

Pedro verstand ihn selbstverständlich nicht und erwiderte in spanischer Sprache:

»Hier darf niemand eintreten, den meine Herrinnen nicht gerufen haben.«

Heinz Römer erfaßte sogleich die Situation. Pedro hatte den Boy nicht verstanden, und dieser verstand ihn nicht. Und mit einem Lächeln sagte er in spanischer Sprache:

»Ihre Herrinnen erwarten mich und haben mich durch den Boy rufen lassen. Bitte, lassen Sie mich eintreten, damit Sie keine Unannehmlichkeiten haben werden.«

Über Pedros Gesicht flog ein Freudenschimmer. Gottlob, da war ein Mensch, der seine Sprache redete, wenn er auch nicht wie ein Spanier oder Mexikaner aussah! Jedenfalls war es aber ein vornehmer Herr, den seine Herrinnen erwarteten. Er verneigte sich hastig.

»Oh, Señor, das ist etwas anderes. Dieser Boy drängt sich so oft ungerufen in die Zimmer meiner Herrinnen. Bitte, treten Sie ein!«

Er öffnete vor Heinz die Tür und schloß sie hinter ihm sofort wieder, als fürchte er, der Boy könne mit hineinschlüpfen.

Heinz Römer blieb drinnen an der Tür stehen und verneigte sich artig vor den beiden Damen. Etwas betroffen sah er, daß er sich falsche Vorstellungen von ihnen gemacht hatte. Die eine dieser Damen war wohl erst Anfang Vierzig und noch immer sehr ansehnlich, die andere aber – Heinz Römer atmete tief – war eine sehr junge und sehr schöne Dame, die sogleich einen tiefen Eindruck auf ihn machte. Aber er gewann rasch seine Fassung wieder.

»Señora, Señorita, ich habe mir gestattet, Ihrem Ruf Folge zu leisten«, sagte er in spanischer Sprache.

Mutter und Tochter hatten schnell einen Blick gewechselt. Ceda war von Heinz Römers Erscheinung sehr angenehm berührt; sie sah sofort, daß er ein Mann von guter Erziehung war, sein Äußeres war vornehm und repräsentabel, und gleich auf den ersten Blick erschien er ihr sehr sympathisch. Schon der erste Eindruck entschied zu seinen Gunsten. Daß ihre Mutter sehr entzückt war, hatte ihr Blick ihr verraten. Die Mutter ergriff nun schnell in ihrer lebhaften Art das Wort und fiel mit einer Menge Fragen über Heinz Römer her. Dieser mußte sich zusammenreißen, damit er einen klaren Kopf behielt, denn eine so eigenartige und bezaubernde Erscheinung wie diese Señorita Nordau war ihm noch nicht begegnet. Es gelang ihm aber, alle Fragen der Mutter klar und präzise zu beantworten. Er legte dann seine Referenzen und Zeugnisse vor, bat auch, daß man sich auf dem spanischen Konsulat nach ihm erkundige, wo er gut bekannt sei.

Die Señora sah alles nur flüchtig durch und schob es Ceda hin.

»Bitte, Ceda, du wirst das alles viel besser verstehen als ich.«

Heinz Römer konnte nun, ohne aufdringlich zu scheinen, seine Augen Ceda zuwenden, und er fühlte, wie ihm das Blut zum Herzen schoß, als sie ihn mit den eigenartig hell leuchtenden Augen fest ansah. Diese Augen faszinierten ihn. Sie nahmen sich sehr eigenartig in der Umrahmung der wundervollen dunklen Brauen und Wimpern aus. Er wußte, daß er in seinem ganzen Leben noch keiner Frau so befangen gegenübergestanden hatte wie ihr. Aber er behielt sich in der Gewalt. Ceda war es außerdem gewohnt, daß der Kontrast zwischen ihrer brünetten Erscheinung und den hellen Augen auffiel. Aber es war ein Gefühl großer Befriedigung in ihr, daß sie auch auf diesen Mann wirkte; das sah sie an dem jähen Aufleuchten seiner Augen. Diese Befriedigung löste jedoch einen leisen Unwillen gegen sich selbst in ihr aus. Was konnte sie ein Eindruck auf diesen Mann interessieren? Sie richtete sich stolz auf, während sie die Papiere aufnahm und durchsah. Dann sagte sie kühl und reserviert:

»Ihre Zeugnisse sind zufriedenstellend. Würden Sie sofort antreten können, wenn wir Sie engagieren?«

Er verbeugte sich, und während er ein Gefühl hatte, als sei es das klügste, er ergriffe sofort die Flucht, damit er nicht mehr in diese hellgrauen Augen hineinblicken müsse, sagte er wie gegen seinen Willen: »Ich stehe sofort zur Verfügung, Señorita.«

Daß er Mutter und Tochter vor sich hatte, erschien ihm bei der großen Ähnlichkeit sicher. Auffallend war nur, daß diese beiden Damen den deutschen namen Nordau führten und daß die Tochter trotz der Ähnlichkeit mit der Mutter so helle graue Augen hatte. Er kombinierte, daß der Vater der jungen Dame ein Deutscher sein müsse.

Ceda hatte Heinz Römer noch einmal groß und prüfend angesehen. Ihre Blicke trafen mit den seinen zusammen, und sie konnte es nicht verhindern, daß ein seltsames Gefühl warm und wohlig in ihr aufstieg.

»Ich bitte Sie, morgen noch einmal vorzusprechen, Señor Römer, dann sollen Sie unseren Bescheid erhalten«, sagte sie jedoch ruhig und bestimmt, obwohl sie ihn am liebsten sofort engagiert hätte.

Ihre Mutter hatte jedoch einen so günstigen Eindruck von Heinz Römer erhalten, daß sie fürchtete, er könne morgen nicht mehr wiederkommen. Lebhaft wandte sie sich an ihre Tochter: »Warum erst morgen, Ceda? Wir können uns doch sogleich entschließen.«

Der jungen Dame stieg ein leises Rot ins Gesicht. Sie fand, daß ihre kleine Mamia wieder einmal viel zu impulsiv war.

»Wir müssen uns erst besprechen, Mamia, müssen erst die Referenzen nachprüfen, die uns Señor Römer gegeben hat. Wir können nicht verlangen, daß er so lange hier im Hotel bleibt und das Ergebnis unserer Beratung abwartet«, sagte sie, ihre Mutter fest ansehend.

Diese machte ein unbehagliches Gesicht.

»Señor Römer ist doch frei, weshalb sollen wir uns noch länger mit allerlei Verdrießlichkeiten plagen?«

Ceda biß sich auf die Lippen. Aber dann sagte sie so ruhig wie möglich:

»Meine Mutter ist sehr ungeduldig; sie leidet unter den Unannehmlichkeiten und Unbequemlichkeiten, die eine Reise mit sich bringt, und – wir waren bisher nicht gewohnt, allein zu reisen. Aber Sie werden verstehen, daß alleinstehende Damen doppelt vorsichtig sein müssen. Ihre uns freundlich angegebenen Referenzen möchten wir doch nachprüfen. Ich möchte auch noch einiges mit meiner Mutter besprechen, ehe wir einen definitiven Bescheid geben.«

Sie sagte das in deuscher Sprache, und er staunte, wie sie dieselbe beherrschte. In seiner artigen, ritterlichen Art verbeugte er sich.

»Ich verstehe vollkommen, daß Sie erst Erkundigungen über mich einziehen wollen, und bitte selbst darum, daß Sie das tun. Sie können jedoch telefonisch bei den Herrschaften anfragen, die ich Ihnen genannt habe; auch beim spanischen Konsulat. Wenn aber Ihrer Frau Mutter daran liegt, sich bald zu entscheiden, dann kann ich ja unten im Vestibül das Ergebnis Ihrer Beratungen abwarten, ich habe nichts zu versäumen. Die Telefonnummern der betreffenden Herrschaften habe ich meinen Referenzen beigefügt. Andernfalls kann ich auch morgen wiederkommen, ganz wie Sie wünschen«, sagte er ebenfalls in deutscher Sprache.

Er gefiel ihr immer mehr. Aber sie blieb ruhig und beherrscht.

»Wenn Sie warten wollten, wäre das sehr freundlich von Ihnen. Ich möchte meine Mutter nicht beunruhigen, und sie möchte, wie ich merke, gerade Sie gerne engagieren, weil Sie die spanische Sprache beherrschen. Es haben sich noch einige andere Bewerber für diese Stelle gemeldet, aber keiner außer Ihnen spricht spanisch. Meiner Mutter ist es beschwerlich, in einer anderen Sprache zu reden, obwohl sie sich in der deutschen, englischen und französischen Sprache leidlich verständlich machen kann. Wenn Sie daher warten wollten, wären wir Ihnen sehr zu Dank verpflichtet.«

Wieder verneigte sich Heinz.

»Wie Sie befehlen, mein gnädiges Fräulein. Ich werde warten. Bitte, lassen Sie sich Zeit.«

Und mit einer Verbeugung verließ er das Zimmer.

Die Señora schlug aufgeregt die Hände zusammen, als sie mit ihrer Tochter allein war.

»Warum ließest du ihn gehen, Ceda? So ein charmanter, sympathischer Mann! Gleich habe ich Vertrauen zu ihm gefaßt. Wir konntest du ihn nur kränken, indem du sagtest, daß wir erst Erkundigungen über ihn einziehen würden? Das hättest du nicht tun sollen, hättest ihn nicht erst wieder fortzuschicken brauchen. Er gefällt mir, ihn will ich engagieren, keinen anderen!«

Lächelnd legte Ceda den Arm um ihre Schultern.

»Kleine Mamia, so beruhige dich doch, er läuft uns ja nicht davon; er wartet unten im Vestibül und findet es sicher viel richtiger, wenn wir uns nach ihm erkundigen, als wenn wir ihn gleich engagiert hätten.«

»Er hat aber so glänzende Zeugnisse, das genügt doch vollkommen.«

»Aber es macht keinen guten Eindruck, wenn wir ihn gleich festhalten wollen; man muß immer einige Distanz wahren.«

»Oh, du mit deiner kühlen Reserviertheit! Der Mann gefällt mir, und ich habe gleich Vertrauen zu ihm gefaßt. Weißt du, daß er mich in seiner ganzen Art sehr an deinen Vater erinnerte?«

Ceda stutzte. War ihr dieser Mann deshalb gleich so sympathisch und angenehm, weil seine Art der ihres Vaters glich? Das beruhigte sie ein wenig über das seltsame Empfinden, das Heinz Römer bei ihr ausgelöst hatte.

»Es ist wohl das Deutsche an ihm, Mamia?«

»Nun, jedenfalls scheint er mir sehr zuverlässig und vertrauenswürdig zu sein. Dein Vater pflegte immer zu sagen, wenn ich jemand gleich mochte: ›Es muß schon ein guter Mensch sein; Kinder und Hunde fühlen das sofort.‹ So neckte er mich immer. Und wenn er mich auch immer ein wenig wie ein Kind betrachtete, wie du es auch tust, obwohl ich deine Mutter bin, meinem kindlichen Instinkt vertraute er. Dieser Instinkt sagt mir ganz deutlich und energisch: das ist der rechte Mann für uns. Hat er dir denn kein bißchen gefallen, du schrecklich vernünftige Ceda?«

Diese sah sinnend vor sich hin.

»Doch, er ist mir sehr sympathisch, und ich glaube auch, daß wir keinen finden, der besser für diese Stellung paßt. Aber vorsichtig müssen wir sein, wir dürfen uns nicht nur von unseren Sympathien leiten lassen. Ich will mich nach Vaters Worten richten, der jetzt auch von mir verlangen würde, erst ruhig zu prüfen und zu wägen. Vergiß nicht, daß wir alleinstehende Damen sind und daß manche schon bedauert haben, sich nur auf Empfindungen verlassen zu haben.«

»Nun gut, so läute bei den Herrschaften an, auch auf dem spanischen Konsulat; du wirst sehen, daß du überall die besten Auskünfte bekommen wirst. Dann wirst du ja zufrieden sein, und dann engagieren wir ihn aber sofort, nicht wahr?«

»Ja, Mamia!«

Sie läutete zunächst bei Professor Bergt an und erhielt eine glänzende Auskunft über Heinz Römer. Dann kamen einige Verwandte von Konstantin Rohwald an die Reihe, die ebenfalls nur Günstiges auszusagen wußten. Noch einige andere Herrschaften läutete sie an, und zuletzt das spanische Konsulat. Überall erhielt sie die günstigste Auskunft über Heinz Römer.

Darüber war Ceda sehr zufrieden, und ihre Mutter erst recht. Ihr Herz war jetzt leicht und frei, weil sie den Rat ihres Vaters befolgt hatte und vorsichtig gewesen war, wo sie am liebten nur ihren Impuls hätte sprechen lassen.

Es war noch nicht einmal eine Stunde vergangen, als Ceda diesmal Pedro hinab in das Vestibül schickte, um den Herrn heraufzubitten, der vorhin bei ihnen gewesen sei und dort warte.

Pedro beeilte sich dienstbeflissen und strahlte über das ganze Gesicht, daß er einen Auftrag seiner Señorita ohne Mittelsperson ausführen konnte.

Heinz Römer saß unten im Vestibül, dem Anschein nach in eine Zeitung vertieft. Aber er wußte nicht, was er las. In seinem Innern war Revolution. Er wußte nicht, was er hoffen und wünschen sollte. Einmal sehnte er sich glühend danach, diese Stellung zu erhalten, ganz abgesehen davon, daß ihm an einem Engagement überhaupt viel lag, und dann war ihm wieder, als müsse er wie vor einem Verhängnis die Flucht ergreifen, wenn er an Ceda Nordaus ganze Erscheinung dachte. Wie sollte er es nur aushalten, diesem entzückenden Geschöpf gegenüber nichts weiter zu sein als ein Ding, eine Sache, die es sich zu ihrer und ihrer Mutter Bequemlichkeit engagiert hatte?

Und doch blieb er sitzen und wartete und las immer wieder denselben Satz, ohne ihn zu verstehen und zu begreifen.

Und dann schrak er empor, als Pedro plötzlich neben ihm stand und ihm in spanischer Sprache meldete, er möge zu seinen Herrinnen kommen.

Ein unbeschreibliches Gefühl durchzuckte ihn, aber er zwang sich zur Ruhe und sprach erst noch einige Worte mit Pedro in dessen Sprache, worüber Pedro ihn dankbar und erfreut ansah. Dann ging er mit Pedro hinauf und stand wenige Minuten später wieder vor den Damen.

Sie teilten ihm mit, daß sie ihn zu engagieren wünschten, und sein Herz klopfte dabei so laut und stark, daß er Mühe hatte, seine Haltung zu wahren. Aufjauchzen hätte er mögen – und nicht nur deshalb, weil er wieder eine Anstellung hatte. Und was die Señora ihm sagte, freute ihn so sehr. Sie machte kein Hehl daraus, daß er ihr sehr sympathisch war. Er erwiderte ihre Sympathie, gewiß, aber das war ihm doch nur nebensächlich. Ausschlaggebend war, daß ihn Ceda Nordau für würdig hielt, ihr Leben fortan mit ihm zu teilen, ihn immer in ihrer Nähe zu halten, täglich, stündlich vielleicht mit ihm zusammen zu sein.

Daß zwischen Mutter und Tochter ein umgekehrtes Verhältnis herrschte, hatte er sogleich erkannt. Die Tochter war die Überlegene, die Reifere und Ruhigere. Er hatte ihr nicht verdenken können, daß sie erst Erkundigungen über ihn einziehen wollte.

Als er nun wieder vor Ceda stand, fühlte er ganz deutlich, daß diese junge Dame mehr Einfluß auf sein Leben gewinnen würde, als ihm lieb sein konnte. Und doch war ein Glücksgefühl in ihm, daß er genommen worden war.

Ceda sagte ihm mit großer Ruhe, sie habe die besten Auskünfte über ihn erhalten, und fügte hinzu:

»Meine Mutter fürchtete, es könne Sie gekränkt haben, daß ich erst Erkundigungen über Sie einziehen wollte, aber Sie werden verstehen, daß ich das für nötig hielt. Wer ein reines Gewissen hat, braucht solche Maßnahmen nicht zu fürchten. Mein verstorbener Vater hat es mir immer zur Pflicht gemacht, nicht gar zu vertrauensselig zu sein und nicht immer nur meinen Impulsen zu gehorchen.«

»Sie haben ganz recht getan, Señorita; ich habe mich überhaupt nicht gekränkt gefühlt, denn Sie kennen mich nicht genügend, um sich selber ein Urteil über mich zu bilden.«

»Siehst du, Mamia?« sagte Ceda lächelnd. Dann fuhr sie zu Heinz gewendet fort:

»Wollen Sie uns nun Ihre Bedingungen und Ihre Gehaltsansprüche nennen, Señor Römer?«

Er gab an, was er bei Konstantin Rohwald als Gehalt bezogen hatte. Wenn es den Damen zu hoch sei, könnten sie es ja sagen. Aber sie waren sofort einverstanden, ihm dasselbe zu zahlen.

Es wurde nun noch allerlei besprochen, und die Damen berichteten ihm, welche Reisepläne sie hätten. Er machte ihnen gleich einige praktische Vorschläge, die verschiedene Änderungen bedingten, weil sie für manche Orte Zeiten ausgesucht hatten, in denen es dort langweilig zu sein pflegte. Sie entnahmen daraus, daß er sehr wohl befähigt war, seinen Posten zu ihrer Zufriedenheit auszufüllen.

Auch zu den Diensten eines Sekretärs für Señora Nordau war er gern bereit.

Diese plauderte wie ein glückliches Kind mit ihm, klagte ihm, was für Unannehmlichkeiten sie schon gehabt habe, und gestand ihm offen, wie froh sie sei, fortan alles auf seine starken Schultern abwälzen zu können.

Ceda blieb auch jetzt zurückhaltender, aber ihre stolze, beherrschte Art gefiel ihm sehr. Er liebte Frauen nicht, die sich gehen ließen.

Im Laufe des Gesprächs hörte Heinz nun, daß die Damen nicht in Spanien lebten, sondern in Mexiko, und die Señora sagte:

»Werden Sie uns bis nach Mexiko zurückbegleiten, wenn wir unsere Reise beenden?«

Er verneigte sich lächelnd. Das Lächeln gefiel Mutter und Tochter in gleichem Maße. Es stärkte ihr Vertrauen.

»Es soll mir eine Ehre sein, wenn ich die Damen nach Mexiko begleiten darf. Gerade dieses Land kenne ich noch nicht, wenn ich auch Nord- und Südamerika schon bereist habe.«

»Oh, dann werden Sie es kennenlernen, Señor Römer. Vielleicht bleiben Sie dann ganz bei uns. Einen tüchtigen Sekretär, dem ich vollständig vertrauen kann, brauche ich auch daheim sehr nötig. Nach meines Mannes Tod lastet eine sehr große Verantwortung auf mir, und wir haben keinen Menschen, dem wir so recht vertrauen können«, sagte die Señora lebhaft.

Heinz Römer gefiel ihr mit jeder Minute besser.

Er sah sie mit großen, ernsten Augen an.

»Hoffentlich erfülle ich alle Ihre Erwartungen, Señora; ich werde mir Mühe geben, Ihr volles Vertrauen zu verdienen. Und wenn Sie mit mir zufrieden sind und ich eine feste Anstellung bei Ihnen finden würde, wäre das sehr wünschenswert für mich. Aber bitte, lernen Sie mich erst besser kennen.«

Er erhob sich und holte ein Fußkissen herbei, das er unter Señora Nordaus Füße schob. Er hatte bemerkt, daß sie für ihre Füße vergeblich einen Halt suchte. Diese kleine, selbstverständliche Artigkeit gefiel den Damen sehr gut.

»Bereisen die Damen Europa zum ersten Mal?« fragte er dann.

»Ja, wir sind vorher nie herübergekommen«, erwiderte Ceda. »Mein Vater war von Geburt Deutscher und hatte immer die Absicht, uns nach Europa, vor allem nach Deutschland, zu begleiten, damit wir es kennenlernen. Aber gerade als wir diese Reise zum ersten Mal planten, brach der Krieg aus, und wir mußten unsere Pläne aufgeben. Nach dem Krieg kam es dann auch nicht gleich dazu, es lockte uns nicht sonderlich, weil wir von all den politischen Unruhen hörten. So reisten wir immer wieder nur in Amerika umher, nach Nord und Süd. Vater führte uns dann auch nach Hawaii und Japan. Und als wir dann wieder einmal planten, nach Europa zu reisen – da wurde uns der Vater genommen, durch einen schweren Autounfall, wodurch er sich eine Rückenmarksverletzung zuzog. Drei Tage danach war er tot.«

Sie schwieg, von ihrem Gefühl überwältigt, und er merkte, daß hinter dem kühlen, beherrschten Wesen der jungen Dame ein tiefes Gefühl verborgen lag.

Ihre Mutter fuhr fort:

»Ich mußte meinem Mann versprechen, daß ich meine Tochter nach Europa, hauptsächlich in seine deutsche Heimat, begleiten würde, sobald sie zwanzig Jahre alt geworden wäre. Länger sollten wir nicht zögern. Und – nun sind wir hier. Aber wir sind es nicht gewöhnt, ohne männlichen Schutz zu reisen. Ein Freund unseres Hauses riet uns dringend, einen Reisebegleiter zu engagieren – aber offen gesagt, wir glaubten, daß dies nur störend sein würde, und verzichteten darauf. Nun haben wir aber eingesehen, daß es so nicht weitergeht.«

»Ich würde mich schon zurechtfinden«, fuhr Ceda fort, »aber meine Mutter läßt sich von mir nicht helfen, ich soll mich nicht ärgern. Sie selbst soll sich aber nicht mehr mit all den kleinen Unannehmlichkeiten herumquälen. Alles Lästige sollen Sie uns nun abnehmen und uns Ihren Schutz angedeihen lassen.«

»Das wird mir nicht nur Pflicht sein, sondern auch Vergnügen. Wollen Sie die Güte haben, mir anzugeben, welche Länder Sie in Europa besuchen wollen, damit ich eine genaue Reiseroute für Sie aufstellen kann. Sie sollen dann durch nichts mehr behelligt werden«, sagte Heinz Römer ruhig und bestimmt.

Ceda holte ein Notizbuch herbei, in dem sie flüchtig ihre Reiseroute notiert hatte, der Reihe nach, wie sie das Programm erledigen wollten.

»Bitte, notieren Sie, ich will Ihnen alles vorlesen.«

Er zog sein Notizbuch hervor und sah sie erwartungsvoll an, froh, wieder einmal ungestört in ihr Antlitz sehen zu können.

Während sie ihm vorlas, machte er zuweilen eine Bemerkung; wenn er annehmen mußte, daß sie hier und da zu einer ungünstigen Zeit ankommen würden. So hatten sie für die Riviera eine Zeit ausgesucht, in der es dort still und leer war, und nach Paris wollten sie erst im Sommer gehen. Er machte ihnen den Vorschlag, die Reise mit Frankreich zu beginnen und anschließend die Riviera zu besuchen. Für das Frühjahr schlug er Oberitalien vor, für Ostern Rom, dann Florenz, Venedig und Triest, Abazzia und Ragusa. Die Balkanstaaten und Rußland wollten die Damen nicht besuchen. So schlug er vor, daß man Wien auf die Liste setzen solle, um von dort im Frühsommer durch Tirol und Oberbayern in die Schweiz zu reisen. Von der Schweiz aus würde die Reise dann wieder durch Deutschland nach Hamburg gehen, und von dort nach England. Von England aus per Dampfer nach Skandinavien, dann wieder nach England zurück. Da die Damen unbedingt mit einem deutschen Dampfer die Überfahrt nach Mexiko machen wollten, würde man von England nach Bremerhaven fahren und sich von dort aus in die Heimat einschiffen.

Die beiden Damen lächelten sich zu. Da war im Handumdrehen System in ihren Reiseplan gekommen.

Einige Wochen wollte man noch in Berlin bleiben und sich dann nach Köln begeben, um den Kölner Dom zu sehen, von dem ihnen der Vater so viel berichtet hatte.

Heinz Römer stellte noch einige Fragen, um sich über alles Nötige zu orientieren, und sagte dann lächelnd:

»Nun bin ich über all Ihre Wünsche im klaren. Nun brauchen Sie sich um nichts mehr zu kümmern, ich werde Ihnen alle Scherereien abnehmen und alles in Ordnung bringen.«

Daß die Damen noch mindestens zwei Wochen in Berlin bleiben wollten, freute ihn sehr. So war der Abschied von der Schwester nicht gar zu überhastet. Und dann konnte er sie auch noch einmal wiedersehen, wenn sie auf der Reise nach

Hamburg Berlin wieder berührten. Das war ein Trost für seine kleine Christa.

Ceda bat dann Heinz Römer, er möge einen ordnungsgemäßen Vertrag aufsetzen.

»Wir müssen sicher sein, Señor Römer, daß Sie uns Ihre Dienste für die Dauer der ganzen Reise zur Verfügung stellen. Ich möchte Mamia nicht noch einmal vor einen Wechsel stellen. Bis wir wieder in Mexiko sind, können zirka zehn Monate vergehen. Schließen wir also vorläufig einen Vertrag auf ein Jahr ab. Selbstverständlich garantieren wir Ihnen freie Rückreise nach Deutschland, wenn Sie nach Ablauf dieses Jahres nicht mehr bei uns bleiben wollen. Haben Sie aber Lust, bei uns zu bleiben, kann später ein anderer Vertrag aufgesetzt werden. Mamia kann, wie schon gesagt, einen tüchtigen Sekretär daheim sehr gut brauchen. Zu viele lästige Geschäfte hat sie zu erledigen. Wir haben auf Doxana, so heißt unsere Hazienda, wohl einen Generaladministrator, zwei Administratoren und viele andere Beamte, da zu unserem Besitz auch verschiedene Fabriken – eine Zuckerfabrik, eine Brauerei und diverse andere Unternehmungen – gehören, dazu eine große Pferde- und Rinderzucht. Trotz der vielen Beamten bleibt noch eine Menge Arbeit für meine Mutter.«

»Sag lieber für dich, Ceda, denn ich lasse mich ja längst in allen Dingen von dir vertreten, weil ich das meiste nicht verstehe. Aber du sollst auch entlastet werden. Glauben Sie mir, Señor Römer, wenn Sie der zuverlässige Mann sind, als der Sie mir schon nach so kurzer Bekanntschaft erscheinen, dann könnten Sie sehr wohl eine Lebensstellung bei uns finden. Gerade gegen unseren Generaladministrator, der mir doch die Hauptstütze sein sollte, habe ich ein unbestimmtes Mißtrauen. Mag sein, daß es unberechtigt ist, aber es liegt mir im Gefühl. Sie glauben nicht, wie wertvoll für uns ein Mann wäre, dem wir volles Vertrauen schenken könnten. Vielleicht sind Sie dieser Mann.«

Heinz Römers Augen leuchteten auf, aber nicht nur wegen dieser Worte, sondern vor allen Dingen über den vertrauenden Blick, den Ceda Nordau bei den Worten ihrer Mutter auf ihn richtete.

»Ich wage nicht, mich schon jetzt darauf zu freuen, daß es mir vergönnt sein könnte, Ihnen dauernd meine Dienste anzubieten, Sie müssen mich erst besser kennenlernen.«

»Würden Sie denn Lust haben, für immer in Mexiko zu bleiben?« fragte die Señora lebhaft.

Und Cedas Augen fragten das auch.

Er zögerte einen Moment, dann sagte er ruhig und bestimmt:

»Wo ich eine Existenz finde, die mich befriedigt, wo ich arbeiten, schaffen und mich nützlich erweisen kann, da wird es mir auch gefallen.«

»Nun, wir werden sehen«, sagte Ceda schnell. »Vorläufig setzen Sie also bitte einen Vertrag für die Dauer eines Jahres auf. Wir werden ihn unterschreiben.«

»Aber Sie siedeln bitte gleich morgen hierher ins Hotel über. Wir werden ein Zimmer für Sie reservieren lassen. Sie treten ab morgen in meinen Dienst«, sagte die Señora.

Er erhob sich. »Ich werde morgen vormittag um neun Uhr hier sein, bis dahin habe ich meine Angelegenheiten geordnet. Wenn die Damen mich dann morgen zu sehen wünschen, kann mir Pedro Bescheid sagen.«

»Ja, Pedro wird Sie erwarten und für Ihre Unterkunft sorgen.«

Damit reichte ihm Señora Nordau die Hand, auf die er sich ehrfurchsvoll herabneigte. Vor Ceda machte er eine artige Verbeugung. Dann war er entlassen.

IV

Heinz Römers Brust weitete sich in tiefen Atemzügen, als er Hotel Adlon verließ und ins Freie trat. Langsam, wie im Traum, ging er die Linden entlang. Nun stand er vor einem neuen Lebensabschnitt, und ihm war, als sei er seit heute morgen, da er Hotel Adlon betreten hatte, ein ganz neuer Mensch geworden. Irgend etwas hatte ihn so stark beeinflußt, daß er aus seinem Gleichgewicht gerüttelt worden war. Irgend etwas? – Die hell leuchtenden Grauaugen der Señorita Nordau vielleicht?

Er warf den Kopf zurück. Fort mit solchen Grübeleien, er hatte eine neue, günstige Anstellung, alles andere kam nicht in Frage. Seine beiden neuen Herrinnen waren ihm jedenfalls sehr sympathisch. Mit der Mutter, das wußte er, würde er leichtes Spiel haben; sie war gutherzig, impulsiv wie ein fröhliches Kind – und willensschwach. Die Tochter hingegen war ein fester Charakter; es lag etwas in ihrem Wesen, das ihm verriet, daß sie genau wußte, was sie wollte, aber zugleich auch etwas, das ihn verwirrte und ihn geheimnisvoll anzog. Sie war ganz gewiß nicht so kühl und temperamentlos, wie sie scheinen wollte, zuweilen zuckte es um ihren schönen Mund. Und sie war nicht ohne tieferes Empfinden, das hatte sich verraten, als sie von ihrem Vater gesprochen hatte, den sie sehr geliebt haben mußte.

Sie war schön, gefährlich schön für einen Menschen, der junges, warmes Blut in den Adern hatte und nicht durch eine feste Neigung zu einer anderen vor ihrem Reiz geschützt war. Mit diesem sinnverwirrend schönen Mädchen sollte er nun Tag für Tag in enger Gemeinschaft des Reiselebens zusammen sein? Eine Wonne mußte es sein, ihr dienen zu dürfen, aber würde es nicht sehr schwer sein, immer ruhig und beherrscht bleiben zu müssen?

Aber daran durfte er nicht denken. Gleich von Anfang an mußte er sich vor Augen halten, daß er für sie nichts weiter sein würde als ein wesenloses Nichts. War es nicht aber schon ein Glück für ihn, ihr dienen zu dürfen, ihr jeden Wunsch von den Augen abzulesen, noch ehe sie ihn aussprach, und ihr Beschützer sein zu dürfen?

Freilich, sie würde eines Beschützers sehr viel weniger bedürfen als ihre kleine, lebhafte Mama, die viel impulsiver war, viel lebhafter, viel unreifer und unbesonnener als ihre schöne Tochter.

Er atmete wieder sehr tief und schwer.

Nur sich gleich im voraus klarmachen, daß er nichts weiter für sie war als ein Untergebener, ein bezahlter Diener, der jedes Winkes seiner Herrin gewärtig sein mußte. Mit Konstantin Rohwald zu reisen war auch nicht immer leicht gewesen; er war sehr sprunghaft und launenhaft gewesen, hatte sich von seinen Launen treiben lassen, bald in den größten Luxus hinein, bald in die unwirtlichsten Einöden. Einmal war er der liebenswürdigste, charmanteste Gesellschafter gewesen, dann wieder ein wortkarger Sinnierer. Tausend Pläne waren immer durch seinen Sinn gewirbelt. Und doch hatte Heinz Römer sich ihm immer elastisch angepaßt, war immer gut mit ihm ausgekommen und hatte nie die Dienstbarkeit gefühlt, da Konstantin Rohwald doch vor allem eine vornehme Gesinnung hatte. So, wie er jeder seiner Launen gerecht geworden war, so würde er sich nun auch in das Wesen seiner neuen Herrinnen zu finden wissen, ohne sich etwas zu vergeben. Also würde es auch in seiner neuen Stellung gutgehen, mußte gutgehen. Teilweise würde es besser gehen, teilweise schlechter. Aber das sollte ihn nicht kümmern – wenn er nur sein Herz im Zaum halten konnte, auf daß es nicht heißer für die junge Herrin schlug, als erlaubt war.

Er würde sich schon zusammenreißen. Das war heute nur die Überraschung des ersten Sehens, der erste Eindruck der sieghaften Schönheit dieser jungen Señorita. Heute konnte er ja noch in seinem Entzücken schwärmen, heute war er noch frei und ungebunden. Morgen würde er dann wieder einen klaren Kopf haben, und war er erst an ihren Anblick gewöhnt, dann würde er immer ruhiger werden.

Heute war er nur ein wenig aus den Fugen, auch dadurch, daß er nun eine neue Position gefunden hatte, eine anscheinend sehr gute Position. Das hatte er kaum zu hoffen gewagt, auf ein Jahr war er nun wieder gesichert, vielleicht auch auf länger, wenn er sich das Vertrauen der beiden Damen erringen konnte. War das wirklich der Anfang zu einer dauernden Lebensstellung?

Da drüben in Mexiko mußte es sich doch leben lassen. Wenn er sich Señora Nordau unentbehrlich machte? Für immer drüben in Mexiko – und vielleicht konnte er sich auf der großen Hazienda auch als Landwirt betätigen. Das wäre ein großes Glück für ihn.

Aber nur daran noch nicht denken, sich noch nicht Hoffnungen machen, die sich vielleicht nie verwirklichen!

Was wohl Christa dazu sagen würde? Natürlich würde sie sich freuen, daß er eine neue Stellung hatte, aber daß er nun wieder fortreiste, das würde ihr Herzweh kosten. Vorläufig würde er mit ihr nur über diesen Jahresvertrag sprechen, nicht von der Hoffnung auf später. Herrgott, wenn er wirklich eine Lebensstellung bekam, dann konnte er vielleicht seine kleine Christa nachkommen lassen, damit er ihr ein angenehmeres Leben schaffen konnte. Wer weiß, ob dann ihr Spanisch nicht doch noch einmal lebendig würde. Eingewöhnen würde sie sich da drüben so gut wie er, sie war anpassungsfähig. Aber – er war wirklich ein bißchen aus dem Gleichgewicht, daß er schon so weit dachte. Das lag doch alles noch in weiter Ferne. Erst einmal den Jahresvertrag, schon das war ein Glück. Und alles weitere in Gottes Hand, er hatte bisher geholfen, wie er allen unverzagten Menschen half. Er würde auch weiter helfen.

Damit schloß Heinz Römer energisch seinen Gedankengang und überlegte, ob er alles besäße, was er in seiner neuen Stellung brauchen würde. Mit Garderobe war er gottlob gut versorgt, auch Wäsche besaß er reichlich, um gut ausgestattet zu sein. Einige Kleinigkeiten fehlten, die er sich jetzt nicht angeschafft hatte, weil er mit jedem Pfennig rechnen mußte, aber nun war es nötig.

Er besorgte gleich noch diese kleinen Einkäufe in der Leipziger Straße. Und dann mußte er sich eilen, zu seiner Schwester zu kommen, um mit ihr zu Mittag zu speisen. Das würde nun für lange Zeit das letzte Mal sein.

Er fand Christa schon zu Hause. Sie sah ihn erwartungsvoll an.

»Oh, Heinz, ich bin ja so gespannt. Professor Bergt sagte

mir, eine Dame habe sich bei ihm nach dir erkundigt. War das vielleicht die spanische Señora?«

Er nickte lachend und zog sie an sich.

»Ja, Christa! Das heißt, es ist eine mexikanische Señora. Es ist alles glatt und gut gegangen – ich bin engagiert!«

Er zog sie neben sich auf das Sofa und berichtete ihr alles, was geschehen war und was sie interessieren konnte. Nur davon sprach er nicht, welch tiefen Eindruck Señorita Nordau auf ihn gemacht hatte. Atemlos lauschte sie, und in ihrem reizenden Gesicht spiegelten sich Freude und Trauer. Diese beiden Gefühle stritten sich in ihrem Innern. Sie gönnte dem Bruder dieses Glück, aber sie fürchtete sich vor der erneuten Trennung.

Aber tapfer wie immer, sagte sie, seine Hände fassend:

»Ich wünsche dir von ganzem Herzen Glück zu diesem Engagement, lieber Heinz, wenn ich auch ein wenig traurig bin, daß wir uns nun wieder auf lange Zeit trennen müssen. Einen Trost habe ich aber – mit diesen beiden Damen wirst du nicht so gefahrvolle Abenteuer erleben wie mit Konstantin Rohwald.«

»Nein, Christa, diesmal geht es nur in zivilisierte Gegenden, aber . . .« Er brach ab. Er hatte sagen wollen: Aber ob es diesmal weniger gefährlich ist, weiß man nicht. – Er konnte das aber zum Glück noch zurückhalten und fuhr statt dessen fort:

»Aber vielleicht wird es nicht viel leichter sein, alle Wünsche meiner neuen Herrinnen zu erfüllen.«

»Sind sie nicht nett?«

»Mehr als das, sie sind sehr liebenswürdig.«

Und er berichtete allerlei, was ihm an den Damen besonders gefallen hatte, ohne zu viel von Cedas Schönheit zu schwärmen. Christa nickte ihm lächelnd zu.

»Nun, was du mir von den Damen erzählst, beruhigt mich. Und du wirst deinen Mann schon stehen. Wir wollen gar nicht mehr allerlei Bedenken in uns aufkommen lassen, ich will auch ganz tapfer sein und der erneuten Trennung von dir mutig ins Auge sehen. Es wird schon alles gutgehen.«

Gleich nach Tisch mußte Christa wieder aufbrechen, um in das Laboratorium zurückzugehen. Einen großen Teil ihrer Mittagspause nahm immer der Weg in Anspruch. Heinz begleitete die Schwester bis zur Elektrischen und versprach ihr, den Abend mit ihr zu verbringen, da es vielleicht vor seiner Abreise der letzte war, den er für sie frei hatte. Wenn seine Herrinnen auch noch zwei Wochen in Berlin bleiben wollten, so wußte er doch nicht, ob er sich noch einmal freimachen konnte.

Herzlich verabschiedeten sie sich voneinander. Heinz begab sich dann in seine Wohnung, um den Vertrag aufzusetzen und seine Koffer zu packen. Er hatte auch noch einige Wege zu gehen und war so vollauf bis zum Abend beschäftigt, um alles Nötige zu erledigen.

Am Abend suchte er dann seine Schwester wieder auf. Mit herzlichen Worten bat er Frau Schwalbe, daß sie sich seiner Schwester in seiner Abwesenheit annehmen möge wie bisher. Die alte Dame versprach ihm das und wünschte ihm Glück zu seinem Engagement. Es war ihm ein großer Trost, daß er Christa nicht ganz schutzlos zurücklassen mußte. Er wollte es auch möglich machen, in diesen Tagen Professor Bergt noch einmal aufzusuchen und auch ihm das Wohl der Schwester ans Herz zu legen.

Heute blieb er bis elf Uhr, und dann nahmen die Geschwister innigen Abschied, da sie ja nicht wußten, ob sie sich vor Heinzens Abreise noch einmal sehen und sprechen würden.

Am anderen Morgen begab sich Heinz Römer mit seinen Koffern ins Hotel Adlon. Er wurde schon im Vestibül von Pedro mit einem strahlenden Gesicht empfangen. Pedro geleitete ihn in das für ihn reservierte Zimmer, das in derselben Etage lag, wo die Damen wohnten, und ganz in der Nähe ihrer Gemächer. Die Señora hatte den Wunsch ausgesprochen, er möge ganz in der Nähe untergebracht werden, damit er immer zu ihrer Verfügung stehe.

Pedro zeigte seine unverhohlene Freude darüber, daß dieser ihm so sympathische spanisch sprechende Herr in Zukunft die ganze Reise mitmachen würde. Er hatte von seinen Herrinnen erfahren, daß Señor Römer als Reisebegleiter engagiert war. Sehr glücklich war er, daß er spanisch mit ihm sprechen konnte, und er stellte Heinz bereitwillig seine Dienste zur Verfügung. Heinz wehrte ab.

»Ihre Herrinnen werden Ihrer bedürfen, Pedro«, sagte er.

Pedro schüttelte aber den Kopf.

»Nein, nein, die Señora liegt noch zu Bett, und die Señorita wird von der Kammerfrau Juanita angekleidet. Für mich haben die Herrinnen jetzt keine Verwendung, überhaupt auf Reisen sehr wenig. Wir sind ja immer im Hotel, und das Hotelpersonal drängt sich der Trinkgelder wegen um die Herrinnen. Da bleibt für mich wenig zu tun, und die Señora hat mir befohlen, Ihnen während der Reise behilflich zu sein. Ich werde sehr froh sein, wenn wir wieder auf Doxana sind, da ist es schöner als sonstwo auf der Welt, und dort bin ich nicht so überflüssig wie unterwegs.«

So plauderte Pedro und ging ohne Umstände daran, Heinz Römers Koffer auszupacken. Er hing die Anzüge sorgfältig über Bügel in den Schrank und schüttelte sie gut aus, damit sie keine Falten behielten.

»Sie sind schon lange im Dienst Señora Nordaus?« fragte Heinz.

»Seit zwanzig Jahren – das heißt, eigentlich war ich im Dienst Señor Nordaus. Aber leider ist er schon sei gut zwei Jahren tot. Oh, war das ein guter, gerechter Herr! Alle haben ihn geliebt und geehrt. Und zu mir hat er gesagt, kurz vor seinem Tode: Pedro, du verläßt die Herrinnen nicht und dienst ihnen so treu, wie du mir gedient hast. – Alle waren so betrübt, daß er sterben mußte – alle. Wer seine Pflicht getan, der hatte es gut bei ihm. Auch bei den Herrinnen. In Doxana bekommt jeder sein Recht, das muß man sagen.«

»Doxana heißt die Besitzung der Herrinnen, nicht wahr?«

»Ja, Señor! Oh, Sie werden staunen, wenn Sie Doxana sehen werden! Nirgends auf der Welt kann es schöner sein als dort.«

Heinz ließ ihn lächelnd schwatzen, solange er nur von seiner Heimat und von nebensächlichen Dingen sprach. Sobald er aber auf die Herrinnen zu sprechen kam, lenkte er ab. Er wollte sich nicht mit dem Diener über die Damen unterhalten oder sich von ihm über deren Eigenschaften informieren lassen.

Gegen elf wurde Pedro von der Kammerfrau abgerufen. Bald darauf kam er wieder.

»Señora läßt bitten!«

Heinz Römer folgte ihm. Er wurde in denselben Salon wie gestern geführt. Die Damen waren anwesend. Die Señora empfing ihn lebhaft und begrüßte ihn sehr entgegenkommend. Ceda war ruhig und zurückhaltend wie gestern, aber nicht unfreundlich.

Heinz legte den Damen auf ihren Wunsch den Vertrag vor. Die Señora wollte ihn schnell unterschreiben, ohne ihn gelesen zu haben, aber ruhig entzog ihr Ceda das Papier und las das Schriftstück aufmerksam durch. Dann legte sie es der Mutter wieder hin und nickte ihr lächelnd zu. Mit einem etwas schuldbewußten Kopfschütteln unterschrieb die Señora. Sie mokierte sich wieder ein wenig über ihre vernünftige Tochter. Dann sah sie lachend zu Heinz Römer auf.

»So, Señor Römer, nun unterschreiben auch Sie.«

Er verbeugte sich und setzte seinen charakteristischen Namenszug unter den der Señora.

Ceda nahm ein Exemplar an sich und händigte das andere Heinz Römer aus. Dann sagte ihre Mutter:

»Wir möchten jetzt hinausfahren nach Sanssouci, Señor Römer, und bitten Sie, unser Begleiter und Führer zu sein. Sicherlich können Sie uns mancherlei von dem großen Preußenkönig Fritz erzählen, über den uns mein Mann so oft unterhalten hat. Kennen Sie Sanssouci?«

»Ja, Señora, ich habe das Schloß während meines Studiums an der Landwirtschaftlichen Hochschule in Postdam oft besucht. Es gibt dort noch mancherlei zu sehen, was an diesen großen Preußenkönig erinnert. Wenn Sie sich dafür interessieren, kann ich Ihnen das alles zeigen.«

»Ah, Sie haben eine Landwirtschaftliche Hochschule besucht? Wollten Sie Landwirt werden?« fragte Ceda.

»Ich hatte allerdings einmal die Absicht, aber der Krieg unterbrach mein Studium – und dann war ich nicht mehr in der Lage, es fortzusetzen.«

»Sie haben Ihren Vater durch den Krieg verloren?« fragte Ceda teilnahmsvoll.

»Ja, er erlag einem Typhusanfall draußen im Feldlazarett, das er leitete.«

»Aber wie ist Ihr Vater als deutscher Arzt nach Spanien gekommen?« fragte die Señora.

»Mein Vater wurde durch den König von Spanien nach Madrid gerufen, um an einem Mitglied der königlichen Familie eine Operation vorzunehmen, die mein Vater zu jener Zeit an einigen Patienten mit Erfolg ausgeführt hatte. Diese Operation glückte ihm auch. Als kurze Zeit darauf ein anderes Mitglied der königlichen Familie ebenfalls von demselben Leiden befallen wurde, mußte mein Vater auch da einen Eingriff vornehmen, der ebenfalls zur Heilung des Patienten führte. Mein Vater wurde dann von dem König in Madrid gebeten, sein Leibarzt zu werden, doch die Madrider Ärzte intrigierten dagegen. Trotzdem ließ der König meinen Vater bei allen ernsten Erkrankungen seiner Familie hinzuziehen. Selbsverständlich wurde er dann auch von den Kreisen der Hofgesellschaft vielfach in Anspruch genommen. Meine Mutter folgte meinem Vater mit mir nach Madrid. Ich war damals vier Jahre alt.«

»Und bei Kriegsausbruch kamen Sie dann alle nach Deutschland zurück?«

»Ich war schon zwei Jahre früher zurückgekommen, Señorita, um mein Studium zu beginnen. Meine Angehörigen trafen bald nach Kriegsausbruch in Deutschland ein. Mein Vater hielt es für seine Pflicht, seine chirurgische Kunst verwundeten Soldaten zugute kommen zu lassen. Aber nun will ich die Damen nicht länger mit meinen Angelegenheiten belästigen. Wünschen Sie, sofort nach Sanssouci aufzubrechen?«

»Ja, Pedro hat schon das für die Dauer unserer Anwesenheit in Berlin gemietete Auto vorfahren lassen.«

Heinz begleitete die Damen hinunter zum Auto, half ihnen beim Einsteigen und legte sorglich die Decke über ihre Knie. Pedro nahm neben dem Chauffeur Platz, und Heinz stieg zu den Damen ein. Er setzte sich so auf den Rückplatz, daß er ihnen nicht den Rücken zukehrte. Während der Fahrt machte er sie schon auf allerlei Sehenswürdigkeiten aufmerksam.

In Sanssouci angekommen, fuhren sie an der historischen Windmühle vorbei zum Schloß. Ehe sie dieses besichtigten, führte Heinz die Damen vor das Schloß, damit sie den Blick über die Terrassen und den Park genießen konnten.

Bei allem, was er sagte und tat, zeigte sich seine ritterliche Artigkeit von der besten Seite.

Nach Besichtigung des Schlosses verlangte die Señora, die Terrasse hinab in den Park zu gehen. Mit ihren zierlichen Stöckelschuhen war das gar nicht so leicht. So bot ihr Heinz ganz selbstverständlich den Arm, damit sie sich stützen konnte. Ceda lief leichtfüßig voraus, und seine Augen folgten ihr entzückt. Die schlanke, elegante Erscheinung mit dem elastischen, zielsicheren Gang war ihm eine ästhetische Augenweide. Er fragte sich im stillen, was sie wohl dazu sagen würde, wenn sie ahnte, mit welchem Entzücken er sie betrachtete. Er konnte sich ungefähr den stolzen, abweisend hochmütigen Blick ausmalen, mit dem sie ihn in seine Schranken zurückgewiesen hätte. Er durfte wohl ihr und ihrer Mutter alle Ritterdienste erweisen, wofür er bezahlt wurde, aber seine Empfindungen als Mensch mußte er hübsch für sich behalten, weil sie dieses schöne stolze Mädchen als beleidigend ansehen würde.

Diese Erkenntnis fiel plötzlich über ihn her wie ein grimmiger Schmerz. Nie hatte er das Los der Abhängigkeit so tief und schmerzlich empfunden wie jetzt, und nie hatte sein Stolz sich so tief gedemütigt gefühlt. Er mußte die Zähne zusammenbeißen und sich selbst zur Ordnung rufen. Was fiel ihm ein, solche Betrachtungen anzustellen? Hatte er sich als Konstantin Rohwalds Reisebegleiter jemals gedemütigt gefühlt? Nein, niemals! Warum also jetzt? Er leistete einfach eine Arbeit, für die er bezahlt wurde. Zudem waren die Damen wahrlich sehr liebenswürdig und freundlich. Sie plauderten mit ihm wie mit ihresgleichen, und die schöne Señorita würde auch jedem anderen Mann mit derselben kühlen Reserve gegenüberstehen wie ihm. Was fiel ihm also ein? Was wollte er noch? Woher plötzlich diese Empfindungen, die ihm doch sonst nie das Gemüt beschwert hatten. Er hatte hier ein Amt, hatte seiner Pflicht zu genügen, und damit genug.

Er gab sich einen energischen Ruck, und keine Miene seines Gesichtes verriet etwas von seinen Gedanken. Er plauderte angeregt und scheinbar unbefangen mit den Damen und stützte die Señora mit Sorgfalt und Zuvorkommenheit.

Auf dem untersten Treppenabsatz blieb Ceda stehen und sah sich lächelnd nach der Mutter um.

»Geht es noch, Mamia, oder bist du müde?«

Vergnügt schüttelte die Señora den Kopf.

»Señor Römer führt mich so gut, daß ich keine Ermüdung spüre. Es ist doch sehr angenehm, wenn man sich auf einen starken Arm stützen kann. Wie froh bin ich, daß wir nicht mehr allein herumlaufen müssen, zumal Señor Römer sehr interessant zu plaudern versteht.«

Ceda nickte ihr lächelnd zu. Wenn Mamia ihren Willen bekommen hatte, war sie immer reizend und liebenswürdig.

»Dann laß uns weiter in den Park hineingehen. Schade, daß er schon so herbstlich aussieht; im Frühjahr muß es hier noch viel schöner sein.«

»Und hier diese Treppe ist der alte Fritz sicherlich jeden Tag hinuntergegangen, nicht wahr, Señor Römer?«

»Wenn er in Sanssouci weilte und nicht krank war, gewiß. Aber er hatte nicht viel Zeit, sich hier der Ruhe hinzugeben, und sehr oft war er auch leidend, zumal in seinen letzten Lebensjahren.«

»Und doch hatte er so viel Energie. Erzählen Sie mir noch ein wenig aus jenen Tagen, da er hier Hof gehalten hat.«

Und Heinz erzählte von dem alten Fritz, als er noch der

›junge‹ Fritz gewesen, von seinen Kämpfen mit dem strengen Vater, von seiner Lieblingsschwester und deren Liebesgeschichte mit Major von Trenk, von der Barberina und von Voltaire.

Sehr befriedigt von diesem ersten Ausflug unter dem Schutz ihres neuen Reisebegleiters kehrten die Damen in das Hotel zurück, nachdem sie auch noch alles Interessante in Potsdam besichtigt hatten.

Und so ging es in den folgenden Tagen durch Berlin und Umgebung. Überall war Heinz auf dem Posten, immer zeigte er sich als vollkommener Kavalier. Señora Nordau schwärmte in den höchsten Tönen von ihm, wenn sie mit ihrer Tochter allein war. Sie war restlos mit ihm zufrieden und beglückwünschte sich zu dieser Errungenschaft. Lachend umfaßte Ceda eines Tages ihre Mutter:

»Laß ihn nur nicht hören, wie du von ihm schwärmst, Mamia, sonst wird er eitel, und eitle Männer sind gräßlich.«

»Was denkst du von ihm, Ceda? Er hat nicht die geringste Anlage zur Eitelkeit, dazu ist er viel zu klug. Ich kann dir sagen, es macht mich froh und glücklich, daß wir gerade ihn gefunden haben. Er ist ein ungemein charmanter, geistvoller und angenehmer Mensch. Jeden Wunsch liest er uns von den Augen ab, immer ist er hilfsbereit und artig, alle häßlichen und unbequemen Dinge erledigt er im Handumdrehen, ohne daß wir im geringsten davon belästigt werden. Unter seiner Leitung geht alles wie am Schnürchen. Wahrhaftig, immer mehr erinnert er mich an deinen Vater in seiner ganzen Art. Er ist genauso ein vollendeter Kavalier, wie er es war.«

Ceda war derselben Ansicht wie die Mutter, aber um keinen Preis hätte sie das so ruhig ausgesprochen wie diese. Sie zwang sich sogar zu einer spöttischen Überlegenheit und sagte achselzuckend:

»Schließlich wird er ja dafür bezahlt, Mamia. Aber es ist ein Glück, daß er dir so gut gefällt.«

Ganz kriegerisch richtete sich die Señora auf:

»Dir etwa nicht, Ceda? Nun, das muß ich sagen, wenn ich jung wäre wie du, über Hals und Kopf verliebte ich mich in diesen Mann. Aber du bist ein Eiszapfen, wahrhaftig, das bist du!«

Ceda küßte sie lachend, wenn dies Lachen auch etwas erzwungen war.

»Sei doch froh, Mamia! Wie schrecklich, wenn ich mich in einen Untergebenen verliebte. Das tut doch eine Dame von Geschmack niemals.«

»So ein Unsinn, Ceda! Ein Untergebener? Du tust ja gerade, als sei er ein Diener. Ein Mann wie er, so gebildet, so klug und interessant, steht immer obenan, ganz gleich, ob er reich oder arm ist. Seine Armut ist eben nur ein Unglück für ihn, aber kein Fehler in meinen Augen. Sein Vater hat am königlichen Hof in Madrid verkehrt. Weißt du, was das heißt? Von so einem Mann spricht man nicht wie von einem Untergebenen, das heißt den Hochmut zu weit getrieben.«

Ach, Ceda unterschrieb jedes Wort ihrer Mutter und hätte sie am liebsten dankbar dafür abgeküßt. Aber ihr Stolz ließ es nicht zu, der Mutter zuzustimmen. Gerade weil sie täglich stärker fühlte, einen wie tiefen Eindruck Heinz Römer auf sie machte, kämpfte sie gegen dies Gefühl. Es war nicht Hochmut, sondern mädchenhafter Stolz. Sie verschanzte sich nur hinter ein wenig überhebliche Worte, sie wollte ihn unbedingt nur als Untergebenen werten, weil sie fürchtete, daß er ihr zu viel gelten würde.

So waren die beiden Wochen vergangen. Der Tag der Abreise, zunächst nach Köln, war festgesetzt. Am nächsten Abend wollten sie mit dem Schlafwagen Berlin verlassen. Heinz machte sich an diesem letzten Abend für ein paar Stunden frei. Er hatte die Damen in die Oper begleitet und wollte sie nach Schluß der Vorstellung abholen. In der Zwischenzeit wollte er Christa noch einmal aufsuchen und Abschied von ihr nehmen.

Mit keinem Wort hatte er verraten, daß er eine Schwester besaß, er wollte den Damen nicht mit seinen Familienangelegenheiten lästig fallen. Er sprach nie davon, wenn er nicht gefragt wurde, und da Mutter und Tochter keine Ahnung von der Existenz Christas hatten, konnten sie ihn auch nicht danach fragen. Er hatte, als er sich beurlaubte, nur gesagt, er habe vor seiner Abreise eine private Angelegenheit zu erledigen. Es fiel ihm auf, daß Ceda ihn seltsam forschend ansah, als er sich in der Loge, wohin er die Damen begleitet hatte, von ihr verabschiedete. Was sollte dieser prüfende Blick bedeuten? Darüber mußte er eine ganze Weile nachdenken. Und er kam nicht darauf, daß sich Ceda in diesem Moment gedacht hatte: Ob er sich jetzt wohl von der Dame seines Herzens verabschiedet? Daß er ganz freien Herzens war, daß er eine tiefe und ernste Liebe vorher noch nie empfunden hatte, wenn er auch wie jeder junge Mann zuweilen eine kleine Liaison gehabt hatte, das wußte sie eben nicht.

Dieser Gedanke ließ sie an diesem Abend nicht mehr los und quälte sie seltsam. Unaufmerksam folgte sie den Vorgängen auf der Bühne. Die Vorstellung machte wenig Eindruck auf sie. Sie achtete auch nicht darauf, daß sie von den Herren bewundernd und von den Frauen neidvoll angestarrt wurde. Immer wieder ertappte sie sich bei dem Gedanken, wohin wohl Heinz Römer gegangen sein mochte, mit wem er zusammen war. Hatte er sich wirklich zu einer Frau begeben, die er liebte – die ihn liebte –, wie schwer mußte dann dieser Abschied sein. Ganz heimlich mußte sie denken, daß Heinz Römer eine Frau, die er liebte, sehr glücklich machen könnte. Er hatte etwas in seinem Wesen, was Frauen bestrickte. War doch selbst ihre kleine Mamia über alle Maßen entzückt von ihm.

Immer wieder versuchte sie vergeblich, ihre Aufmerksamkeit den Vorgängen der Oper zuzuwenden, aber die Gestalten, die singend und gestikulierend auf der Bühne hin und her liefen, vermochten sie nicht zu fesseln. Immer wieder fragte sie sich unruhig: Zu wem ist er gegangen?

Er?

Ja, so nannte sie ihn in ihren Gedanken. Und sie fühlte, daß ihr das Herz weh tat, es lag ihr so schwer in der Brust wie nie zuvor. Und es half nichts, daß sie sich mit Vernunftgründen dagegen wehrte, half nichts, daß sie hochmütig den Kopf zurückwarf. Sie mußte – mußte an ihn denken – und an die Frau, der er wohl seine Liebe geschenkt hatte.

Als er sie dann nach Schluß der Oper abholte, als sie wieder in sein edelgebildetes Gesicht sehen konnte, da flutete ihr das Blut fast schmerzhaft zum Herzen zurück. Immer wieder streifte sie forschend seine Züge, als müsse sie nach einem Beweis für ihren Verdacht forschen. Aber sie sah nichts anderes darin als sonst. Und aufatmend mußte sie denken, wie gut es war, daß sie morgen von Berlin abreisten. Warum das gut war, darüber gab sie sich keine Rechenschaft. Sie hätte sich um keinen Preis eingestanden, daß sie über die Abreise so froh war, weil sie fortan sicher sein durfte, er sei nicht mit der Frau seiner Liebe zusammen, falls er nicht in ihrer Nähe war.

Heinz Römer hatte keine Ahnung gehabt von dem, was im Innern seiner jungen Herrin vorging, während er von der Oper zu Christas Wohnung fuhr, um dort von der Schwester Abschied zu nehmen.

Er hatte bei diesem letzten Zusammensein keine Sentimentalität aufkommen lassen.

»Es ist ja vorläufig nur eine Trennung auf Monate, Christa, wir kehren im Sommer noch einmal nach Berlin zurück, auf der Reise nach England. Wir wollen gar nicht daran denken, daß es eine Trennung ist. Ich habe dir hier ziemlich genau unseren Reiseplan notiert. Du schickst mir deine Briefe postlagernd an die Orte, die ich hier aufgezeichnet habe. Immer bis zu dem nebenstehenden Datum schickst du sie an die einzelnen Orte, dann bekomme ich sie bestimmt, wenn auch zuweilen etwas verspätet. Sollten wir die Route ändern – Damen sind ja zuweilen sehr unbeständig –, erhältst du Nachricht von mir.«

Christa nickte tapfer.

»Gut, Heinz, ich werde mich genau danach richten. Du schreibst mir doch auch?«

»Selbstverständlich, sooft ich Zeit dazu habe. Neulich war

ich vormittags bei Professor Bergt in der Sprechstunde; hat er es dir erzählt?«

»Ja, er hat mir deine Grüße ausgerichtet. Er freut sich sehr, daß du eine so gute Stellung gefunden hast.«

»Er hat mir versprochen, dir nach wie vor seinen Schutz angedeihen zu lassen. Ich bin außerordentlich froh darüber, Christa. Er und Frau Schwalbe werden die Hände über dich halten, das ist mir ein großer Trost.«

Sie nickte ihm lächelnd zu, freilich mit verdächtig feuchten Augen.

»Mache dir nur um mich keine Sorgen, Heinz, ich bin doch wirklich gut aufgehoben und außerdem gewöhnt, immer für mich selbst einzustehen. Es wird schon alles gutgehen.«

Er überlegte, ob er ihr sagen sollte, daß seine neue Stellung vielleicht zu einer Lebensstellung werden würde. Die Señora hatte noch verschiedene Male in diesen Wochen davon gesprochen, daß sie so nötig eine Persönlichkeit auf Doxana brauche, der sie völlig vertrauen könne. Sollte er Christa nichts davon sagen? Es war ihr vielleicht ein Trost, eine Beruhigung. Und so entschloß er sich, es zu tun.

»Christa, es ist möglich, daß mich Señora Nordau weiter verpflichtet, wenn mein Jahresvertrag abgelaufen ist. Sie hat mich gefragt, ob ich Lust haben würde, für immer in Mexiko zu bleiben, weil sie eine Vertrauensperson braucht. Wenn es mir gelingt, ihr Vertrauen zu gewinnen, könnte es sein, daß ich für lange Jahre verpflichtet werde.«

Christa wurde sehr blaß, blieb aber tapfer. Mit etwas unsicherer Stimme sagte sie:

»Vielleicht machst du dein Glück da drüben, Heinz.«

Ihre Tapferkeit rührte ihn.

»Nicht ohne dich«, erwiderte er, sie fest an sich ziehend. »Wir werden sehen, Christa, vielleicht machen wir beide da drüben unser Glück. Denn das ist sicher: Werde ich für länger verpflichtet, unter denselben oder noch besseren Bedingungen, dann mußt du nach Mexiko nachkommen. Würdest du das tun wollen?«

Unsicher sah sie zu ihm auf.

»Wenn ich dir aber eine Last bedeuten würde, Heinz?«

»Davon kann gar keine Rede sein. Im Gegenteil, ich werde dich dann sehr nötig brauchen. So ganz allein da drüben, das wäre eine Qual. Einmal wollen wir doch wieder für immer vereint sein. Und bei dem Gehalt, das ich beziehe, kann ich es mir leisten, meine Schwester bei mir zu haben.«

»Wenn du dich aber eines Tages verheiraten würdest?«

Eine Weile sah er mit seltsam düsteren Augen vor sich hin. Vor seinem geistigen Auge erschien Ceda Nordaus schlanke, stolze Gestalt. Ihre leuchtenden Augen sahen ihn lockend an. Er riß sich zusammen. Ein fester, harter Zug legte sich um seinen schmallippigen, ausdrucksvollen Mund.

»Ich werde bestimmt nie heiraten, Christa. Nicht wahr, du würdest kommen, wenn ich dich rufe?«

Sie hatte ihn forschend angesehen. Irgendein Zug in seinem Gesicht war ihr fremd. Der düstere Ausdruck seiner Augen beunruhigte sie. Es wurde ihr erst jetzt bewußt, daß er irgendwie verändert war, seit er seine neue Stellung angetreten hatte. Aber sie fragte nicht, denn sie ahnte, daß etwas in ihm zu schonen sein müsse.

»Wenn du mich eines Tages rufen wirst, werde ich kommen, Heinz. Aber daran wollen wir jetzt noch nicht denken, es wäre viel zu schön, als daß es wahr werden könnte. Oh, wenn es uns vergönnt wäre, wieder zusammenleben zu dürfen wie damals in Madrid, wo wir alle vereint und glücklich waren. Das war auch im fremden Land, Heinz – und doch war es so schön, wie es in der deutschen Heimat nie wieder geworden ist. Wenn wir nicht immer wieder auseinandergerissen würden – ach nein, Heinz, solchen Gedanken will ich lieber nicht nachhängen, damit ich nicht enttäuscht werde.«

»Du solltest nur wissen, daß deine Heimat bei mir sein wird, sobald ich eine sichere Position gefunden habe, und ich wollte wissen, ob du dich nicht vor einer Reise über den Ozean fürchtest, falls ich dich zu mir rufe.«

»Ich würde kommen, Heinz, und wie gerne. Darauf kannst du dich verlassen. Vorläufig wollen wir aber beide froh sein, daß wir untergebracht sind, ich bei dem Professor, du bei den beiden Mexikanerinnen. Erzähle mir doch ein wenig von ihnen. Sind sie nett zu dir?«

Heinz berichtete, und Christa lauschte aufmerksam. Er wußte nicht, daß seine Stimme wärmer klang, wenn er von Ceda sprach, und daß seine Augen aufleuchteten. Aber Christa fiel es auf, und sie fand plötzlich die Erklärung dafür, weshalb er vorhin so düster ausgesehen hatte, als sie die Möglichkeit einer Heirat in Betracht zog, und weshalb er ihr so seltsam verändert erschienen war. Aber sie wußte, daran durfte sie nicht rühren. Und als er schwieg, sagte sie leise:

»Wenn ich sie nur einmal hätte sehen können.«

Er richtete sich auf.

»Das wird sich nicht mehr einrichten lassen, Christa, morgen abend reisen wir schon ab. Aber vielleicht paßt es, wenn wir im Sommer wieder auf Durchreise in Berlin sind. Ich werde versuchen, es einzurichten, daß du sie dann wenigstens einmal von weitem siehst.«

»Ist die Señorita schön?« fragte sie, ohne ihn anzusehen.

Er atmete tief.

»Ja, sie ist sehr schön.«

Sie fragte nach der Farbe ihres Haares und ihrer Augen, nach der Größe und nach allem, was ihr helfen konnte, sich ein Bild von ihr zu machen. Und damit es ihm nicht auffiel, daß sie sich so sehr für die Señorita interessierte, erkundigte sie sich auch nach der Señora. Da wurde Heinz lebhafter und erzählte lachend, wie impulsiv und unbesonnen die Mutter sei und wie sie dann zuweilen von der vernünftigen Tochter zur Ordnung gerufen würde. Christa lachte mit ihm und war froh, daß er lachen konnte. Sie machte sich wohl nur unnütze Sorgen seinetwegen.

Dann war es Zeit, daß Heinz wieder zum Opernhaus fuhr. Sie nahmen herzlichen, innigen Abschied voneinander und sahen sich mit feuchten Augen an.

»Tapfer, Christa! Im Sommer sehen wir uns wieder. Und wir schreiben uns, sooft es geht.«

»Ja, Heinz! Bleib gesund! Und Gott mit dir!«

»Auch mit dir, meine liebe kleine Schwester!«

Noch eine Umarmung, ein Kuß, dann riß sich Heinz los und ging davon. Und er kam nur wenige Minuten vor Ende der Vorstellung am Opernhaus an.

Es fiel ihm auf, daß Ceda ihn seltsam forschend ansah; warum das geschah, ahnte er aber nicht.

Sie fuhren ins Hotel zurück. Hier speisten sie wie immer im großen Speisesaal. Auch bei dieser Gelegenheit zeigte sich Heinz stets als Mann von tadellosen Formen. Er war zwar stets ritterlich, aber niemals devot. Niemand, der diese drei Personen beobachtete, konnte deshalb auf den Gedanken kommen, daß der schlanke, hochgewachsene Mann, der so elegant und vornehm wirkte und mit so selbstverständlicher Artigkeit die Damen umsorgte, ein bezahlter Untergebener sein könne.

Señora Nordau war sehr zufrieden mit ihrem Reisebegleiter und Sekretär. Sie fühlte sich wohl und sicher in seinem Schutz. Und auch Ceda hatte, zum ersten Mal seit dem Tod ihres Vaters, wieder ein Gefühl des Geborgenseins. Das kam ihr hauptsächlich dann zum Bewußtsein, wenn sich mehr oder weniger unangenehme Menschen in ihre Nähe drängten, um ihre und ihrer Mutter Bekanntschaft zu machen. Es genügte in solchen Fällen, daß die Damen Heinz einen Wink gaben, wer ihnen unsympathisch und unangenehm war. Dann verstand es Heinz sehr fein, die Betreffenden kaltzustellen, daß die Damen erlöst aufatmeten.

V

Am nächsten Abend brachte Heinz die Damen rechtzeitig zum Bahnhof Friedrichstraße. Für Mutter und Tochter hatte er zwei nebeneinanderliegende Abteile erster Klasse im Schlafwagen des Zuges nach Köln belegt. Er selbst benutzte ein danebenliegendes Abteil zweiter Klasse zusammen mit einem älteren Herrn. Pedro und Juanita waren im Nebenwagen untergebracht. Die beiden Damen fanden alles in ihren

Abteilen vor, Lektüre, Pralinen, Reisekissen und Decken und was sonst zu einer bequemen Reise gehörte. Die Abrechnung im Hotel war von Heinz erledigt worden, die Damen brauchten sich absolut um nichts mehr zu kümmern, und das fand vor allem die Señora sehr angenehm. Heinz hatte auch die beiden Schmuckkoffer der Damen in Verwahrung genommen und in Cedas Abteil gebracht.

Als der Zug sich in Bewegung setzte, fragte Heinz, ob die Damen noch Wünsche und Befehle hätten. Sie dankten und baten ihn nur, Juanita zu schicken, damit diese ihnen bei der Toilette behilflich sein könne. Heinz verabschiedete sich darauf mit der Bemerkung, daß sein Abteil direkt an das der Señorita stoße; wenn die Damen seiner bedürfen sollten, möchten sie nur an die Verbindungswand klopfen. Nachdem er noch Juanita herbeigerufen, begab auch Heinz sich zur Ruhe.

Etwas beunruhigte ihn, daß er die Nacht Wand an Wand mit Ceda verbringen sollte. Während der Zug durch die winterliche Nacht dahinsauste, lag er schlaflos und lauschte. Ihm war, als höre er Ceda Nordaus Atemzüge durch all den Lärm, durch das Sausen und Knattern des Zuges hindurch. Das war selbstverständlich Einbildung. Er mußte über sich selbst lächeln, und doch beschäftigte er sich in Gedanken so intensiv mit ihr, daß er das Gefühl hatte, ihr greifbar nahe zu sein. Und von diesem Gefühl hingerissen, streichelte er sanft über die Wand, die ihn von ihr trennte. Und in das Rattern des Wagens hinein, in diesen atemberaubenden Rhythmus, klang es in seinem Kopf und seinem Herzen:

»Ceda Nordau! Ceda Nordau! Ceda Nordau!«

Es half nichts, daß er sich zur Ordnung rief. Das junge heiße Blut stürmte verlangend durch seine Adern – verlangte nach Ceda Nordau – nach seiner jungen Herrin. Er sehnte sich nach ihrem Anblick, als hätte er ihn schon lange, lange entbehren müssen.

Aber schließlich war er doch eingeschlafen und wachte mit einem Ruck auf, als der Wagen hielt. Es mußte auf offener Strecke sein. Schnell sprang er von seinem Lager herunter und öffnete das Fenster, um zu ergründen, warum der Zug plötzlich hielt. Als er den Kopf hinausstreckte, erschien am Fenster des Nebenabteils Ceda Nordaus Kopf, hell von der Lampe in ihrem Abteil beschienen.

»Weshalb halten wir hier, Señor Römer?« fragte sie unruhig.

»Ich weiß es nicht, werde es aber sogleich zu ergründen suchen und bringe Ihnen Bescheid«, erwiderte er und verschwand, so gern er auch noch in ihr Gesicht gesehen hätte.

Er verließ das Abteil und schritt im Laufgang den Zug entlang bis zu der Selle, wo er einige Arbeiter vom Fenster aus entdeckt hatte, die sich unter einem der Wagen zu schaffen machten. Er erkundigte sich, was geschehen sei. Nichts von Bedeutung, wurde ihm geantwortet, eine Schraube habe sich gelockert, es werde gleich weitergehen.

Mit diesem Bescheid kehrte er in sein Abteil zurück und rief zum Fenster hinaus:

»Señorita!«

Cedas Kopf erschien wieder am Fenster. Er gab ihr Bescheid, und sie dankte lächelnd.

»Mamia ist gleich in Unruhe, wenn etwas Unvorhergesehenes auf der Eisenbahnfahrt geschieht.«

»Señora kann unbesorgt sein, wir werden gleich weiterfahren«, sagte er.

Sie nickte ihm zu und verschwand. Heinz aber blieb am offenen Fenster stehen und blickte zu dem winterlichen Sternenhimmel empor.

Ceda gab inzwischen ihrer Mutter Bescheid, die aufgeregt auf ihrem Lager aufrecht saß. Sie seufzte erlöst auf.

»Wie gut, daß wir Señor Römer haben, Ceda!«

»Ja, Mamia, es ist recht angenehm«, erwiderte Ceda lächelnd, küßte die Mutter, legte ihr die Kissen noch einmal zurecht und nickte ihr zu.

Der Zug setzte sich wieder in Bewegung. Ceda ging in ihr Abteil zurück. Sie hatte das Fenster offen stehen lassen, damit frische Luft hereinkam. Ehe sie es jetzt wieder schloß, sah sie noch einmal hinaus zum Nebenabteil hinüber. Sie erschrak, als sie Heinz erblickte, der immer noch den Sternenhimmel bewunderte. Er sah, daß Ceda herausschaute, sah aber auch, daß sie bei seinem Anblick erschrocken zurückwich. Und dann hörte er, daß sie das Fenster schloß. Seufzend starrte er zu den funkelnden Sternen empor.

Aber nun schimpfte hinter ihm sein Copégenosse:

»Machen Sie doch in Dreiteufelsnamen das Fenster zu bei dieser Kälte, Herr!«

Heinz mußte lachen.

»Sofort, mein Herr, ich wollte nur sehen, weshalb der Zug hielt.«

Damit schloß er das Fenster.

»Weshalb der Zug hielt? Wieso denn? Hat er denn gehalten?«

»Sie haben es verschlafen. Wir haben fünf Minuten auf der Strecke gehalten, weil eine Schraube locker war.«

»Ah so! Davon habe ich nichts gemerkt, mich weckte nur der kalte Luftzug. Zugluft vertrage ich nämlich nicht, ich bin rheumatisch.«

Heinz kletterte wieder zu seinem Lager hinauf und lauschte hinüber nach Cedas Abteil, freilich ohne etwas zu hören.

Warum war sie so schnell und verlegen zurückgezuckt, als sie ihn zum zweiten Mal am Fenster gesehen hatte?

Er konnte es nicht ergründen und schlief darüber wieder ein. Erst als ihn der Schlafwagenschaffner weckte, fuhr er empor. Schnell war er aus dem Bett heraus, kleidete sich an und trat auf den Gang hinaus. Er sah gerade noch Juanita im Abteil der Señora verschwinden, um ihr beim Ankleiden behilflich zu sein. Bald darauf trat Ceda heraus.

»Guten Morgen, Señorita, ich hoffe, die Damen haben leidlich geschlafen?«

Ein leichtes Rot stieg in ihr Gesicht. Sie ärgerte sich darüber, daß sie diese Nacht bei seinem Anblick so erschrocken und verlegen vom Fenster zurückgewichen war. Ihr Gesicht nahm den stolzen, unnahbaren Ausdruck an, den er so sehr fürchtete, weil er ihm weh tat.

»Guten Morgen, Señor Römer! Ich danke, wir haben ganz gut geschlafen, soweit das in einem Schlafwagen möglich ist.«

»Wünschen Sie hier im Zug zu frühstücken oder erst im Hotel?«

Sie winkte ab.

»Erst im Hotel!«

Zehn Minuten später fuhr der Zug über die Rheinbrücke, die hell erleuchtet war. Unten rauschte der Rhein. Er lag noch im Dunkeln, aber überall blinkten auf den Fahrzeugen und am Ufer Lichter auf, die sich im Wasser spiegelten. Heinz erklärte Ceda, was zu sehen war. Dann fuhr der Zug in Köln ein.

Wenige Minuten später saßen die Damen mit Heinz im Auto. In einem zweiten Auto folgten Pedro und Juanita mit dem Gepäck.

Bis zum Hotel war es nur eine kurze Fahrt, es lag am Domplatz. Hier wurden sie von noch etwas verschlafenem, aber gut geschultem Hotelpersonal empfangen.

Heinz inspizierte erst die Zimmer der Damen, ob sie deren Ansprüchen auch genügten. Dann fragte er sie, ob sie auf dem Zimmer zu frühstücken wünschten. Die Damen befahlen das Frühstück in ihren kleinen Salon, der zwischen ihren beiden Schlafzimmern lag, und forderten Heinz auf, ihnen Gesellschaft zu leisten.

Heinz verneigte sich und bestellte das Frühstück, wie es die Damen gewohnt waren.

Während des kleinen Frühmahles plauderten sie darüber, was sie nach Besichtigung des Domes in Köln unternehmen wollten. Zunächst wünschte die Señora noch einige Stunden zu schlafen, weil sie in der Nacht nicht genug Ruhe gefunden hatte. Ceda aber war gut ausgeruht und wollte nichts mehr von Schlaf wissen.

»Ich möchte ein wenig herumlaufen, während du schläfst, Mamia.«

»Gut, Kind, Señor Römer kann dich begleiten, ich bedarf seiner jetzt nicht!«

Ceda sah zu Heinz auf.

»Wollen Sie das tun?«

»Mit dem größten Vergnügen, Señorita. Darf ich Sie ein Stück am Rheinufer entlangführen?«

»Ja, bitte. Und du, Mamia, läßt dich von Juanita zur Ruhe bringen. Ich gehe mit Señor Römer an den Rhein. Wenn du ausgeschlafen hast, bin ich längst wieder zurück.«

So schritt Ceda mit Heinz dem Rheinufer zu. Er freute sich über ihren elastischen, sicheren Gang. Sie schritten über den Domplatz hinweg. Es war inzwischen hell geworden, und die grauen Riesentürme des Kölner Doms schimmerten im Frühlicht.

»Wollen wir für einen Moment den Dom betreten, Señorita? Er hat zu jeder Tageszeit eine andere Beleuchtung.«

Sie nickte stumm und schritt neben ihm die breite, zum Hauptportal führende Steintreppe hinan. In dem hohen Kreuzgang fröstelte es sie, und sie zog ihren Pelzmantel fester um sich zusammen. Das Innere des Doms wirkte auf sie seltsam kalt und nüchtern. Nur die wundervollen Glasfenster brachten Farbe und Wärme in den riesigen Raum.

Sie gab ihrem Empfinden Ausdruck, und Heinz sah lächelnd in ihr schönes Gesicht, das etwas blasser war als sonst.

»Mir ist es genauso ergangen, als ich das erstemal diesen Dom betrat. Sie werden Schöneres noch zu sehen bekommen, Señorita. Warten Sie, bis wir nach Italien kommen, dort werden Sie in den Kirchen, die Sie sehen werden, Farbenpracht, Stimmung und Wärme nicht vermissen.«

»Lassen Sie uns hinausgehen, vielleicht liegt es an mir, daß ich enttäuscht bin. So imposant der Dom auch ist, ich hatte ihn mir anders vorgestellt.«

Er führte sie hinaus, und sie schritten zum Rheinufer hinüber. Dort lag ein Rheindampfer zur Abfahrt bereit. Es herrschte Trubel und reges Leben. Sie schritten daran vorbei, den Rhein aufwärts in Richtung Bonn. Hier war es ziemlich einsam und menschenleer.

Heinz berichtete Ceda, was über den Rhein zu sagen war. Sie hörte aufmerksam zu, sagte dann aber aufseufzend:

»Ich habe mir den Rhein gigantischer vorgestellt nach den Erzählungen meines Vaters. Wenn man Ströme gesehen hat wie den Missouri, den Mississippi, den Amazonas und den Rio de la Plata, dann erscheint er einem doch ziemlich unbedeutend. Und doch hatte ihn mein Vater als den Strom der Ströme im Gedächtnis.«

Er lächelte.

»So geht es den Deutschen im Ausland, Señorita. Unsere Sehnsucht verschönt alles, was wir zu Hause zurückgelassen haben. Dann meinen wir sogar, daß der Mond bei uns viel größer sei als anderwärts. So geht es sogar Kleinstädtern, die in eine Großstadt verschlagen wurden. Sie malen sich die Heimatstadt mit allem Zauber ihrer Sehnsucht aus, bis sie sie nach Jahren einmal wiedersehen. Dann sind sie schrecklich enttäuscht und finden sich nicht mehr zurecht in ihrem Kinderland. Und so geht es dem Deutschen im Ausland. Er sieht in der Erinnerung ein großes, stolzes, schönes Vaterland, schmückt es mit allen Reizen seiner Sehnsucht, es lebt in ihm wie etwas Herrliches, Wunderbares, das durch nichts übertroffen werden kann. Bis er es nach langen Jahren wiedersieht, um erschrocken zu bemerken, daß es recht klein geworden ist, daß er überall aneckt, daß er keinen Raum mehr hat. Was er für groß hielt, ist klein geworden. Aber trotzdem – er schließt die Heimat mit noch schmerzlicherer Liebe in sein Herz, obwohl er nun ihre Fehler kennt. Es ergeht ihm wie einem Liebenden, der den Gegenstand seiner Liebe mit allen Fehlern und Schwächen entzückend findet – wenn es die rechte Liebe ist.«

Sie warf einen schnellen Blick auf ihn. Sprach er aus Erfahrung? Liebte er eine Frau so sehr, daß er all ihre Fehler und Schwächen liebenswert fand? Dabei hatte sie ein Gefühl, als krampfe sich ihr das Herz zusammen, aber sie sagte kühl und ruhig: »Ist es Ihnen auch so ergangen, als Sie wieder in die Heimat zurückkamen?«

»Gewiß! Auch Ihrem Herrn Vater wäre es so ergangen,

wenn er einmal zurückgekehrt wäre, glauben Sie mir. Er hätte dann ein wenig mitleidig über sich selbst gelächelt, wenn er gemerkt hätte, daß der Mississippi und der Missouri den Strom der Ströme seiner Erinnerung weit übertreffen, und es hätte ihm ein bißchen weh getan, daß das Kinderland seiner Träume, in das er heimkehrte, ihn enttäuschte. Aber – lieb hätte er es trotzdem behalten.«

Sie schwieg und sann über seine Worte nach. Auch er war verstummt. Er wollte ihren Gedankengang nicht stören. Und dann kam ihnen beiden zum Bewußtsein, daß sie jetzt das erstemal miteinander ganz allein waren. Da blieb Ceda plötzlich stehen, als sei es gefährlich, nur noch einen Schritt weiter zu gehen.

»Wir wollen umkehren«, sagte sie leise.

Und sie wandte sich um.

Als sie wieder im Hotel ankamen, hatte die Señora ausgeschlafen, und während Ceda zu ihr ging, besorgte Heinz alles, was zur Bequemlichkeit seiner Schutzbefohlenen nötig war.

VI

Nach zwei Tagen hatte die Señora von Köln genug. Mit demselben Zug, mit dem sie frühmorgens angekommen waren, reisten sie weiter nach Paris. Als es durch Belgien ging, durch die vom Krieg verwüsteten Gebiete, machte Heinz die Damen auf die Zerstörungen aufmerksam. Aber während Ceda mit ernsten Augen auf diese letzten Zeichen der Verwüstung, auf diese stummen Mahnungen zum Frieden blickte, hielt sich die Señora mit ihren ringgeschmückten Händen die Ohren zu.

»Oh, nichts vom Krieg, Señor Römer! Ich mag nichts davon hören!«

Aber gleich darauf fragte sie ihn nach seinen eigenen Kriegserlebnissen. Er bekam einen harten, düsteren Zug ins

Gesicht und gab nur ungern knappe Auskunft. Es erging ihm wie allen, die draußen gewesen waren; er sprach nicht gern davon, weil er die grauenvollen Erinnerungen vergessen wollte.

Die feinfühlige Ceda merkte ihm das an und hatte schnell ein anderes Thema parat.

Abends kamen die Reisenden in Paris an. Heinz hatte im Hotel Ritz Zimmer bestellt, und sie fanden wie überall gute Aufnahme. Wieder hatte Heinz für alle Bequemlichkeiten der Damen gesorgt; es wurde ihm nicht schwer gemacht, da Geld bei seinen Herrinnen überhaupt keine Rolle spielte. So wurde Paris in aller Bequemlichkeit besichtigt. Heinz hatte ein Auto gemietet für die Zeit des Aufenthaltes. Man fuhr zuerst durch das Bois de Boulogne und dann über Saint-Cloud nach Versailles. Heinz war auch hier ein gewandter Führer, da er das alles schon von seinen Reisen mit Konstantin Rohwald her kannte. Von allem, was mit Versailles zusammenhing und von Wichtigkeit war, konnte er während der Besichtigung des Schlosses berichten. Dann suchten sie noch Groß- und Kleintrianon auf, fuhren zurück über Saint-Germain und machten kurze Rast auf der Terrasse Henri IV., von der aus man einen wundervollen Blick auf Paris und Umgebung hat.

Abends besuchten sie die Oper.

Am nächsten Tag wurde die Notre-Dame-Kirche besucht, wo den Damen der Entwurf zu dem Denkmal Jeanne d'Arcs in seinem fleckenlosen Weiß, das gegen das altersdunkle Gemäuer sehr abstach, besonders gefiel. Sie fuhren dann später durch das Quartier Latin, hinauf zur Sacré Cœur, deren weiße Makellosigkeit über Paris dominiert. Von der breiten Freitreppe dieser Kirche aus ließ Heinz die Damen sich umwenden, so daß sie den wundervollen Rundblick über das zu ihren Füßen liegende Paris genießen konnten.

Die Wochen eilten wie im Fluge dahin. Täglich wurde Neues besichtigt. Paris mit seinen Traditionen, mit seiner Kultur entzückte die Damen, und sie lernten es unter Heinz Römers verständnisvoller Führung sehr gut kennen.

Einen Vormittag widmeten sie auch dem Louvre.

Von der Mona Lisa waren sie enttäuscht. So viel war über dies einst gestohlene Bild gesprochen und geschrieben worden, daß es nun hinter ihren Erwartungen zurückblieb. Die Farben erschienen ihnen zu matt, und das berühmte Mona-Lisa-Lächeln konnte sie nicht bezaubern. Dafür entzückte sie der Rubens-Saal mit den wundervollen Kolossalgemälden aus dem Leben der Maria Medici. Hier verweilte Ceda stundenlang, immer wieder eines dieser Gemälde nach dem anderen betrachtend. Heinz hatte sie darauf aufmerksam gemacht, wieviel Geist und Satire Rubens in diese Bilder hineingemalt hatte. Die prunkvollen Rahmen, in denen diese Gemälde die hohen Wände bedecken, sind Kunstwerke für sich. Das Licht ist in diesem Saal so herrlich abgestuft, daß jede Nuance voll zur Geltung kommt. Maria Medici und ihr Gatte, Henri IV., schneiden ja in diesem Gemäldezyklus nicht gerade vorteilhaft ab, aber was Rubens aus der mehr als üppigen und nichts weniger als schönen Maria Medici gemacht, wie er Henri IV. treffend charakterisiert hat, das stellt eine Meisterleistung ohnegleichen dar. Obwohl es Rubens zur Pflicht gemacht worden war, den König und die Königin zu verherrlichen, war es ihm doch gelungen, Menschliches, Allzumenschliches in seine Bilder hineinzuzaubern; so vor allem auf dem Gemälde, das darstellt, wie Henri IV. zum erstenmal das Bild seiner künftigen Gemahlin erblickt, und auf dem, wo die Geburt des kleinen Ludwig, Marias und Henris Sohn, verewigt ist. Heinz Römer erschloß den Damen das Verständnis für all diese Feinheiten und erklärte ihnen, daß diese Gemälde sozusagen in einem Atem eine ganze Zeitepoche schilderten, sie idealisierten und persiflierten.

Die Señora war wieder ganz begeistert von Heinz und machte kein Hehl daraus, so daß er ganz verlegen wurde. Ceda war nicht minder begeistert, aber sie war viel zu stolz, das auszusprechen. Señora Nordau fand noch ein Bild, das sie besonders entzückte und zu dem sie einige Male wieder zurückkehrte, um es zu betrachten: den Tod der Kaiserin Elisabeth von Rußland.

Ceda konnte diesem Gemälde jedoch keinen Geschmack abgewinnen. Außer den Rubensbildern fesselte sie das Zigeunermädchen von Frans Hals, vielleicht deswegen, weil es in so vielen Kopien und Reproduktionen vervielfältigt ist, von denen nicht eine den eigenartigen Zauber dieses Bildes wiedergibt. Dieser lebenbejahende Zauber ist nur auf dem Original zu sehen, und deshalb fasziniert dieses Original jeden.

Hochbefriedigt verließen die Damen den Louvre, um zum Hotel Ritz zurückzufahren, wo sie speisen wollten.

Die Señora konnte gar nicht Worte genug finden, um Heinz Römers Talent als Reisebegleiter zu rühmen.

»Sie haben sich als Führer durch den Louvre glänzend bewährt, Señor Römer; wir hätten ja nicht halb so viel Genuß von allem gehabt, wenn Sie nicht bei uns gewesen wären«, sagte sie.

Ceda mußte ihr innerlich beipflichten, sie sprach es aber nicht aus. Um wieviel höher er nur die leiseste Anerkennung aus ihrem Munde gewertet hätte, ahnte sie nicht. Das überschwengliche Lob der Señora machte ihn nur verlegen. Es galt ihm nicht viel.

Eines Tages promenierte er mit den Damen auf der Rue de la Paix. Sie hatten verschiedene Einkäufe gemacht, hatten in einem Modeatelier neue Toiletten bestellt und wollten sich nun ein wenig Bewegung im Freien verschaffen.

Señora Nordau hatte in ihrer lebhaften Art hundert Fragen an Heinz gestellt, die er in nimmermüder Geduld beantwortete. Und wie fast immer beim Laufen, stützte sie sich fest auf seinen Arm, während Ceda neben ihr herging.

Die Señora schwärmte von Paris, und da Heinz ihr zustimmte, fragte sie plötzlich:

»Würden Sie in Paris leben wollen, Señor Römer?«

Er lächelte.

»Es käme darauf an, ob ich hier eine zufriedenstellende Existenz gründen könnte.«

»Nein, nein, so meine ich das nicht; ich meine, wenn Sie ein reicher Mann wären, unabhängig und frei. Würden Sie dann auf die Dauer in Paris leben wollen?«

»Nein, Señorita! Ich würde vielleicht ab und zu vorübergehend für Tage oder auch Wochen Pariser Luft atmen mögen, aber niemals möchte ich ständig hier weilen – überhaupt nicht in einer Großstadt.«

»Ah, nicht einmal in einer Großstadt?«

»Nein!«

»Was also würden Sie tun, wenn Ihre Verhältnisse Ihnen gestatten würden, ganz nach Ihrem Geschmack zu leben?« fragte jetzt Ceda interessiert.

Sein Blick traf in ihre hell leuchtenden Augen hinein.

»Ich würde mir ein Gut kaufen; irgendwo auf einem schönen, fruchtbaren Erdenfleck, und würde meiner Neigung folgen, mich als Landwirt zu betätigen.«

»So sehr sind Sie mit Leib und Seele Landwirt?«

»Ja, Señorita!«

»Aber es ist doch ein sehr schwerer Beruf!«

»Je schwerer, desto erstrebenswerter für einen Mann, der seine ganze Kraft einsetzen will. Schön muß es sein, dem Boden abringen zu können, was er hergeben will.«

»Dann wundere ich mich, daß Sie sich nicht lieber eine Stellung als Landwirt gesucht haben.«

Er lachte ein wenig bitter.

»Ich mußte ja meine landwirtschaftlichen Studien abbrechen, ehe ich fertig war. Bei dem Überangebot an ausgebildeten Landwirten hätte ich keine Aussicht auf eine Anstellung gehabt, wenn auch bei mir Lust und Liebe die noch fehlenden Kenntnisse bald ersetzt hätten. Wer aber sollte dies Wagnis eingehen, einen halbfertigen Landwirt anzustellen? Zu solchen Experimenten sind in Deutschland die Zeiten zu schlecht. Deshalb griff ich mit beiden Händen zu, als Konstantin Rohwald mir eine Stelle als Reisebegleiter anbot. Die sicherte mir meinen Lebensunterhalt.«

»Wenn Sie aber ein Gut besäßen, dann würden Sie es doch selbst verwalten?«

»Ganz gewiß! Ich würde mir auch zutrauen, daß ich meine Sache gut machen würde. Dieses Zutrauen kann ich aber nicht von fremden Menschen verlangen.«

Die Señora und ihre Tochter sahen sich mit einem verständnisvollen Blick an.

»Ich würde Ihnen alles zutrauen, Señor Römer! Würden Sie mexikanischen Boden bebauen wollen?« fragte die Señora.

»Warum nicht? Ich würde dem Boden schon abringen, was er hergeben will, gleichviel in welchem Land. Mit Lust und Liebe zur Sache und mit der nötigen Energie schafft man alles.«

Wieder sahen sich Mutter und Tochter an. Dann fuhr die Señora fort:

»Also – Señor Römer – wollen Sie, wenn wir nach Mexiko kommen, auf unserer Hazienda zunächst als Eleve eintreten? Als mein Sekretär hätten Sie doch wohl nicht genug Arbeit. Und wir möchten Sie sehr gern in unseren Diensten behalten; Sie könnten uns von außerordentlichem Nutzen sein, das wissen wir nun schon. Ich habe mit meiner Tochter schon darüber gesprochen, wie wir Sie festhalten könnten. Und meine Tochter war es, die mich darauf aufmerksam machte, daß Sie landwirtschaftliche Studien gemacht haben. Was Sie noch dazulernen müssen, werden Sie bei Ihrer Intelligenz und Ihrer Liebe zur Sache bald erfaßt haben. Auf unseren großen Besitzungen haben wir tüchtige Leute immer nötig, am allernötigsten aber, wie ich Ihnen schon sagte, einen Mann, dem wir rückhaltlos vertrauen können. Und dieser Mann sind Sie, das wissen wir nun. Ich sprach mit Ihnen schon einmal über unseren Generaladministrator; ich mußte ihn einstellen, als mein Mann starb, denn die beiden Administratoren, die unter meines Mannes Leitung arbeiteten, sind zwar tüchtig und auch ehrlich, aber keiner besitzt die Intelligenz, um Führer und Leiter eines großen Unternehmens sein zu können. Irgend etwas im Wesen des Generaladministrators macht uns mißtrauisch, seit wir ihn besser kennen, so gute Zeugnisse er auch hatte und so gut er sich als oberster Leiter auch zu bewähren scheint. Ganz offen herausgesagt, wir haben ein wenig Angst vor ihm, so daß wir gar nicht wagen, unser Mißtrauen zu zeigen, und doch haben wir das Gefühl, er müßte kontrolliert werden. Es ist überhaupt schlimm bei uns drüben, wenn kein Mann im Haus ist. Sie erinnern mich so sehr an meinen verstorbenen Mann in der ganzen Art Ihres Wesens, daß ich Ihnen schon zutraue, daß Sie in alles Ordnung bringen würden. Wir verstehen beide absolut nichts von der Landwirtschaft und von den anderen Geschäften. Alleinstehende Frauen sind immer auf ihre Untergebenen angewiesen; der Tod meines Mannes hat uns ganz hilflos gemacht. Wir haben ja einen guten und getreuen Nachbar, Señor Alfonso Mentora, aber dieser hat selber einen großen Besitz zu verwalten, und wir können ihn nicht mit unseren Sorgen behelligen. So wäre es also ein großer Gewinn für uns, würden wir einen Mann finden, der uns auf der Basis unseres felsenfesten Vertrauens gewissermaßen bei unseren Leuten vertreten könnte. So kurze Zeit wir Sie auch erst kennen, Sie haben uns ein solches Vertrauen abgenötigt, daß wir schon jetzt nicht mehr daran denken mögen, eines Tages wieder ohne Sie auskommen zu müssen.’ Meine Tochter wollte freilich nicht, daß ich Ihnen das jetzt schon sage; sie ist so viel vorsichtiger und zurückhaltender als ich, und es ist viel schwerer, ihr Vertrauen zu gewinnen, als das meine. Dafür habe ich aber sozusagen einen sechsten Sinn, der es mir ermöglicht, sehr schnell den Wert oder Unwert eines Menschen herauszufinden. Daß Sie vertrauenswürdig sind, hat aber meine Tochter auch schon herausgefunden, und deshalb hat sie nachgegeben, als ich ihr sagte, daß ich schon jetzt über das alles mit Ihnen sprechen möchte. Ich habe Angst, daß Sie über unser Vertragsjahr hinaus etwa schon andere Pläne machen könnten. Deshalb will ich Sie schon heute bitten, bleiben Sie bei uns in Mexiko, arbeiten Sie sich ein in den Betrieb unserer Besitzungen und sehen Sie dabei unseren Leuten auf die Finger – vor allem dem Generaladministrator. Ich werde Sie dazu ermächtigen. Sie sind ohnedies eine so imponierende Persönlichkeit, daß es Ihnen nicht schwerfallen wird, sich die nötige Autorität zu verschaffen. Zum Glück sprechen Sie perfekt spanisch, was im Verkehr mit den Leuten drüben notwendig und wichtig ist. So, das alles hatte ich auf dem Herzen, es mußte heraus. Sie sollen sich das in aller Ruhe überlegen, und dann sprechen wir noch einmal darüber.«

Aufatmend schwieg die Señora nach dieser langen Rede. Es war alles rasch und erregt über ihre Lippen gekommen. Heinz hatte ziemlich fassungslos zugehört. Er hatte auch bemerkt, daß Ceda erst den Worten ihrer Mutter hatte Einhalt gebieten wollen, daß sie diese aber dann lächelnd gewähren ließ. Wie eine warme Welle flutete es über ihn, als er erkannte, wie großes Vertrauen die Damen, und vor allem auch Ceda, die stolze, zurückhaltende Ceda, ihm entgegenbrachte, daß sie schließlich die temperamentvolle Mutter reden ließ. Und was ihm da geboten wurde, raubte ihm fast den Atem. Das war etwas Überwältigendes für ihn. Eine Stellung, wie sie ihm hier geboten werden sollte, hatte er sich in seinen kühnsten Träumen nicht zu wünschen gewagt. Er atmete tief auf und, die Augen auf Ceda gerichtet, sagte er mit unterdrückter Erregung:

»Sie können kaum ermessen, was für Gefühle Ihre Worte in mir erweckt haben, Señora. Es macht mich sehr stolz und glücklich, daß Sie ein so großes Vertrauen in mich setzen. Und die Señorita hat recht gehabt mit ihrem Wunsch, mir das alles jetzt noch nicht zu sagen. Ich habe ja noch nichts tun können, um Ihre gute Meinung zu rechtfertigen. Ich müßte Ihnen erst Beweise liefern, daß ich sie verdiene. Wohl kann ich Ihnen versichern, daß Sie Ihr Vertrauen keinem Unwürdigen schenken und daß ich alles in meiner Macht Stehende tun werde, es mir wirklich zu verdienen. Aber weil ich die Überzeugung habe, daß Ihr großherziges Anerbieten, wie die Señorita richtig empfunden hat, verfrüht ist, und weil ich Ihre Vertrauensseligkeit nicht ausnutzen möchte, deshalb will ich gar nicht gehört haben, was Sie mir gerade für ein Anerbieten machten. Bitte, geben Sie mir Zeit und Gelegenheit, Ihnen beweisen zu dürfen, daß ich Ihres Vertrauens würdig bin. Erst wenn ich Ihnen diese Beweise habe geben können, bitte ich Sie auf dieses großherzige Anerbieten zurückzukommen. Es soll nicht bindend für Sie sein.«

Cedas Gesicht war leicht gerötet; sie hielt die Augen gesenkt. Es war ihr nicht möglich, ihn jetzt anzusehen; er hätte in ihren Augen lesen müssen, was sie bei seinen Worten empfand. Und das ließ ihr Stolz nicht zu. Aber gerade, daß er nicht gleich mit beiden Händen zugriff und ihre impulsive Mutter nicht gleich beim Wort nahm, vertiefte ihr Vertrauen zu ihm. Sie wußte, was ihm die Mutter bot, war eine für seine Verhältnisse glänzende Position; es mußte verführerisch für ihn sein, sie beim Wort zu nehmen. Daß er es nicht tat, imponierte ihr sehr.

Señora Nordau aber rief erregt:

»Dann bin ich aber die Sorge nicht los, daß Sie uns von irgend jemand vor der Nase weggeschnappt werden. Ich will ja gerade, daß Sie sich binden sollen, weil ich fest überzeugt bin, daß Sie der rechte Mann sind, um zwei alleinstehende Frauen in jeder Beziehung zu beschützen und zu vertreten.«

Er sah nachdenklich vor sich hin; dann sagte er mit seinem guten, warmen Lächeln:

»Nun gut, Señora, ich erkläre hiermit, daß ich mich als gebunden betrachte. Ich gebe Ihnen mein Wort, daß ich keinerlei anderes Angebot annehmen werde. Wenn Sie mich nach Ablauf des ersten Vertragsjahres weiter verpflichten wollen, sofern meine Dienste dann wirklich noch Wert für Sie haben, dann stehe ich Ihnen zur Verfügung. Bis dahin sollen Sie Zeit haben, mich zu prüfen.«

»Oh, dann ist alles gut, dann bin ich beruhigt. Ich nehme Sie aber beim Wort, Señor Römer!«

»Das ist unrecht, Mamia!« rief hier Ceda rasch dazwischen. »Wir können Señor Römer nicht binden, wenn das nur einseitig geschieht.«

»Ich bitte sehr, Señorita, sich deshalb keinerlei Kopfschmerzen zu machen«, sagte er beruhigend.

Sie hob schnell die Augen zu ihn auf, und weil sie wieder einmal sehr deutlich fühlte, welch starke Anziehungskraft dieser Mann auf sie ausübte, zwang sie sich wieder zu einem stolzen, abweisenden Ton.

»Es geht nicht an, daß wir eine derartige Großmut von Ihnen annehmen, ohne sie zu erwidern. Auch wir halten uns für gebunden, so gut wie Sie. Nicht wahr, Mamia?«

Diese lachte sorglos.

»Wenn Señor Römer nur bei uns bleiben will, alles andere wird sich finden, Ceda. Sei doch nicht so schwerfällig. Ich überlege nicht fünf Minuten, diese Großmut von ihm anzunehmen.«

Da schwieg Ceda. Heinz betrachtete sie immer wieder verstohlen von der Seite. Ihr Gesicht war blaß geworden; aber er ahnte nicht, wie erregt sie war; erregt darüber, daß er nun immer in ihrer Nähe sein und mehr und mehr seinen starken Einfluß auf sie ausüben würde. Sie fragte sich, was wohl die von ihm in Berlin zurückgelassene Frau dazu sagen würde, wenn er für immer in Mexiko blieb. Immer wieder hielt sie sich vor, daß er damals von einer Frau, die er liebte, Abschied genommen hatte. Sie spielte mit diesem Gedanken – aber dies Spiel tat ihr irgendwie weh.

Gleich darauf erklärte Señora Nordau, müde zu sein. Heinz bestellte das Auto, half den beiden Damen in den Wagen und setzte sich dann zu ihnen.

Als sie im Hotel ankamen, zogen sich die Damen zurück, um für den Abend Toilette zu machen. Man wollte noch ins Theater gehen. Heinz kleidete sich ebenfalls um und wartete dann vor den Zimmern der Damen, bis sie fertig waren.

VII

Als die Damen alles Sehenswerte von Paris in Augenschein genommen hatten, vom Grabmal Napoleons im Dôme des Invalides bis zum Grabmal des unbekannten Soldaten unter dem Arc de Triomphe, vom Eiffelturm und Trocadero bis zum Platz der Bastille, verlangte Señora Nordau, die Ewig-Bewegliche, die Reise solle fortgesetzt werden. Das Pantheon, die Madeleine waren besucht worden, auf den teuersten Plätzen der großen Oper hatte man gesessen, in den elegantesten Lokalen gespeist oder den Tee genommen; mit einem Wort – Paris war ausgeschöpft. Auch Ceda war einverstanden, die Reise fortzusetzen.

Wieder bereitete Heinz alles sorgsam vor. Eines Morgens fuhr man zum Bahnhof, wo der Zug nach Marseille schon bereitstand.

In dem reservierten Abteil erster Klasse lag alles bereit, denn Pedro und Juanita waren auf Heinz Römers Anordnung vorausgefahren und hatten nach seinen Angaben alles besorgt.

Die Fahrt nach Marseille bot wenig Interessantes, bis man nach Avignon kam, das mit seiner Riesenburg gleichsam beschattet war von einer tragischen Vergangenheit aus der Zeit der Päpste. Dicht hinter Avignon lag ein richtiges Gespenstergebirge ohne jede Vegetation. Wie verfluchter Boden starrten die bizarren Felsblöcke anklagend zum rötlich schimmernden Abendhimmel empor. Dies graue Gebirge, rings von unfruchtbarem Boden umgeben, drückt der ganzen Umgebung von Avignon den Stempel des Unglücks auf. Die Damen erschauerten und lauschten, was Heinz ihnen von der französischen Geschichte und der Geschichte der Päpste zu Avignon zu erzählen wußte.

Spätabends kamen sie in Marseille an. Der erste Eindruck von dieser Stadt war die imposante schneeweiße Terrassentreppe, die vom Bahnhof in die untere Stadt führt. Nach dieser imposanten Treppe zu urteilen, hätte Marseille eine großartige und schöne Stadt sein müssen, aber das war nur Schein.

Am nächsten Morgen, bei Tageslicht, sah alles ganz anders aus. Ganz abgesehen von den Hafenvierteln, die nirgends sehr schön sind, war auch die ganze übrige auf einem Berg liegende Stadt alles andere als schön. Die Straßenbilder waren nicht malerisch genug, als daß man sich mit dem Schmutz hätte abfinden können. Der vor den Häusern aufgestapelte Müll stank, daß den Damen ganz übel wurde.

Heinz kürzte die Fahrt durch diese Straßen ab und befahl dem Chauffeur, hinunter ans Meer zu fahren, wo vom Hafen aus eine sehr schöne Corniche an den Stadtmauern entlangführte. Es war eine wundervolle Autostraße, von der man rechts am Abhang des Berges, auf dem Marseille erbaut ist, einige hübsche Villen liegen sah, darunter die schloßähnliche Villa von Gaby Desly, der Freundin des Exkönigs Manuel von Portugal.

Draußen im Meer lagen die Quarantäneinseln, unwirtliche Felseninseln, an denen die Brandung des Meeres wie in wildem Zorn anschlug, als wollten sie diese vernichten.

Marseille gefiel den Damen nicht, daß sie beschlossen, gleich am nächsten Tag wieder abzureisen.

Heinz hatte das schon vorausgesehen und seine Anordnungen getroffen. Die Reise ging nun an der Riviera entlang, über Cannes nach Nizza. In Nizza kam man gerade zurecht zu den Blumenfesten, die, mit Ausnahme des Meeres, das einzig Schöne an Nizza sind. In Nizza hielt man sich eine Woche auf, dann begab man sich noch eine Woche nach Monte Carlo.

Das reizende ›Paradies der Hölle‹ gefiel den Damen sehr gut. Eines Tages, als sie mit Heinz vor dem Kurhaus auf der breiten, mit Palmen bepflanzten Promenade am Meer entlanggingen, beugte sich Ceda über die steinerne, die Terassenpromenade zum Meer hin abschließende Balustrade und sah hinab zum Taubenschießstand. Sie schüttelte den Kopf über den seltsamen Sport, der hier ausgeübt wurde. Dann wandte sie sich um, warf einen Blick hinüber auf das Schloß, in dem der Fürst von Monaco residierte, und sagte lachend: »Wissen Sie, wie mir Monte Carlo vorkommt, Señor Römer?«

Er sah mit brennenden Augen auf ihre reizende Erscheinung. Sie trug ein weißes Tuchkomplett mit einem weißen Turban auf dem Kopf und sah entzückend aus wie immer.

»Nun, Señorita?«

»Wie eine reizende Operette! Als wir heute morgen am Schloß des Fürsten vorüberfuhren, wo wir seine drollige Leibgarde paradieren sahen, kam mir dieser Vergleich.«

Er verneigte sich lächelnd. »Sie haben recht, Señorita, aber es ist eine Operette mit einer glänzenden und entzückenden Austattung. Alles echt! Das Meer, die Palmen, der Fürst und die Leibgarde – und die schönen Frauen. Wenn die modischen Kleider nicht wären, könnte man sich in ein früheres Jahrhundert zurückversetzt glauben.«

Die Señora hob die Hände.

»Oh, die Hauptsache fehlt: der Held und die Heldin der Operette«, sagte sie lachend.

Da traf Cedas Blick in den Heinz Römers, und sie mußte sich schnell abwenden, weil sie fühlte, daß ihr das Blut ins Gesicht schoß.

Selbstverständlich besuchte man auch den Spielsaal, und die Señora wollte unbedingt spielen. Wie ein Kind setzte sie wahllos die Spielmarken, die ihr Heinz hatte bringen müssen, auf Rouge oder Noir und auch drüben am Roulett auf irgendeine oder mehrere Nummern, wie sie es von den anderen Spielern sah. Sie wußte aber nie, ob sie verloren oder gewonnen hatte; Heinz mußte achtgeben und für sie einziehen, was sie gewonnen hatte, denn immer waren die Hyänen des Spielsaales bereit, Gewinne von unachtsamen oder unerfahrenen Spielern widerrechtlich einzuheimsen. Es ging alles so schnell, daß die Señora nicht folgen konnte. Lachend sah sie auf die langen Rechen, mit denen die Croupiers die Marken heranzogen oder fortschoben, den glücklichen Gewinnern zu. Aber auch das Spiel fesselte die quecksilberne Señora nicht lange. Als sie aufstand, hatte sie über zweitausend Franken gewonnen, nachdem sie erst viel mehr verloren und wieder gewonnen hatte.

Heinz nahm das Geld an sich.

»Schenken Sie es den Armen, Señor Römer; Mamia soll dieses Geld nicht behalten. Es graut mir davor! Haben Sie nicht gesehen, wie furchtbar die meisten dieser Gesichter um den Spieltisch anzusehen waren? Da war eine alte Dame, mindestens siebzig Jahre alt; ihre Hände zitterten. Sie war ganz in Weiß gekleidet, trug weißen Pelz, weißen Hut, weiße Schuhe. Und ein dichter weißer Schleier fiel halb über ihr Gesicht.«

»Ja, ich habe sie gesehen, Señorita.«

»Wie grauenhaft sah diese Frau aus! Ihre dunklen Augen glühten aus dem verwüsteten Gesicht, als wenn aus einem Totenkopf noch lebendige Augen hervorleuchten.«

»Sie zählt zu den Stammgästen und findet sich jeden Tag am Spieltisch ein. Es ist eine russische Fürstin. Sie saß schon vor Jahren hier, als ich mit Konstantin Rohwald in Monte Carlo war. An demselben Platz saß sie; einen anderen nimmt sie nie ein. Jeden Abend taucht sie hier im Spielsaal auf; am Tag schläft sie, bis in den Nachmittag hinein. Dann läßt sie sich von ihrer Kammerfrau baden, massieren, künstlich auffrischen und beleben, damit sie abends wieder bis zum Schluß am Spieltisch aushält.«

»Wie schrecklich!« rief Ceda erschauernd.

»Was soll nun mit dem gewonnenen Geld geschehen, Señora?« fragte Heinz.

Sie zuckte lachend die Achseln.

»Geben Sie es irgendeinem Armen.«

»Darf ich einen Vorschlag machen?«

»Bitte!«

»Ich hörte heute morgen im Schreibzimmer, daß einer der Hoteldiener auf dem glatten Mosaikboden des Hotels ausgeglitten ist und den Arm gebrochen hat. Er hat für eine Frau und fünf Kinder zu sorgen und kommt durch den Unfall um seinen Saisonverdienst. Wenn man ihm die zweitausend Franken gäbe, wären sie gut angebracht.«

»Gut, geben Sie ihm das Geld, Señor Römer.«

Damit war der Vorfall für die Damen erledigt.

Sie verließen das Kasino und nahmen drüben im Café de Paris eine Erfrischung, ehe sie ins Hotel zurückkehrten.

Heinz staunte von Tag zu Tag mehr, wie gleichgültig die Damen allem gegenüberstanden, was Geld und Geldeswert hieß, und daran erkannte er ihren großen Reichtum. So kaufte die Señora ohne weiteres die kostbarsten Schmucksachen, die ihr oder ihrer Tochter gefielen. Sie schrieb dann die Schecks dafür aus, und Heinz mußte damit bezahlen.

Auch hier in Monte Carlo fanden die Damen in den Juwelierläden allerlei, was ihnen gefiel.

An einem Tag fuhren sie dann im Auto nach La Turbie hinauf und genossen von hier den wunderbaren Blick auf das Meer. Auf der oberen Corniche fuhren sie fast bis Nizza, kehrten aber dann um und fuhren ins Gebirge hinein, zu den Blumenstädten, wo die Parfümeriefabriken waren.

Alles, was sehenswert war, zeigte ihnen Heinz Römer. Und wenn sie dann von ihren Ausflügen ins Hotel zurückkehrten und in großer Toilette die Gesellschaftsräume betraten, sahen aller Augen auf die schöne junge Mexikanerin und ihre elegante Mutter, deren reicher Schmuck Aufsehen erregte. Selbstverständlich drängten sich auch hier allerlei zweifelhafte Elemente an sie heran, nachdem bekannt geworden war, daß der hochgewachsene, elegant gekleidete Herr, der so vornehm wirkte, nur der Reisebegleiter der Damen war.

Nur wenige Menschen fanden Gnade vor Ceda Nordaus Augen; sie zeigte sich auch hier stolz und zurückhaltend, während ihre Mutter nur zu gerne Bekanntschaften machte.

»Wir können doch nicht immer nur mit uns selbst verkehren, Ceda; es gibt doch eine große Menge interessanter und amüsanter Menschen, mit denen man gern ein wenig plaudert. Das verpflichtet doch zu nichts. Und sie sind alle so liebenswürdig und kommen uns so freundlich entgegen.«

Weil Ceda doch hin und wieder dem Gesellschaftshunger ihrer Mutter Rechnung tragen mußte, ließ sie sich herbei, sich diese und jene Persönlichkeit vorstellen zu lassen. Heinz Römer hielt sich dann in der Reserve, bis Ceda oder ihre Mutter ihn mit ins Gespräch zogen, was meistens geschah. Sobald ihm die Damen dann einen Wink gaben, daß ihnen jemand lästig oder unangenehm wurde, verstand er es vorzüglich, ihn zurückzuweisen.

So merkte man bald, daß der ›Reisebegleiter‹, dem man gar keine Wichtigkeit hatte beimessen wollen, allerlei Machtbefugnisse hatte, und deshalb versuchte man seine Gunst zu gewinnen. Unternehmungslustige junge Herren baten ihn, er möge sie der Señorita vorstellen, und ebenso unternehmungslustige ältere Herren versuchten auf diese Weise, die Bekanntschaft der ansehnlichen Señora zu machen. Aber dazu ließ sich Heinz nur bewegen, wenn die Damen selbst den Wunsch äußerten, diese Bekanntschaften zu machen. Sonst bissen sie bei Heinz sozusagen auf Granit.

Heinz bemerkte immer wieder mit großer Genugtuung, daß Ceda gegen alle Herren ebenso stolz und zurückhaltend war wie ihm gegenüber. Für ihn hatte sie doch wenigstens zuweilen ein freundliches Lächeln und einige liebenswürdige Worte. Das war mehr, als jeder andere bekam.

In Monte Carlo gefiel es den Damen so gut, daß sie etwas länger blieben, als geplant war. Dadurch wurden die in Marseille eingesparten Tage wieder aufgebraucht.

Heinz hatte in Paris, Nizza und in Monte Carlo Post von Christa bekommen. Da er diese aber immer vom Postamt abholte, merkten seine Herrinnen nicht, daß er mit jemand im Briefwechsel stand. Ceda hatte sehr wohl darauf geachtet, daß sich unter den Postsachen, die in den Hotels auf sie warteten, niemals ein Brief für Heinz befand. Das beruhigte sie seltsam. Hatte sie sich etwa getäuscht in der Annahme, er habe sich damals in Berlin von einer liebenden und geliebten Frau verabschiedet?

Als man endlich von Monte Carlo weiterreiste, ging es über Kap Martin, San Remo und Bordighera nach Genua. Der Zug fuhr fast immer am Meeresufer entlang, und immer gab es wieder neue, schöne Ausblicke. In Genua begaben sich die Reisenden in das oberhalb des Hafens gelegene Hotel Miramar, von wo man, wie Heinz wußte, einen wunderbaren Blick über die Stadt und den Hafen genoß. Gleich am ersten Abend hatten sie einen ganz klaren Sternenhimmel, und sie sahen vom Fenster aus zu, wie in der Stadt ein Licht nach dem anderen aufglänzte und auch drunten im Hafen die lagernden Schiffe erleuchtet wurden. Es war ein unvergleichliches Schauspiel.

Von Genua aus machten sie im Auto eine Fahrt an der italienischen Riviera entlang, bis nach Sestri Levante. Sie fuhren nach Portofino hinauf, durch die grauschimmernden Olivenhaine, machten in Rapallo und Santa Marguerita kurze Rast und fuhren dann wieder zurück. Unterwegs zeigte die Señora lachend auf einige Kakteen, die sich über Gartenmauern drängten und mit ihren Wurzeln die Mauern zu sprengen drohten.

»Sieh dir diese kümmerlichen Pflanzen an, Ceda; man darf dabei nicht an unsere großen Kakteenfelder denken. Sie werden staunen, Señor Römer, wenn Sie in Mexiko diese grandiosen Kakteenfelder sehen werden, überhaupt unsere Wälder und Felder auf dem Hochland.«

»Dabei gilt Mexiko als ziemlich unfruchtbar«, erwiderte Heinz.

»Oh, wer Mexiko unfruchtbar nennt, kennt es nicht. Es gibt selbstverständlich auch dort, wie überall, unfruchtbare Gebiete. Aber bei uns im Hochland ist es herrlich. Sie werden sehen!«

»Ich bin sehr begierig darauf, Señora, da ich Mexiko noch gar nicht kenne.«

Ceda lächelte.

»Dann werden wir uns endlich ein wenig revanchieren können für alles, was Sie uns zeigen und erklären konnten. Dann werden wir Sie belehren dürfen.«

Er sah sie mit seinen ernsten Augen an.

»Ich freue mich darauf«, sagte er schlicht; aber es klang so viel Wärme aus seinen Worten, daß man ihm glauben mußte.

Seit Paris hatten sie noch nicht wieder davon gesprochen, daß Heinz Römer in Mexiko bleiben sollte. Aber wenn Heinz sich vorstellte, es könne eine Zeit geben, in der er nicht mehr in Ceda Nordaus Nähe weilen dürfe, überkam ihn ein herzbeklemmendes Gefühl. Er schob solche Gedanken weit von sich und mußte sich doch wieder zuweilen fragen, wie er es wohl ertragen sollte, immer scheinbar ruhig und gleichgültig in ihre herrlichen Augen zu sehen.

Nie verriet er sich mit einem Blick, immer hatte er sich in der Gewalt, damit sie nicht errate, was er für sie fühlte. Aber er war glücklich, daß er sich für sie mühen, daß er ihr alle Unannehmlichkeiten fernhalten und immer wieder in ihr stolzes, reines Gesicht blicken durfte, das seine Wonne war.

Aber auch Ceda hatte sich immer in der Gewalt. Nie verriet sie, daß er ihr mehr galt als ein brauchbarer Untergebener. Nicht einmal sich selbst gestand sie ein, daß sie schon längst ein viel wärmeres Interesse für ihn hegte, daß ihr nur wohl war in seiner Nähe. Nur zuweilen, wenn seine stahlblauen Augen so groß und warm in die ihren blickten, hatte sie den Wunsch, all ihren Stolz, all ihre Reserve aufzugeben und wohlig unterzutauchen in das Gefühl, das sie immer stärker zu ihm zog, je mehr sie es zu bekämpfen suchte. Ihr Herz wußte nichts mehr von Stolz und Kälte, und die Zurückhaltung wurde ihr immer schwerer.

Die Besichtigung von Genua nahm etwa acht Tage in Anspruch. Danach besuchten sie Mailand und die oberitalienischen Seen. Von da ging es über Florenz nach Rom. In Florenz hielten sie sich zunächst nur einen Tag auf, weil sie diese Stadt erst auf der Rückreise näher besichtigen wollten. In Rom wohnten sie im Hotel Excelsior, wo wiederum die besten Zimmer für die Damen bestellt worden waren.

Excelsior ist ein Hotel vornehmsten Stils. Die großen Marmorhallen, mit riesigen kostbarsten Teppichen ausgelegt, der große Speisesaal mit dem Springbrunnen in der Mitte, die anderen Gesellschaftsräume, alles war elegant und vornehm eingerichtet. Dementsprechend auch die Zimmer. Der Salon der Damen war so geschmackvoll und vornehm ausgestattet, daß Ceda erklärte, hier habe sie zum ersten Mal nicht das Gefühl, im Hotel zu wohnen. Auf den Balkonen waren Ruhebetten aufgestellt, so daß die Damen nach der Rückkehr von ihren Ausflügen im Freien ausruhen konnten, was sie als sehr wohltuend empfanden, da die Luft warm und angenehm war.

Programmgemäß verlebten sie Ostern in Rom. Es war einfach wundervoll. Schon Rom an sich mit den wunderbar malerischen Ruinen aus der großen Römerzeit entzückte die Damen sehr, vollends jetzt zur Osterzeit, wo alles festlich geschmückt war. Die Wochen in Rom waren für Mutter und Tochter ein Höhepunkt der Reise.

Wieder erwies sich Heinz als hervorragender Führer, der ihnen alles, was bedeutsam war, erklären konnte und die täglichen Ausflüge so einrichtete, daß sie nie ermüdeten und doch genußreich waren. Die Señora war abermals begeistert über sein Talent, ihr und ihrer Tochter das Leben angenehm zu machen.

Endlich war auch Rom besichtigt, und nun ging es nach Florenz.

In dieser Stadt hatten sie dann ein großes Erlebnis, das sich ihnen für immer einprägte.

Die Señora war von allem gesehenen Schönen ein wenig abgespannt. Während Ceda unter Heinz Römers Führung die Uffizien besuchte, um in Kunst zu schwelgen, zog sie es vor, im Hotel zu bleiben und der Ruhe zu pflegen. Sie fuhr zwar am zweiten Tag mit zum Kloster Certosa hinauf, machte auch andere Ausflüge mit, die sie mit dem Wagen erledigen konnte, aber sie mochte weder Bilder noch Skulpturen mehr bewundern. Auch das reizte sie nicht, daß Ceda ihr von den herrlichen und zahlreichen Gobelins vorschwärmte, die in den Uffizien die Wände zierten. So mußte Ceda mit Heinz Römer allein gehen, denn gerade die Kunstschätze in den Uffizien reizten sie sehr. So war sie manche Stunde mit Heinz allein, und immer mehr staunte sie über sein großes Wissen, das er in seinen Reisejahren in sich aufgenommen hatte. Kamen sie dann ins Hotel zurück, wo die Señora sie ausgeruht und gutgelaunt empfing und sich erzählen ließ, dann sagte sie lachend:

»Oh, Ceda, wie ich Italien überstehen soll, ist mir ein Rätsel! Ich bin so vollgestopft mit Kunst, daß wahrscheinlich nichts mehr in meinen Kopf hineingeht. Ich bewundere dich, daß du noch nicht erledigt bist.«

»Das habe ich nur Señor Römer zu danken, Mamia; er weiß so geschickt überall nur das Beste für mich herauszusuchen, daß ich mir den Kopf nicht mit Nebensächlichem vollzustopfen brauche.«

»Nun ja, ohne seine Hilfe hätte ich nicht die Hälfte von allem in mich aufnehmen können«, erwiderte die Mutter, »und wenn ich mich hier etwas ausruhen kann, so hoffe ich, in Venedig wieder aufnahmefähig zu sein. Da erwartet uns ja noch eine Menge der erlesensten Kunstgenüsse.«

VIII

Als Ceda und Heinz Römer eines Tages wieder aus den Uffizien zum Hotel zurückkamen, sagte Ceda lächelnd:

»Nun wollen wir uns aber beide einige Stunden Ruhe gönnen. Sie haben jetzt bis zum Diner frei.«

Das Diner fand im Hotel gegen halb acht Uhr statt. Jetzt war es fünf Uhr. Heinz konnte zunächst einmal zum Postamt gehen, um nach Briefen für sich zu fragen. Er bekam einen Brief von Christa ausgehändigt und kehrte damit in das Hotel zurück. Er ging auf sein Zimmer und vertiefte sich in Christas Schreiben, das er dann gleich beantworten wollte. Denn seit der ersten Woche in Rom hatte er noch keine Zeit gefunden, der Schwester Nachricht zu geben. Freie Zeit hatte er überhaupt sehr wenig, denn wenn er nicht Besorgungen für die Bequemlichkeit der Damen zu machen hatte, war er fast immer in ihrer Gesellschaft. Und abends, wenn er entlassen war, war er in der Regel so müde, daß er gleich zu Bett ging. So leicht sein Amt aussehen mochte, war es doch ziemlich anstrengend.

Christas Brief lautete:

»Mein lieber, lieber Bruder! Wie freue ich mich, daß ich immer nur gute Nachrichten von Dir erhalte. Im Geiste begleite ich Dich auf dieser wunderschönen Reise. Du bekommst wieder eine Menge Schönes zu sehen. Ich kann mir schon denken, daß Dir alles, was Du mit Konstantin Rohwald gesehen hast, jetzt sehr zustatten kommt und daher Deinen Damen ein guter Führer zu sein vermagst.

Wie sehr ich mich freue, daß Deine Stellung so angenehm

ist und Dir die Damen in Paris schon in Aussicht stellten, daß Du bei ihnen in Mexiko eine Lebensstellung finden könntest, wirst Du Dir denken können. Und das nicht nur, weil sich auch für mich eine schöne Hoffnung daran knüpft, an die ich egoistisch manchmal ein wenig denke.

Ich mache es aber wie Du und halte das alles vorläufig nur für ein schönes Märchen, das vielleicht nie Wirklichkeit wird. Aber eines weiß ich: Deine Damen würden nicht enttäuscht sein, räumten sie Dir wirklich diese Vertrauensstellung ein. Manchmal male ich mir aus, wie schön und herrlich es wäre, wenn wir wieder für immer vereint sein könnten, ganz gleich, wo. Wir könnten in Mexiko ebenso glücklich sein wie in Deutschland, wenn uns nur die Verhältnisse etwas Sorglosigkeit verschafften. Und ich hoffe dabei, daß sich dann auch für mich ein Wirkungskreis finden würde. Auf einer so großen Besitzung gibt es am Ende auch für mich eine Tätigkeit, so daß ich irgendwie mitverdienen könnte!

Aber vorläufig wollen wir, wie gesagt, noch nicht daran denken. Deinen beiden Herrinnen gehört meine ganze Sympathie, weil sie gut zu Dir sind, Dir vertrauen und Dich nach Deinem wahren Wert einschätzen. Wie sollten sie auch nicht? Ich weiß, daß Du mehr als Deine Pflicht tust und daß sie sich in allen Dingen auf Dich verlassen können. Ihr Reichtum muß Deiner Beschreibung nach sehr groß sein. Aber welche Last bringt ein so großer Besitz mit sich! Ich möchte eine solche Last nicht tragen, wenn ich auch gern ein wenig mehr Geld haben möchte als jetzt.

Viel Neues von mir kann ich Dir nicht berichten. Mein Leben spielt sich ja immer in demselben engen Kreis ab. Aber kürzlich hatte ich einen besonderen Festtag. Denke Dir, Professor Bergt kam eines Morgens zu mir ins Laboratorium und brachte mir zwei Eintrittskarten für das neue Opernhaus, die sollte ich mit Frau Schwalbe benutzen. Er habe sie geschenkt bekommen, sagte er, und könne sie nicht verwerten, da er schon etwas anderes an diesem Abend vorhabe. Aber – ich glaube nicht so recht daran; ich vermute eher, er hat die Karten extra für mich gekauft, um mir eine Freude zu machen.

Und damit ich nicht so spät allein ausgehen muß, hat er an Frau Schwalbe mit gedacht. Frau Schwalbe war noch viel aufgeregter als ich. Es waren Parkettplätze in der vierten Reihe. Wir haben uns ganz feierlich gefühlt, haben uns erst das neue Opernhaus, soweit es uns zugänglich war, gründlich angesehen und uns dann in die herrliche Vorstellung vertieft. Du weißt ja, daß Musik meine stille Liebe ist . . .«

Hier ließ Heinz den Brief sinken. Seine Augen wurden ein wenig feucht. Kleine tapfere Christa, die ihr musikalisches Können auf dem verstimmten alten Klavier der Frau Schwalbe in Übung halten mußte, um sich wenigstens einen kleinen Genuß zu verschaffen. Für sie war ein Opernbesuch eine solche Seltenheit, daß sie davon zehrte wie von einem hohen Fest. Und er konnte alle Herrlichkeiten der Welt genießen in seinem Amt. Für ihn war es etwas Alltägliches, in der Oper, im Theater zu sitzen. Und immer auf den besten Plätzen in den Logen, wohin er seine Herrinnen begleiten mußte. Wie gern würde er zuweilen der Schwester seinen Platz abtreten, wenn es möglich wäre. Wenn er ihr doch überhaupt das Leben ein wenig erleichtern könnte. Aber sie war zu stolz, wollte alles sich allein verdanken. Fürwahr, im Grunde war Christa noch stolzer als Ceda Nordau. Nur eben auf andere Art.

Er hob die engbeschriebenen Blätter des Briefes empor und las weiter:

»Es war eine Aufführung von Carmen. Wie habe ich in der herrlichen Musik geschwelgt! Ich war so erfüllt davon, daß ich meinem guten Professor am anderen Tage davon vorgeschwärmt habe. Da sagte er lachend: ›Ich habe gar nicht gwußt, daß Sie so eine Musikenthusiastin sind, Fräulein Christa, sonst hätte ich Sie schon öfter mit Opernkarten glücklich machen können. Ich bekomme nämlich oft welche geschenkt und kann sie nicht immer selber verwenden. Da werde ich in Zukunft immer an Sie denken. Meistens bekomme ich zwei.‹

Siehst Du, Heinz, so zartfühlend ist mein Herr Professor. Ich bin überzeugt, er wird nun gelegentlich Opernkarten kaufen und mir großmütig vorschwindeln, daß er sie geschenkt bekommen hat und absolut nichts Besseres damit anfangen kann, als sie mir zu schenken. Denn, so meint er, wenn er sie selber gratis erhält, kann es auch mich nicht verletzen, sie von ihm geschenkt zu bekommen. Und ich habe nicht den Mut, ihm zu zeigen, daß ich ihn durchschaue, weil er es doch so gut meint. Und so schwindele ich eben auch ein wenig und tue, als glaubte ich ihm.

Aber damit nicht genug! Er scheint sehr intensiv darüber nachzudenken, wie er mir eine Freude machen kann. Denn man höre und staune! Frau Professor Bergt hat mir heute eine Einladung geschickt zu einer musikalischen Soiree in ihrem Haus. Dahinter steckt selbstverständlich abermals der Professor. Ich war ganz konsterniert und fragte ihn, ob das nicht ein Irrtum sei. Aber er nickte vergnügt.

›Ist ganz in Ordnung, Kindchen. Ich habe meiner Frau von Ihrer Musikbegeisterung erzählt, und da hat sie sich endlich mal auf Sie besonnen und Ihnen eine Einladung geschickt. Ob es ein großer Genuß für Sie wird, weiß ich nicht, aber es sind einige Sänger und Sängerinnen von der Oper eingeladen, und da wird ja der eine oder andere etwas zum besten geben. Ein anständiges Menü gibt es nachher auch; meine Frau tut nichts halb. Na, und Sie sehen mal wieder Menschen. Machen Sie sich nur recht hübsch, Kindchen!‹

Ich sagte ihm, daß mein einziges Festkleid ein schlichtes, königsblaues Seidenkleid sei und ob ich damit in einer so vornehmen Gesellschaft bestehen könne. Da meinte er, mich anlachend:

›Vergessen Sie nur Ihre blonden Locken nicht und die enzianblauen Augen, die werden das Königsblau schon herausreißen, und so wird die Festkleidung komplett sein.‹

Also werde ich am nächsten Samstag die musikalische Soiree der gnädigen Frau besuchen, obwohl ich den Verdacht hege, als habe mein Herr Professor da erst ein Machtwort sprechen müssen, ehe diese Einladung erfolgt ist. Mir ist, als höre ich im Geiste seine stolze Gattin sagen: ›Mon dieu, was soll ich mit dieser obskuren Laborantin in meinem Salon?‹

Darauf wird er mit seiner Stentorstimme erwidern: ›Diese Laborantin ist die Tochter meines besten Freundes, und es ist eine Schmach und Schande, daß ich dich erst mit der Nase draufstoßen muß, sie mal einzuladen.‹

Ganz gewiß wird es sich so oder doch so ähnlich abspielen, aber ich gehe trotzdem hin, weil ich wieder mal gute Musik zu hören hoffe und weil ich meinem Herrn Professor die Freude nicht verderben will, mir eine Freude zu machen.

So, nun habe ich aber wirklich nichts mehr zu berichten, mein großer Bruder. Ich freue mich schon auf deinen nächsten Brief. Gott mit Dir auf allen Wegen! Ich grüße und küsse Dich herzlich! Deine Christa.«

Aufatmend legte Heinz den Brief nieder und schrieb an seine Schwester. Er fragte sie, ob sie ihm nicht auch zuweilen gestatten wolle, so einen kleinen Schwindel zu machen wie der Professor, da auch er ihr gern einmal eine Freude machen wolle. Er beneide den Professor um dieses Vorrecht, und deshalb werde er ihr morgen gleich einen schönen Florentiner Seidenstoff für ein neues Festkleid schicken für den Fall, daß sich jetzt die Einladungen häufen würden.

Als er mit dem Brief an die Schwester fertig war, trat er auf den Balkon. Dieser war sehr lang, denn er zog sich bis zu seinem Badezimmer hin, und so konnte er darauf hin und her gehen. Der Fußboden dieses Balkons war mit Steinplatten belegt, die Brüstung bestand aus kleinen Sandsteinsäulen. Von der einen Seite aus führten einige Steinstufen zu einem langen, etwas höher gelegenen Säulengang, der sich bis an das Ende des Hotels hinzog. Das Hotel war ein ehemaliger Palast, und der Teil mit der Säulenhalle war wohl später angebaut worden. Jedenfalls zog sich diese Säulenhalle vor einer Reihe höhergelegener Zimmer derselben Etage hin. Ein eisernes Gittertürchen schloß die kleine Treppe ab, und man konnte daher von dem Balkon aus die Säulenhalle nicht betreten, schloß man die Gittertür nicht auf oder überkletterte man sie nicht. Wegen ihrer geringen Höhe konnte das allerdings nicht allzu schwierig sein.

Heinz schritt die Stufen empor, immer gewohnt, sich über

seine Umgebung zu orientieren, und sah den Säulengang entlang. Er rechnete sich aus, daß am Ende dieses Säulenganges die Zimmer seiner Herrinnen liegen mußten. Als ihm das klar wurde, sprang er mit einem Satz die vier Stufen der Treppe wieder hinab, denn er sagte sich, daß die Damen jeden Moment aus ihren Zimmern in diesen Säulengang heraustreten könnten, und wenn sie ihn dann gesehen hätten, hätte es indiskret erscheinen müssen.

Schnell ging er in sein Zimmer zurück. Aber da erblickte er die feste Mauer, die seinen Balkon zur anderen Seite abschloß. Er neigte sich über die Balkonbrüstung, weil er nachforschen wollte, welchen Teil des Gebäudes diese Mauer gegen seinen Balkon abschloß. Sich weit vorbeugend, bemerkte er, daß diese Mauer den großen Speisesaal begrenzte, der also direkt neben seinem Zimmer lag. Er konnte ganz deutlich die hohen Fenster sehen, die er im Speisesaal schon beobachtet hatte. Dieser nahm die Höhe von mindestens zwei Stockwerken ein. Das Hotel hatte, wie er jetzt feststellte, eine sehr verzwickte Bauart, wie sie alten italienischen Palästen oftmals eigen ist. Der Teil des Palastes, in dem sich der Speisesaal und sein Zimmer befanden, war der ältere Teil, während der, den die Säulenhalle schmückte, und in dem der Damen Zimmer lagen, erst in späteren Jahrhunderten hinzugefügt zu sein schien.

Unterhalb des Balkons endeckte Heinz bei genauerem Hinblicken einen breiten Mauervorsprung, der in gleicher Höhe unter dem Speisesaal hinlief, sich bis zur Ecke des ganzen Gebäudes verlierend. Er mußte also die ganze Fassade dieses älteren Teiles umgeben und der Fußboden seines im zweiten Stock gelegenen Zimmers in gleicher Höhe liegen wie der des Speisesaales.

Heinz interessierte sich für die alte Bauart des Palastes und dachte lächelnd, daß dieser breite Mauervorsprung, der wahrscheinlich die darunter angebrachten Skulpturen überdachte, um sie vor Nässe zu schützen, bei galanten Abenteuern jener Tage, da dieses Gebäude noch von einem Florentiner Adelsgeschlecht bewohnt war, zuweilen benutzt worden war. Vor halsbrecherischen Künsten war man damals selten zurückgeschreckt. Manchen Verliebten hätte dieser Mauervorsprung gewiß gereizt, um einer angebeteten Schönen einen heimlichen Besuch abzustatten. Er mußte daran denken, daß er dies Kunststück wohl auch riskiert haben würde, wenn ihn nur dieser Weg zu seiner angebeteten jungen Herrin hätte führen können. Da er ein sehr kühner Bergsteiger war, wäre es für ihn kaum ein großes Wagnis gewesen, an dem Mauervorsprung entlangzuklettern.

Er überlegte, was für Räume jenseits an den Speisesaal grenzten. Zunächst der Saal, in dem die Hotelgäste das Frühstück einnahmen. Dieser Raum hatte früher wohl als kleinerer Festsaal gedient. Welcher Florentiner Edelmann mochte diesen Palast erbaut haben? Er sann darüber nach, in welchem Jahrhundert dieses Gebäude entstanden war, und sah immer wieder den Mauervorsprung entlang. Und wie man zuweilen auf närrische Gedanken kommt, malte er sich aus, was wohl die Straßenpassanten unten sagen würden, wenn er jetzt über die Balkonbrüstung hinwegsetzen und auf dem schmalen Vorsprung dahinspalieren würde? Über sich selbst lachend, richtete er sich auf. Man würde ihn für einen Fassadenkletterer halten und ihn arretieren lassen.

Er ging in sein Zimmer zurück und sah auf die Uhr. Es war inzwischen Zeit geworden, sich für das Diner umzukleiden. Während er sich umkleidete, mußte er wieder vor sich hinlachen wegen seines Gelüstes, auf dem Mauervorsprung herumzuspalieren, und es kam ihm keine Ahnung, daß die Vorsehung es gut mit ihm gemeint hatte, als sie ihn auf diesen Mauervorsprung so besonders und nachdrücklich aufmerksam machte.

Nach Beendigung seiner Toilette begab er sich auf den Korridor und schritt bis zu den Zimmern der Damen hinab. Auch hier befand sich, da, wo der ältere Teil des Hauses mit dem neueren zusammenstieß, eine vier Stufen hohe Treppe. Der Teil des Korridors also, der vor den Zimmern der Damen lag, war höher gelegen. Dafür waren aber die Zimmer im neueren Teil auch etwas höher.

Er brauchte nicht lange zu warten, bis seine Herrinnen erschienen. Wie immer, waren sie zum Diner in großer Toilette, und Heinz konnte sich wieder an dem Anblick Ceda Nordaus erfreuen, die in einem silbergrauen, mit Perlen in gleicher Farbe reichbestickten Florkleid wundervoll aussah. Auch die Señora bot in einem Kleid aus weicher violetter Seide und durch ihren kostbaren Schmuck einen sehr erfreulichen Anblick.

Heinz führte die Damen in den Speisesaal. Dort hörten sie, daß am nächsten Abend ein großes Fest im Hotel geplant sei, ein Rosenfest. Bei dieser Gelegenheit sollte ein großer Ball stattfinden, und es waren allerlei Überraschungen vorgesehen. Nicht nur die Gäste des Hotels, sondern auch Herren und Damen der Florentiner Gesellschaft würden an dem Fest teilnehmen, wie der die Herrschaften bedienende Kellner ausplauderte.

Er verriet auch, daß der ganze Saal dekoriert werden sollte. Eine Anzahl Dekorateure würden die Nacht über und am morgigen Tag diesen und den angrenzenden Saal schmükken. Er sollte in eine Grotte des Venusberges verwandelt werden, rosa Tüllwolken sollten die Decke und Wände bedecken und in diesen Tüllwolken unzählige Rosen verstreut werden. Die Mitte des Saales würde frei bleiben für den Tanz. Im Nebensaal sollten kalte Büfetts mit auserlesenen Delikatessen aufgestellt werden. Ein berühmtes Tänzerpaar sei verpflichtet, das einige Tanzpantomimen zwischen den Tänzen der Festteilnehmer ausführen sollte, und das Kinderkorps vom Ballett des Theaters für einige Reigen.

Die Damen hörten diesen verlockenden Bericht an, und die Señora war selbstverständlich sofort bereit, an diesem Fest teilzunehmen. Ceda stimmte bei, denn die Mutter mußte ihr Vergnügen haben, sollte sie bei guter Laune erhalten werden. Heinz trug daher unverzüglich dem Kellner auf, den Tisch, an dem man heute speiste, für morgen zu reservieren. Dieser Tisch befand sich in der Ecke des Speisesaales, dicht am letzten Fenster. Ein Blick hinaus überzeugte Heinz, daß die Wand, an der dieser Tisch stand, direkt an sein Zimmer stieß. Er sah unter dem Fenster den Mauervorsprung und dachte flüchtig an seine närrische Idee.

Diensteifrig notierte der Kellner den Tisch für die Herrschaften. Er stand etwas erhöht auf einer Estrade, und so konnten die Damen bequem den ganzen Saal übersehen.

Mutter und Tochter waren mit den Anordnungen durchaus einverstanden, wenn sie auch vom Eingang her erst den ganzen Saal passieren mußten, um zu diesem Tisch zu gelangen. Denn es befanden sich nur drei Ausgänge in diesem Saal, von denen der eine zum Frühstückssaal, der zweite zur Küche und den Wirtschaftsräumen und der dritte zum Treppenhaus führte. Alle drei befanden sich nahe beieinander an der Eingangsseite.

Heinz freute sich schon auf den Triumph, den Ceda beim Durchschreiten der Reihen der Gäste feiern würde. Er war sehr stolz auf seine junge Herrin und betrachtete es als selbstverständlich, daß sie von allen Menschen bewundert werden müsse. Da sie immer nur sehr geschmackvolle und elegante Kleider und, wo es angebracht war, kostbaren Schmuck trug, worin sie von ihrer Mutter noch übertroffen wurde, staunten meistens auch die Damen, nicht nur die Herren, über ihre stolze, schöne Erscheinung. Auch die Señora war immer noch eine brillante Figur, wenn sie auch für ihre zierliche Größe zu üppig war.

Am nächsten Mittag, als man den Lunch im Speisesaal einnahm, war die Festdekoration schon fast fertig. Es war die ganze Nacht gearbeitet worden. Tausende von frischen Rosen sollten noch in den reichen rosa Tüllwolken verteilt werden, die an allen Wänden duftig herabhingen. Selbst die Fenster waren, nachdem man die schweren Übergardinen zugezogen hatte, mit Tüllwolken verhängt. Auch von der Decke herab bauschten sich diese duftigen rosa Wölkchen. Die Dekorateure hatten ihre Sache sehr gut gemacht.

»Auf diese Weise könnte sehr gut der erste Akt aus Tannhäuser ausgestattet werden; es ist der reine Hörselberg, in dem Frau Venus Hof hält«, sagte Heinz lachend.

»Nur schade, daß man mit all dem Tüll die schönen Dekkengemälde verhängt; ich hätte die Deckenbilder frei gelassen«, meinte Ceda, während ihre Mutter nichts auszusetzen hatte.

Der Kellner hatte Cedas Worte gehört.

»Es war geplant worden, die Deckenbilder frei zu lassen, aber der Frische des leichten rosa Stoffes gegenüber wirkten die alten Gemälde zu schmutzig. Deshalb sind sie auch dekoriert worden«, erklärte er.

Am Nachmittag nahmen sich die Damen heute nichts vor; sie wollten Siesta halten, um am Abend auf dem Posten zu sein. So wurde Heinz für den Nachmittag beurlaubt. Er war sehr froh darüber, da er dann für seine Schwester ungestört die Geschenke einkaufen und absenden konnte. Auch wollte er seine Rechnungen abschließen, wozu ihm immer wenig Zeit blieb. Er führte über alle Ausgaben, die durch seine Hände liefen, genau Buch, um jederzeit den Damen Rechenschaft ablegen zu können.

Señora Nordau wehrte zwar immer heftig ab, wenn er ihr Rechnungen vorlegen wollte, aber Ceda sah sie doch zuweilen durch. Er meinte, daß sie das tat, weil sie ihm immer noch nicht rückhaltlos vertraute; aber darin irrte er. Im Grunde vertraute ihm Ceda schon längst noch mehr als die Mutter, aber sie merkte, daß er Wert darauf legte, Geschäftliches wirklich geschäftsmäßig zu behandeln, und so tat sie ihm den Gefallen. Sie kannte ihn nun schon recht genau, wenn sie sich das auch nicht anmerken ließ. Auf keinen Fall sollte er auf den Gedanken kommen, daß er ihr interessant genug erschien, daß sie seinen Charakter studierte.

Das Rosenfest hatte begonnen. Die meisten Festteilnehmer waren bereits versammelt, als Heinz mit den beiden Damen erschien. Und wie er vorausgewußt hatte, hingen aller Augen an Ceda. Hatte doch auch ihm ihr Anblick an diesem Abend den Atem genommen. Noch nie hatte er sie so blendend gesehen. Sie trug ein kostbares Kleid aus zartrosa Crêpe-Georgette, das ganz mit Straßsteinen und Schmelzperlen bestickt war. Dieses Kleid stammte aus einem Pariser Atelier und paßte so herrlich in den rosa dekorierten Saal, daß es schien, als sei es für dieses Fest eigens angefertigt. Auf der linken Schulter hielt ein Tuff roter Rosen die schmalen Achselbänder zusammen. Prachtvoll hoben sich der herrlich geformte Nacken und die zarten Schultern aus diesem glitzernden Kleid heraus. Eine herrliche, fast bis zum Gürtel herabreichende Perlenschnur umschlang ihren Hals. Sonst trug sie nur noch ein mit Perlen und Brillanten besetztes Armband und an der linken Hand einen Ring mit einer einzelnen großen Perle. Der feine Kopf ruhte in stolzer Anmut auf dem schlanken Hals. Ein riesiger Fächer aus weiß- und rosagetönten Straußenfedern, der, wenn er geöffnet wurde, den ganzen Oberkörper bedeckte, ruhte lässig in ihrer Hand. Auch diesen Fächer hatte sie in Paris erstanden. Er erregte die Bewunderung und den Neid aller anwesenden Damen.

Auch Señora Nordau sah vorzüglich aus in einem stahlgrauen, mit Stahlperlen bestickten Spitzenkleid. Ein großer Stuartkragen aus den gleichen Spitzen gab ihrem noch immer schönen Kopf einen wirksamen Hintergrund. In ihrem dunklen Haar hatte Juanita ein Diadem aus grauen Perlen und Brillanten befestigt, und um den Hals trug sie an einer feinen Platinkette eine einzelne, birnenförmige graue Perle, die an einer aus Brillanten gebildeten Schleife hing.

Da Heinz Römer sich als vornehme, elegante Erscheinung neben den Damen behaupten konnte, hatten auch die anwesenden Damen an ihm ihre Augenweide; er war wohl die imponierendste Persönlichkeit unter den anwesenden Herren. Da man das Verhältnis Heinz Römers zu den Damen hier nicht kannte, nahmen die meisten Anwesenden an, er sei der Bräutigam oder Gatte der Dame im rosa Kleid. Sie hätten auch wahrlich ein schönes harmonisches Paar abgegeben. Der bestellte Tisch war für sie reserviert. Sie mußten durch den ganzen Saal gehen, ehe sie ihn erreichten, und Ceda feierte zu Heinz Römers stiller Genugtuung einen großen Triumph.

Es war sehr heiß im Saal; da sämtliche Fenster mit Tüllwolken verhangen waren, konnte man nicht lüften. Da die

Señora über die Hitze klagte und Heinz hilfeflehend ansah, erhob er sich nach einer Weile und trat ans Fenster. Hier in der Ecke stießen die Tüllwolken von beiden Seiten zusammen, und so war es ihm möglich, sie ein wenig beiseite zu schieben und, darunterfassend, die schwere Portiere ein wenig zurückzuziehen. So konnte er den Fensterriegel erreichen und das Fenster spaltbreit öffnen. Auf diese Weise war die Ecke des Saales, in der seine Herrinnen saßen, durchlüftet. Die Señora nickte ihm dankbar zu.

»Sie wissen doch in allen Lagen Rat und Hilfe, Señor Römer«, sagte sie.

Kaum hatte Heinz wieder bei den Damen Platz genommen, als die Musik begann. Zunächst mit einem Festmarsch. Unter den Klängen betrat von der Küche her eine Reihe schneeweiß gekleideter Küchenjungen den Saal. Jeder von ihnen trug auf einer großen Platte ein herrlich dekoriertes Schaugericht. Sie machten damit die Runde durch den Saal und marschierten dann hinüber zum Frühstückssaal, wo die Schaugerichte auf dem bereits vorbereiteten Büfett aufgestellt wurden. Nach dem ersten Teil des Festes sollte nebenan am kalten Büfett gespeist werden. Nachdem die Küchenjungen mit ihren appetitlichen Lasten wieder verschwunden waren, hüpfte das Kinderkorps des Theaterballetts in den Saal. Die Kinder waren ausnahmslos in rosa Tüll gekleidet und mit roten Rosen geschmückt. Sie tanzten einen Rosenreigen. Darauf folgte, gleichfalls von einer Gruppe von Kindern getanzt, eine komische Pantomime, wozu die Kleinen altflorentinische Kostüme angelegt hatten.

Danach kamen erst einmal die tanzlustigen Herren und Damen der anwesenden Gesellschaft zu ihrem Recht. Es wurden nur moderne Tänze gespielt. Ceda sah mit Interesse zu, und Heinz glaubte in ihren Augen das Verlangen zu lesen, sich am Tanz zu beteiligen. So fragte er artig zunächst die Señora, ob sie zu tanzen wünsche; aber diese lehnte, wie immer, ab. Sie beteiligte sich nicht mehr am Tanz. Dann fragte Heinz Ceda:

»Befehlen Sie zu tanzen, Señorita?«

Es war nicht das erstemal, daß sie mit ihm getanzt hatte, und sie wußte, er führte gut. Mit ihm zu tanzen war ein Genuß. Und sie hatte schon darauf gewartet, daß er diese Frage an sie richten würde. Aber sie nickte nur leicht und mit gleichgültigem Ausdruck. Da führte er sie in den Saal.

Es war ein unvergleichlicher Anblick, diese beiden schönen jungen Menschen tanzen zu sehen. Heinz war ein sehr eleganter Tänzer und Ceda eine anmutige Tänzerin. Im Tanz löste sich ihre stolze Haltung, und sie sah entzückend mädchenhaft aus. Es war den Herren nicht zu verdenken, daß sie mit bewundernden Augen zu ihr hinüberschauten. Ebenso konnte man verstehen, daß die Damen Heinz Römers trainierte Gestalt nicht aus den Augen ließen.

Heinz fühlte sich, Ceda in seinen Armen haltend, wunschlos glücklich. Er hätte in diesem Augenblick mit keinem König getauscht. Sehr wohl merkte er, daß alle Herren auf Ceda hinstarrten, und so fühlte er sich ausgezeichnet, daß er, gerade er, sie führen durfte. Ceda aber achtete auf nichts, sie gab sich willig der Führung ihres Tänzers hin. Noch nie war es ihr so stark zum Bewußtsein gekommen, wie frei und glücklich sie sich fühlte, wie eben jetzt. Sie wünschte so mit Heinz weiterzutanzen, bis zur völligen Auflösung ihres Seins. Während der Dauer dieses Tanzes gab sie sich keine Rechenschaft über ihre Empfindungen; sie fühlte nur, daß sie sich vollkommen dem Augenblick hingeben konnte und mit keinem anderen Mann tanzen wollte als mit ihm.

In wundervoller Harmonie glitten sie durch die Reihen der Tanzenden, alles Kleinliche und Äußerliche war von ihnen abgefallen. Die ganze Welt versank um sie her; sie waren allein, köstlich allein, und ihre Seelen sagten einander, was ihre Lippen sich verschweigen mußten. Sie mußte denken, daß er im Tanz so gut und sicher führte wie im Leben; man konnte sich ihm immer und überall anvertrauen. Es war ein herrliches Gefühl, das diese beiden Menschen durchströmte, und sie schraken auf wie aus einem wundervollen Traum, als die Musik zu Ende war. Sie blieben stehen, sahen sich einen Moment selbstvergessen in die Augen, und Ceda hatte ein Gefühl, als drehe sich der ganze Saal mit ihr. Da legte er stützend seinen Arm um sie und führte sie durch den Saal mit der ruhigen und selbstverständlichen Haltung des Kavaliers.

Auch Ceda hatte sich schon wieder in der Gewalt. Der Traum war ausgeträumt; sie sah wieder mit ihrem ruhigen, stolzen Blick über die Menschen hinweg.

Als sie bei der lachenden Señora angekommen waren, entfaltete Ceda ihren großen Fächer, um sich zu kühlen.

»Es ist furchtbar heiß mitten im Saal; wir sitzen hier wunderbar kühl, Mamia. Ich werde nicht mehr tanzen heute abend«, sagte sie, sich auf den von Heinz bereitgehaltenen Sessel niedersetzend.

»Werden Sie sich nicht erkälten, Señorita? Darf ich Ihnen nicht einen Mantel holen?« fragte Heinz besorgt.

»O nein; ich bin froh, daß es hier in unserer Ecke kühl und luftig ist.«

»Aber gerade weil Sie vom Tanz erhitzt sind, ist Vorsicht geboten.«

Sie lächelte, ohne ihn anzusehen. Das wagte sie noch nicht, so sehr hatte sie sich doch noch nicht in der Gewalt.

»Nein, nein, ich brauche keinen Mantel.«

Da setzte er sich wieder nieder.

Es wurde jetzt nicht weitergetanzt; das berühmte Tänzerpaar war angekündigt, es wollte als erste Darbietung ›Apollo und Daphne‹ vorführen.

Die Musik begann einen tollen, wirbelnden Tanz. Herein in die Mitte des Saales sprang Daphne, auf der Flucht vor Apoll. Sie trug ein weißes Schleiergewand, das um die Taille einen Kranz von dicken grünen Knospen aufwies. Während des Tanzes faßte sie eine grüne Knospe nach der anderen, und diese lösten sich auf in grüne Schleierstoffe, die in der Form eines Zweiges geschnitten waren. Apoll verfolgte Daphne im Tanz; sie floh und entwand sich ihm, löste immer mehr von den Knospen auf, die ihre weiße Gestalt mehr und mehr einhüllten, so den Lorbeerbaum darstellend, in den sich Daphne verwandeln sollte. Als Apoll Daphne endlich im

Tanz gefangen hatte, hielt er nur ein mit grünen Schleiern umhülltes Etwas in den sehnsüchtig verlangenden Armen, den Lorbeerstrauch.

Diese Pantomime wurde sehr künstlerisch ausgeführt. Als sie zu Ende war, gab es stürmischen Beifall.

Apollo und Daphne verschwanden, und die Musik spielte ein Intermezzo, bis das Tänzerpaar, umgekleidet, als ›Faun und Nymphe‹ wieder erschien, um abermals reichen Beifall zu ernten.

Dann begann die dritte Pantomime: »Die Erde und die Sonne.‹ Während die Tänzerin in einem goldenen Gewand in der Mitte des Saales als Fixstern einen künstlerischen Spitzentanz aufführte, wobei sie sich kaum vom Fleck bewegte, umkreiste sie der Tänzer, in ein graues Gewand gehüllt, als Erde, erst in langsamem Tempo, dann immer schneller und schneller.

Aber die Zuschauer sollten nicht erfahren, ob die Erde und die Sonne gegen alle Gesetze der Natur in dieser Pantomime dennoch vereinigt werden sollten, denn plötzlich löste ein ungeheurer Schrecken das Interesse für die Künster ab. Es ertönte ein furchtbarer Auffschrei einer Frauenstimme: »Feuer! Feuer!«

Die Zuschauer hatten, dem Tanz zusehend, nicht bemerkt, daß plötzlich über der Tür, die zur Küche führte, die rosa Tüllwolken in züngelnde Flammen aufgingen, die im Nu gierig an den Wänden weiterleckten. Jetzt sahen sie es alle, durch den Schrei einer Dame aufmerksam gemacht, und zugleich begann eine wilde Jagd zum Ausgang des Saales. Laute Entsetzensschreie durchgelten die Luft, eine unbeschreibliche Panik brach aus, während die Flammen gierig weiterzüngelten und nun schon an der Decke die Tüllwolken ergriffen hatten. Alles stürzte zum Ausgang, jedes Hindernis wurde niedergerissen. Wie immer in solchen Fällen, galt nur das Recht des Stärkeren. Einer rannte den anderen um, Schmerzensschreie durchtönten den Saal, und an den Türen ballte sich eine wild und verzweifelt um ihr Leben kämpfende Menge, die die Ausgänge bald völlig verstopfte. Ein wüster

Kampf entspann sich da vorn, ein Kampf auf Leben und Tod. Auch die Señora war aufgesprungen und wollte, ihre Tochter mit sich ziehend, dem Ausgang zueilen. Aber Heinz riß die Damen mit eisernem Griff zurück.

»Halt! Keinen Schritt weiter, oder Sie sind verloren!« rief er ihnen zu.

Er hatte die Situation sofort übersehen und wußte, wer sich da vorn durch den Ausgang retten wollte, war in größerer Gefahr, als wenn er im brennenden Saal blieb.

»Sehen Sie nicht, wie sich die Menschen am Ausgang drängen? Da gibt es nur einen Ausweg: über Leichen! Bleiben Sie!« schrie er den beiden Damen zu.

»Aber wir werden verbrennen; wir müssen hinaus, wir sind verloren!« schrie die Señora wie von Sinnen und wollte sich losreißen.

Ceda war leichenblaß geworden und sah Heinz mit großen Augen an. Der hielt die Señora fest, obwohl die Flammen weiterzüngelten und schon die Portieren des ersten Fensters vorn erfaßten. In seinem Hirn arbeitete es fieberhaft; er wußte nur eines: Daß er Ceda Nordau retten mußte um jeden Preis. Und da spürte er von dem geöffneten Fenster her den leisen Luftzug – plötzlich dachte er an den breiten Mauervorsprung draußen, den er gestern gesehen hatte.

Während sich vorn an den drei eng beieinanderliegenden Eingängen des Saales die grauenhaftesten Szenen abspielten, waren die drei Personen in der Ecke, wo sie gesessen hatten, allein geblieben. Erschütternde Schreie wurden ausgestoßen, die Menschen ballten sich immer mehr zu einem festen, unentwirrbaren Knäuel. Da vorn gab es keine Rettung, nur sicheren Tod. Aber Heinz wußte jetzt einen Weg zur Rettung für die beiden Damen und sich.

»Bleiben Sie! Hören Sie mich an: Ich gebe Ihnen mein Wort, daß ich Sie rette, wenn Sie mir bedingungslos folgen«, sagte er hart und laut und sah die beiden Damen gebieterisch an.

Ceda hielt die Mutter fest.

»Ruhe, Mutter! Vertraue Señor Römer!« rief sie ihr zu.

»Halten Sie Ihre Mutter fest, Señorita, nur einen Moment; sie darf nicht von der Stelle. Ich weiß einen Weg zur Rettung. Aber nur nacheinander kann ich Sie beide retten. Kommen Sie dicht an das Fenster heran.«

»Die Mutter zuerst!« rief Ceda.

»Nein, erst meine Tochter!« rief die Señora, und beide sahen ihn hilfeflehend an.

Er sprang zum Fenster, das er geöffnet hatte, und riß mit raschen, kraftvollen Griffen die rosa Tüllwolken herab, sie weit zurückschlagend, damit das Fenster frei wurde und die Flammen hier in der Ecke nicht so leicht Nahrung fanden. Die schweren Portieren konnte er nicht herabreißen, aber er konnte sie weit auseinanderziehen. Nun war das Fenster frei.

»Treten Sie dicht heran. Ich werde zuerst die Señora retten; Sie, Señorita, sind besonnener. Sie werden nicht fortlaufen; Sie müssen hier dicht am Fenster bleiben, bis ich wiederkomme; es wird nur Minuten dauern.«

Er zog die Damen dicht an das offene Fenster und sprang dann mit einem Satz hinaus. Ceda, die ihn, blaß bis an die Lippen, aber vertrauensvoll angesehen hatte, schrie laut auf; sie glaubte, er springe hier aus dem zweiten Stock auf die Straße hinab. Aber zu ihrem Staunen stand er draußen fest, und ohne zu zögern, hob er schnell die Señora zu sich empor, sie wie ein Kind auf seine Arme nehmend.

»Halten Sie sich fest an meinem Hals! Nicht rühren; eine Bewegung von Ihnen kann uns beiden den Tod bringen. Schließen Sie die Augen und halten Sie still!« gebot er rauh und hart.

»Meine Tochter!« schrie die Señora auf, wagte sich aber nicht zu rühren.

»Keine Angst, die hole ich nachher, wenn ich Sie in Sicherheit habe! Señorita – dicht am Fenster bleiben!«

Ceda nickte ihm nur stumm zu und blieb am offenen Fenster stehen, Heinz und der Mutter mit den Blicken folgend.

Und erschaudernd sah sie, daß Heinz sich, die Mutter auf den Armen haltend, umdrehte, so daß er mit dem Rücken an die Hausmauer stieß.

Und so, die Señora tragend, schritt er seitwärts, Schritt für Schritt, auf dem Mauervorsprung, bis zu seinem Balkon hinüber. Dort drehte er sich langsam wieder und hob die Señora mit einem kraftvollen Schwung über die Balkonbrüstung.

»So, warten Sie hier; Sie sind jetzt vorläufig in Sicherheit. Nicht fortlaufen! Vertrauen Sie mir, alles wird gutgehen. Ich hole die Señorita!«

Und er trat den Rückweg an zum Saalfenster. Er hatte nur eine Angst: daß der Mauervorsprung unter ihm nachgeben könnte, ehe er Ceda in Sicherheit gebracht hatte. Aber es mußte gewagt werden. Jetzt, ohne Last, ging er sehr schnell; die Sorge um Ceda trieb ihn vorwärts. Nun stand er wieder an dem offenen Fenster, wo Ceda gehorsam auf ihn wartete, obwohl die Flammen immer näher heranzüngelten und der Rauch ihr den Atem benahm. Keinen Moment zweifelte sie, daß Heinz Römer wiederkommen würde, obwohl sie mit Entsetzen gemerkt hatte, welch gefährlichen Weg er mit der Mutter zurücklegte. Und nun streckte sie hilfeflehend die Arme nach ihm aus. Sie hatte nicht mehr gewagt, hinter sich zu sehen, die entsetzlichen Schreie ließen sie schaudern. Heinz sah sehr blaß, aber entschlossen aus, und nun lächelte er sie an mit einem weichen, guten Lächeln.

»Die Señora ist in Sicherheit, und gleich werden Sie bei ihr sein«, sagte er, und ihr schien, als bebe eine heiße Zärtlichkeit durch seine Stimme. Mit Grauen warf er einen Blick in den Saal, der sich mit Rauchschwaden füllte. Als er Ceda hochheben wollte, blieb er an ihrer kostbaren Perlenschnur hängen. Er nahm sie ohne weiteres von ihrem Halse und steckte sie in seine Hosentasche. Dann hob er Ceda empor. Sie half nach, damit sie nicht zu schwer wurde. Und ohne daß er etwas zu sagen brauchte, umschlang sie mit beiden Händen seinen Hals, so, wie er es der Mutter befohlen hatte.

»Schließen Sie die Augen, Señorita; haben Sie keine Angst. Nur Ruhe!« sagte er mit leise bebender Stimme.

Er fühlte, daß Ceda sich zitternd an ihn schmiegte. Einen Moment mußte er verweilen, um wieder ruhig zu werden, denn er sah, wie sie aufgelöst in Angst und Vertrauen in seinen Armen ruhte. Und nun fühlte er auch, daß sie ihre Wange an die seine schmiegte. Das löste ein Erbeben in ihm aus. Er glaubte freilich nur, daß sie es in ihrer Hilflosigkeit oder in der Furcht vor dem gefährlichen Weg getan hatte, aber es überwältigte ihn doch einen Augenblick.

Er war froh, daß er sie wenigstens fest an sich pressen konnte, ohne etwas von seinen Gefühlen zu verraten. Langsam wandte er sich nun mit ihr um, so daß er wieder mit dem Rücken gegen die Hausmauer kam. Es wurde ihm jetzt auch klar, daß er vorhin die Feuerwehr hatte anrücken hören, aber die befand sich um die Ecke des Gebäudes. Hier auf dieser Seite war alles noch ruhig, niemand beobachtete ihn auf seinem gefährlichen Weg. Und das war ihm lieb so. Sorgsam prüfte er mit dem Fuß, sich seitwärts zum Balkon bewegend, jeden Stein, ob er auch noch fest unter seinen Füßen war.

Ceda fühlte den starken, lauten Schlag seines Herzens, und sie mußte denken, als er sie so über einen Abgrund trug: Wenn ich sterbe, sterbe ich mit ihm. Und sie lag ganz still, sah zu ihm empor in sein von einer Straßenlaterne beschienenes Gesicht. Es zeigte harte, scharfe Linien; die angespannteste Energie prägte sich in seinen Zügen aus. Und trotz aller Aufregung mußte sie ihn bewundern.

Endlich war er auch mit Ceda an seinem Balkon angekommen, wo die Señora kraftlos an der Brüstung lehnte und ihnen mit weitgeöffneten, angstvollen Augen entgegensah. Noch ein großer Schritt, dann konnte er sich umdrehen mit seiner süßen Last und sie über die Balkonbrüstung in die Arme der Mutter legen. Schluchzend umarmten sich die beiden Frauen. Heinz schwang sich gewandt über die Brüstung. Nur einen Augenblick atmete er auf, dann rannte er in sein Zimmer hinein und holte seinen Paß und einige andere wichtige Papiere. Auch sein Ausgabenbuch raffte er an sich, denn da sein Zimmer dicht neben dem Saal lag, war es am meisten gefährdet. Von unten drang jetzt der Lärm der Feuerwehr und der herbeiströmenden Neugierigen herauf, er achtete nicht darauf. Erst wollte er die Damen in Sicherheit haben.

Obgleich es nicht kalt war, sorgte er sich doch, daß sie sich in ihren Kleidern erkälten könnten.

»Bitte, kommen Sie!« rief er ihnen zu.

Gehorsam folgten sie ihm. Er sprang die vier Steinstufen der kleinen Treppe empor, die zur Säulenhalle führte, und rüttelte an der eisernen Gittertür. Aber sie gab nicht nach. Da zog er erst die Señora zu sich empor und hob sie über diese Tür hinweg, dann Ceda. Dann sprang auch er darüber hinweg, und nun standen sie in dem zu den Zimmern der Damen führenden Säulengang. Hier in diesem Teil des alten Palastes war es ziemlich menschenleer. Hier lagen die teuersten Zimmer, und das Hotel war zur Zeit nur mäßig belegt. Nur der alte Teil war völlig belegt. Hier in dem neuen Teil wohnten auf dieser Etage wohl nur die beiden Damen.

Heinz führte die beiden Damen, die keine Ahnung hatten, wo sie sich befanden, bis zu den Fenstertüren, die von der Säulenhalle in ihre Zimmer führten. Hier waren aber die Jalousien herabgelassen. Heinz mühte sich, sie hochzubekommen, aber da ertönte drinnen in dem Zimmer der Schrei einer Frauenstimme, und gleich darauf hörte Heinz Pedros Stimme, die zornig fragte, wer sich an der Jalousie zu schaffen mache. Pedro und Juanita hatten im Vorzimmer der Damen zu einem Plausch beisammengesessen und noch keine Ahnung, was im anderen Teil des Gebäudes vorging.

»Pedro! Schnell die Jalousien hoch!« rief Heinz in spanischer Sprache.

»Ah, Sie sind es, Señor Römer; ich glaubte schon, es sei ein Einbrecher«, sagte Pedro, während er die Jalousien hochzog. Erstaunt sahen die beiden Domestiken auf ihre Herrinnen, die Heinz jetzt schnell in die Zimmer schob.

»Schnell, Juanita, kleiden Sie Ihre Herrinnen in warme Kleider, und packen Sie die Schmuckkoffer ein. Hier ist die Perlenschnur der Señorita. Schnell, schnell, es ist Feuer im Haus ausgebrochen, wir müssen uns beeilen! Pedro, kommen Sie schnell mit mir in mein Zimmer, ich möchte meine Sachen hierher in Sicherheit bringen. Helfen Sie mir, damit es schnell geht.«

Er hatte Juanita die Perlenschnur zugeworfen, die er Ceda sorglich abgenommen hatte, weil er befürchtet hatte, sie könne zerreißen. Und nun wollte er mit Pedro davonstürmen. Die Señorita hielt ihn angstvoll fest.

»Lassen Sie uns nicht allein!«

»Nur wenige Minuten, Señorita, bis Juanita Sie umgekleidet hat. Es ist kühl draußen. Sie müssen wärmere Kleider anlegen. Ich bin gleich wieder hier; momentan kann ich Ihnen doch nicht helfen.«

Er eilte mit Pedro zu seinem Zimmer zurück. Sie mußten wieder über die Gittertür hinweg. In seinem Zimmer angekommen, warf Heinz, von Pedro unterstützt, seine Sachen schnell in die Koffer und schaffte sie mit ihm auf den Säulengang. Daß der neuere Teil des Gebäudes durch eine starke Brandmauer von dem alten getrennt war, hatte er gesehen. Er hoffte daher, seine Koffer würden drüben bei den Damen in Sicherheit sein. So konnten sie vielleicht gerettet werden.

Als er mit Pedro und den Koffern in die Zimmer der Damen zurückkam, waren diese schon umgekleidet. Juanita war dabei, die abgelegten Kleider ihrer Herrinnen in den großen Schrankkoffern aus Aluminium zu bergen. Heinz gebot ihr, die Koffer abzuschließen. Dann half er den Damen in warme Mäntel, und auch er selbst warf sich einen Mantel über.

»Bitte, warten Sie noch eine Minute; ich will mich nur orientieren, wie wir hier am besten aus dem Haus herauskommen. Es besteht noch keine Gefahr; die Feuerwehr ist im Einsatz, und bis hierher wird sich das Feuer kaum ausbreiten. Aber der Rauch wird lästig werden, deshalb werde ich Sie in ein anderes Hotel bringen. Erwarten Sie mich hier.«

Er ging hinaus auf den Korridor. Er roch, daß sich hier bereits die Rauchschwaden bemerkbar machten. Durch das Haupttreppenhaus zu entkommen war nicht möglich. Er lief zur anderen Seite und entdeckte eine schmale Treppe, die wohl nur von Dienstboten benutzt wurde. Hier sah er bereits die Angestellten mit ihren Habseligkeiten davonstürmen. Also führte hier ein Weg ins Freie.

Schnell kehrte Heinz zu den Damen zurück.

»Kommen Sie, folgen Sie mir! Auch Sie, Juanita, Sie begleiten Ihre Herrinnen. Pedro, Sie schließen die Zimmer der Damen ab. Dann warten Sie unten am Ausgang, zu dem ich Sie führe, bis ich zurückkomme. Sobald ich die Herrinnen in Sicherheit weiß, kehre ich zurück. Wir versuchen dann, das Gepäck fortzuschaffen. Ich werde Hilfe mitbringen, denn hier im Hotel scheint alles den Kopf verloren zu haben, obwohl für diesen Teil des Hauses noch keine Gefahr besteht.«

Heinz hatte die beiden Schmuckkoffer an sich genommen und führte die Damen die schmale Treppe hinab ins Freie.

Vor der Tür staute sich schon die neugierige Menge, die schnell zusammengelaufen war, durch die Feuerwehr aufmerksam geworden. Heinz brachte die Damen schnell in eine Seitenstraße und hielt gleich darauf ein daherkommendes leeres Auto an. Er legte die Schmuckkoffer hinein und half den Damen beim Einsteigen. Juanita und er nahmen die Rücksitze ein. Heinz nannte dem Chauffeur den Namen eines ihm bekannten vornehmen Hotels, das nicht sehr weit auf einem Platz am Ufer des Arno lag. Die Kunde von dem Brand war schon bis hierher gedrungen, einige dem Verderben entronnene Hotelgäste hatten sich hierhergeflüchtet. Glücklicherweise waren auch hier die besten Zimmer noch frei, und Heinz belegte sie sofort für die Damen. Er führte sie hinauf, sah, daß sie gut untergebracht waren, legte ihnen ihre Schmuckkoffer zu Füßen und übergab sie dann Juanitas Obhut und Pflege. Er sagte ihnen, daß er zu dem brennenden Hotel zurückfahren wolle, um sämtliche Koffer in Sicherheit zu bringen. Mutter und Tochter hatten sich kraftlos in zwei Sessel fallen lassen und nickten ihm nur stumm zu. Sprechen konnten sie nicht. Die überstandene Gefahr und Aufregung hatten sie abgespannt.

Ehe sich Heinz entfernte, bestellte er für die Damen heißen Tee und einen Imbiß, dann trat er in Begleitung eines Gepäckwagens und einiger Hausdiener, denen er ein gutes Trinkgeld versprach, den Rückweg an.

Vor der Seitenpforte stand blaß und aufgeregt Pedro, der

jetzt erst erfaßte, was geschehen war. Heinz ging mit ihm und den Hausdienern die schmale Treppe hinauf bis zu den Zimmern der Damen. Der Korridor war schon dicht mit Rauch gefüllt, und Heinz mußte allein weitergehen, weil die Hausdiener sich fürchteten. Seine ruhige Bestimmtheit beschämte sie, und sie folgten ihm in die verlassenen Zimmer, die noch ganz rauchfrei waren. Heinz griff selber mit zu, und in wenigen Minuten waren die Koffer, auch die seinen und die von Juanita und Pedro in Sicherheit. Sie wurden unten auf den Gepäckwagen verstaut, und Heinz und Pedro nahmen darauf Platz und fuhren zum anderen Hotel.

Niemand hatte auf sie geachtet, es hatte sich kein Mensch sehen lassen. Drüben aber, im alten Teil des Palastes, schlugen die Flammen aus den Fenstern des Festsaales. Ein Herr nur, der Heinz auf dem rauchigen Korridor entgegenkam und ganz verstört nach seiner Frau suchte, die er nirgends finden konnte, teilte ihm mit, es sei schrecklich zugegangen; vorn im Haupttreppenhaus seien die Menschen, die sich aus dem Saal gerettet hatten, in wilder Flucht die Treppe hinuntergestürzt. Dabei habe er seine Frau verloren. Es gäbe eine Menge Tote und Verwundete. Die Feuerwehr habe nur mühsam den Menschenknäuel am Ausgang des Saales lösen können. Der ganze Saal stehe in Flammen, und die darüber- und danebenliegenden Räume auch. Heinz riet ihm, über die Hintertreppe zu flüchten; hier könne er seiner Frau auch nicht helfen. Vielleicht sei sie schon in Sicherheit und in Sorge um ihn.

Willenlos hatte sich der Verstörte mit fortziehen lassen.

Es war kaum eine Stunde vergangen, seit Heinz die beiden Damen über den Mauervorsprung gerettet hatte, da stand er wieder vor ihnen. All ihr Gepäck stand unversehrt in ihren Zimmern.

Die Damen sahen mit blassen Gesichtern zu Heinz empor, der beschmutzt vor ihnen stand. Die Señora faßte seinen Arm und zog ihn zu sich herab.

»Sie haben mein und meiner Tochter Leben gerettet, Señor Römer, unter eigener Lebensgefahr! Nie, niemals können wir

Ihnen das genug danken. Ohne Sie wären wir verloren gewesen.«

Er wehrte ganz verlegen ab. Aber da faßte Ceda plötzlich seine Hand. Entsetzt sah sie darauf nieder, denn sie war voller Blut.

»Mein Gott, Sie haben sich verletzt!« sagte sie leichenblaß.

Lachend sah er auf die blutende Hand.

»Nichts von Bedeutung, Señorita, ich habe es noch gar nicht bemerkt. Habe wohl irgendwo ein bißchen hart zufassen müssen. Hoffentlich habe ich Ihre kostbaren Kleider nicht mit Blut beschmiert. Die paar Schrammen an meiner Hand sind ein sehr geringer Preis für drei gerettete Menschenleben. Gestatten Sie, daß ich mich zurückziehe und mich in etwas bessere Verfassung bringe. Mein Anzug hat verschiedene Risse abbekommen und dürfte wohl geliefert sein. Aber das verschmerze ich gern. Gottlob – ich sehe Sie heil und gesund vor mir!«

Bei den letzten Worten übermannte ihn die Rührung. Seine Augen leuchteten einen Moment so strahlend in die Cedas, daß ihr blasses Gesicht sich plötzlich mit dunkler Röte bedeckte. Aber da war er schon hinaus. Er fürchtete, seine Fassung zu verlieren. Das Rettungswerk hatte immerhin Nervenkraft gekostet.

Als er hinausgegangen war, fiel die Señora ihrer Tochter um den Hals.

»Was für ein Mann, Ceda! Nun endlich mußt du doch zugeben, daß er wert ist, daß man für ihn schwärmt. Nur ihm verdanken wir unser Leben, nur ihm. Hast du von Pedro gehört? – So viele Menschen sind umgekommen oder schwer verwundet worden. Auch wir würden zu den Opfern gehören, wenn er nicht gewesen wäre.«

Und die Señora bekam wieder, wie schon einige Male, einen Weinkrampf, in dem sich ihre Erregung Luft machte. Ceda küßte und streichelte sie beruhigend. Ihre Augen sahen aber dabei groß und leuchtend ins Weite. Ja, was für ein Mann!

»Ein Glück, Mamia, daß er in unserer Gesellschaft war. Kein anderer als er hätte diese Heldentat vollbracht. Ein anderer an seiner Stelle hätte zuerst sich in Sicherheit gebracht. Du hörtest ja von Pedro, daß die Herren der Gesellschaft sich nichts weniger als heldenhaft benommen und die Damen einfach niedergerissen haben. Und wir selbst haben das bei den Schreckenszenen im Saal doch auch mit angesehen. Nie dürfen wir vergessen, daß er sein Leben für uns wagte, nicht nur einmal.«

»Nein, Ceda, das dürfen wir ihm nie vergessen. Nie will ich diesen Mann von mir lassen, er muß bei uns bleiben.«

Und wieder machte sich die Nervenabspannung der Señora in Tränen Luft.

Ceda suchte sie zu beruhigen, und es gelang ihr endlich.

Eine halbe Stunde später ließ Heinz durch Pedro anfragen, ob die Damen ihn noch zu sehen wünschten. Sie ließen ihn bitten, einzutreten. Er hatte seinen beschmutzten und zerrissenen Abendanzug abgelegt und mit einem grauen Habit vertauscht. Seine Hände waren wieder sauber, und nur ein schmaler Verband um die rechte Hand verriet noch etwas von seiner Verletzung, die tatsächlich nur leicht war. Er hatte sie sich wahrscheinlich schon zugezogen, als er die Tüllwolken von den Fenstern herabgerissen hatte.

Ceda sah wieder erblassend auf den Verband.

»Ist es schlimm? Tut es sehr weh?« fragte sie so weich, wie sie noch nie zu ihm gesprochen hatte.

Seine Stirn rötete sich vor unterdrückter Erregung über diesen Ton. Hastig schüttelte er den Kopf.

»Nicht wert, darüber zu reden, Señorita; in zwei Tagen ist das wieder heil. Ich habe den Verband nur angelegt, weil ich Ihnen den Anblick der Wunde ersparen wollte«, sagte er, so ruhig er konnte.

Und dann sah er, daß der Imbiß, den er den Damen heraufgeschickt hatte, noch unberührt war.

»Sie haben noch immer nichts zu sich genommen?«

»Nur eine Tasse Tee. Aber auch Sie haben noch nicht zu Abend gespeist; das müssen Sie jetzt nachholen.«

»Ja, wir werden zusammen speisen. Bitte, nehmen Sie Platz, Señor Römer«, sagte die Señora.

Und Heinz mußte mit den Damen speisen, obwohl er am liebsten wieder zur Brandstelle zurückgekehrt wäre, um zu sehen, ob er nicht irgendwie helfen könne.

Aber dann saß er den Damen doch mit einem tiefen Glücksgefühl gegenüber, denn Ceda verwöhnte ihn, weil er nicht gut zufassen konnte. Sie schnitt ihm das Fleisch und legte ihm vor, und er war selig, daß sie sich um ihn mühte und so weich und freundlich zu ihm war.

Aber sie vermochten alle drei nicht viel zu essen, denn sie wußten Menschen in Not. Immer wieder lauschten sie hinaus, aber hier am Arno war es still und ruhig. Gleich nach beendeter Mahlzeit erhob sich Heinz.

»Ich denke, es ist am besten, wenn Sie sich jetzt zur Ruhe begeben. Ihre Nerven müssen sich beruhigen«, sagte er.

»Und Sie, Señor Römer?« fragte Ceda.

»Ich möchte noch einmal zur Brandstelle zurück; ich will sehen, wie es dort steht.«

Daß er versuchen wollte, sich am Rettungswerk zu beteiligen, wenigstens wo es nötig war, Samariterdienste zu leisten, verriet er nicht, um nicht Mutter und Tochter zu beunruhigen.

Er verabschiedete sich von den Damen und rief Juanita herbei, die ihre Herrinnen zur Ruhe bringen sollte.

Dann verließ er das Hotel und begab sich an die Unglücksstelle. Hier waren die Feuerwehr und eine Sanitätskolonne im Einsatz. Fast der ganze alte Teil des Palastes stand in Flammen, und die Feuerwehr mußte sich darauf beschränken, wenigstens den neueren Teil zu retten. Man wußte nicht, ob sich noch Menschen in den Flammen befanden, es war aber doch sehr wahrscheinlich. Am Leben war selbstverständlich niemand mehr, der noch in dem brennenden Haus weilte. Viele von den Geretteten standen noch weinend und jammernd umher, weil sie Angehörige vermißten. Unter einer Laterne sah Heinz zwei Menschen innig umklammert und weinend beieinanderstehen und sich immer wieder in die

Augen sehen. Er erkannte den Herrn, der auf dem rauchigen Korridor jammernd nach seiner Frau gesucht hatte. Er hatte sie endlich wiedergefunden. Sie war in Angst und Sorge um ihn wie von Sinnen gewesen.

Still ging Heinz an ihnen vorüber und stellte sich einem Sanitätsoffizier zur Verfügung, denn es lagen noch eine Menge Verwundete auf aufgeschütteten Strohlagern umher, weil sie noch nicht hatten abtransportiert werden können. Es war ein furchtbarer Anblick, denn auch verschiedene Leichen hatte man hier gebettet. Es war ein schreckliches Durcheinander, und Heinz dankte Gott, daß seine Herrinnen nicht all dies Elend mit ansehen mußten.

Der Sanitätsoffizier sah ihn scharf und forschend an.

»Verfügen Sie über mich, ich bin der Sohn eines Arztes und kann Verbände anlegen und Verwundete transportieren.«

Der Sanitätsoffizier nickte ihm zu und führte ihn an eine Ambulanz heran. Dort beteiligte sich Heinz an dem Samariterwerk, legte Verbände an, half die Verwundeten in den Krankenwagen betten und blieb auf dem Posten, bis der letzte untergebracht worden war.

Darüber war die Nacht fast vergangen. Der Morgen dämmerte bereits, als er sich müde zum Hotel zurückbegab. Bis jetzt hatte man einundzwanzig Tote und über fünfzig Verwundete geborgen. Aber mehrere Personen wurden noch vermißt. Es konnte sein, daß noch Tote unter den Trümmern lagen.

Als sich Heinz im Hotel gesäubert hatte, warf er sich todmüde auf sein Lager. Aber so müde er auch war, Schlaf fand er nicht. Die Bilder des Grauens verfolgten ihn. Er dankte dem Schicksal, daß es ihm gelungen war, Ceda und ihre Mutter zu retten, damit nicht auch ihnen ein so grauenvoller Tod beschieden war. Wenn sie hätten hören und sehen müssen, was er in dieser Nacht gesehen und gehört hatte, wären sie vor Entsetzen krank geworden. Leider hatten sie schon genug Schlimmes gesehen, während die Panik ausbrach.

Heinz Römer erhob sich am Morgen, ohne Schlaf gefunden zu haben. Seine Hand schmerzte sehr. Aber als er sich durch ein Bad erfricht und die Wunde frisch verbunden hatte, fühlte er sich neu gestärkt. Auf solche ›Bagatellen‹ zu achten, hatte er sich längst abgewöhnt. Schnell schrieb er ein Telegramm an Christa. Er fürchtete, daß der Hotelbrand mit allen Einzelheiten in die Zeitungen kommen würde, und Christa wußte, in welchem Hotel er mit den Damen wohnte. Sie würde erschrecken und sich sorgen, wenn er sie nicht im voraus beruhigte.

Zur gewohnten Zeit wurde er dann zu den Damen gerufen; sie hatten ebenfalls nicht sonderlich gut geschlafen und sahen beide blaß und abgespannt aus. Heinz mußte zunächst abermals den stürmischen Danksagungen der Señora standhalten; sie konnte sich nicht genugtun. Leider hatten die Damen durch die Dienerschaft schon erfahren, wie viele Tote und Verwundete es gegeben hatte. Daß der Brand endlich gelöscht war, wußten sie; aber auch, daß die Feuerwehr die Trümmer nach Vermißten durchsuchte.

Schluchzend sagte die Señora:

»Vielleicht lägen wir heute auch tot unter den Trümmern, wenn Sie nicht gewesen wären, Señor Römer; wir hätten uns ganz bestimmt nicht allein retten können.«

»Bitte, denken Sie doch nicht mehr daran, Señora; danken wir Gott, daß alles gutgegangen ist. Ohne seine Hilfe hätte ich Sie nicht zu retten vermögen. Die gütige Vorsehung ließ mich auf diesen Mauervorsprung aufmerksam werden, sonst hätte ich diesen Rettungsweg wahrscheinlich nicht gefunden«, erwiderte Heinz und erzählte den Damen, wie er darauf aufmerksam geworden war.

Ceda sagte kein Wort, aber sie drückte Heinz die gesunde Hand und sah ihn dankbar an. Das galt ihm mehr als die überschwenglichen Dankesbezeugungen ihrer Mutter.

Die Damen hatten keinerlei Verlust zu beklagen. Nicht einmal ihre Festkleider hatten gelitten. Nur Cedas schöner großer Fächer, den sie im Saal zurückgelassen hatte, war ein Raub der Flammen geworden.

Señora Nordau wollte unbedingt zum Brandplatz fahren; sie wollte bei Tageslicht den Weg ansehen, den Heinz Römer mit ihr und Ceda auf den Armen zurückgelegt hatte. Heinz wollte ihr das ausreden, aber sie bestand darauf. Auch Ceda sagte schließlich: »Sie können doch verstehen, Señor Römer, daß wir uns diesen Rettungsweg ansehen wollen.«

Da gab er den Widerstand auf und begleitete die Damen zum Brandplatz.

Sie sahen, daß der ganze alte Teil des ehemaligen Palastes zerstört war. Nur die starken Mauern waren zum großen Teil erhalten. Auch Heinz Römers Zimmer war völlig ausgebrannt; nur der steinerne Balkon war unversehrt geblieben. So konnten sie deutlich sehen, wie sich der schmale Mauervorsprung von den Fenstern des Festsaales bis zu diesem Balkon hinzog. Die Damen sahen, daß ihr Retter kaum Platz gehabt hatte auf diesem Mauervorsprung, um seine Füße aufzusetzen; sie selbst hatten auf seinen Armen über der Tiefe geschwebt. Ein einziger Fehltritt oder ein Abbröckeln auch nur eines Steines – und er wäre mit ihnen in die Tiefe gestürzt. Krampfhaft faßten Mutter und Tochter sich bei den Händen und sahen dann ihren Retter mit großen, feuchten Augen an.

Und Ceda dachte daran, daß sie, als er sie auf seinen Armen über diesen gefährlichen Weg getragen hatte, denken mußte: Wenn ich sterbe, sterbe ich mit ihm.

Bei dieser Erinnerung wurde ihr plötzlich ganz klar, daß sie Heinz Römer liebte. Aber es verletzte ihren Stolz nicht mehr. Auch in ihren Augen war er ein Held nach den Ereignissen dieser Nacht, und damit war er ihr nicht nur gleichberechtigt geworden, sondern weit über sie hinausgewachsen.

Als die drei Menschen in Gedanken versunken dastanden, trat plötzlich der Sanitätsoffizier an sie heran, dem sich Heinz Römer gestern nacht zur Verfügung gestellt hatte. Er verneigte sich vor den Damen und sprach Heinz seinen Dank aus, daß er sich als ein so unermüdlicher Helfer in dieser Nacht bewährt habe. Heinz bekam einen roten Kopf. Die Damen hatten freilich nur die Hälfte von dem verstanden, was der Offizier gesagt hatte, aber sie hörten doch genug heraus, um zu begreifen, daß der Offizier sich für Heinz Römers Hilfe bedankte. Sie sahen auch, daß der Offizier Heinz Römers verletzte Hand behutsam faßte und auf den Verband herabsah.

»Sie sind verletzt, Signore?« fragte er.

»Nur ein wenig.«

»Sie sollten sich aber richtig verbinden lassen. Auch eine kleine Wunde kann gefährlich werden.«

Lächelnd schüttelte Heinz den Kopf.

»Ist nicht der Rede wert. Ich habe den Verband nur angelegt, um den Damen den Anblick zu ersparen und die kleine Wunde vor Schmutz zu schützen.«

»Also nochmals tausend Dank, Signore, für Ihre Hilfe. Sie sind Deutscher?«

»Ja, Signore!«

»Bravo Tedésco!« rief der Offizier und verabschiedete sich von Heinz und den Damen.

Als er davongegangen war, fragte Ceda:

»Wofür dankte Ihnen dieser Offizier?«

Heinz war sehr verlegen. Aber er konnte nicht lügen.

»Ich habe ein wenig geholfen bei der Bergung und beim Verbinden der Verwundeten.«

Cedas Augen leuchteten in die seinen. Und dieses Aufleuchten ließ ihm den Herzschlag stocken.

»Wie lange haben Sie sich an diesem Samariterwerk beteiligt?«

»Bis zum Morgengrauen; erst dann waren alle Verwundeten geborgen.«

»Trotz Ihrer verletzten Hand haben Sie mit zugegriffen?«

»Bitte, nehmen Sie doch keine Notiz mehr davon.«

»Dann haben Sie nur sehr wenig geschlafen?«

»Gar nicht! Als ich ins Hotel zurückkam und Zeit hatte, über alles Geschehene nachzudenken und über alles, was ich mit habe ansehen müssen, da ist mir der Schlaf vergangen.«

»Oh, so müssen Sie jetzt sofort ins Hotel zurückkehren und zu schlafen versuchen!« rief die Señora.

Heinz schüttelte abwehrend den Kopf.

»Ganz ausgeschlossen! Ich bin vollkommen frisch. Es ist nicht die erste Nacht, die ich schlaflos verbracht habe, und es wird nicht die letzte sein. Ich schlage vor, ich begleite die Damen auf einer Spazierfahrt hinauf ins Kloster Minato, das Sie ja besichtigen wollten. Das wird Ihnen guttun und Sie von quälenden Gedanken ablenken.«

Die Damen waren einverstanden. Ceda sah noch einmal zu dem Mauervorsprung hinauf. Wie konnte Heinz Römer diesen Weg mit einer so schweren Last zurücklegen? Er hatte zweimal sein Leben aufs Spiel gesetzt, um sie und die Mutter zu retten.

Das Herz wurde ihr warm und weit. Welch ein Mann! dachte sie.

Als sie von ihrem Ausflug zum Kloster zurückkamen, bat Heinz vor Tisch noch um einen kurzen Urlaub.

»Ich muß mir einen neuen Abendanzug anschaffen; der, den ich bisher getragen habe, ist zerrissen und schmutzig geworden«, sagte er.

»Das geht auf meine Rechnung, Señor Römer!« rief die Señora.

»Nein, nein, ich hätte demnächst sowieso einen neuen Abendanzug haben müssen, Señora.«

»Aber ich bitte Sie, das ist doch selbstverständlich, daß er auf meine Rechnung kommt. Bitte, kein Wort mehr darüber. Sonst machen Sie mich sehr zornig.«

Lächelnd verneigte er sich.

»Ich will Sie nicht zornig machen, Señora!«

Da beruhigte sie sich, sagte aber lächelnd:

»Sie können zuweilen genauso halsstarrig sein wie meine Tochter.«

Heinz und Ceda sahen sich an und lächelten beide. Heinz hätte dies reizende Lächelnd von Cedas Mund fortküssen mögen, so war er davon entzückt.

Er machte sich nun auf den Weg, um sich einen neuen Abendanzug zu kaufen. Man versprach, ihn am übernächsten Vormittag zu liefern.

Als er ins Hotel zurückkehrte, machte er sich fertig zum Lunch. Während der Mahlzeit sagte ihm die Señora, daß sie den Aufenthalt in Florenz abkürzen möchte; sie habe keine Lust mehr, zu bleiben. Denn sie würde die Erinnerungen an das Brandunglück hier nicht los, und ihre Tochter auch nicht. Die Señora hatte eine große Summe gespendet für die Hinterbliebenen einiger ums Leben gekommener Hotelangestellter.

Heinz traf nun wieder alle Vorbereitungen zur Weiterreise, und einige Tage später fuhren sie über Bologna nach Venedig.

Von Venedig waren die Damen – wie fast jeder, der diese Stadt betritt – entzückt. Ceda konnte hier wieder Kunststudien betreiben. Es gab so viel Schönes zu sehen. Zumeist begleitete sie Heinz Römer, der ihr auch hier behilflich sein konnte, die Spreu von dem Weizen zu sondern, und ihr vor allem die wertvollsten Kunstschätze zugängig machte. Die Señora beteiligte sich nur wenig an diesen Streifzügen durch Kirchen und alte Paläste. Sie ließ sich lieber während der Zeit, da Ceda ihre Kunststudien unter Heinz Römers Leitung trieb, in einer Gondola über den Canale grande spazierenfahren. Das gefiel ihr großartig, und sie konnte stundenlang in so einem schlanken, schwarzen Fahrzeug sitzen und vor sich hinträumen. Pedro genügte zu ihrem Schutz, und er war ebenso begeistert von diesen Fahrten wie seine Herrin.

Besonders schön fand es die Señora aber, wenn, was häufig geschah, ihre Tochter und Señor Römer sie auf diesen Fahrten begleiteten. Durch die Lagunen zu fahren, machte den Damen weniger Freude; aber auf dem Canale grande, vom Rialto aus, an den Palästen vorüber bis zur Maria della salute, dann an der Dogana del Mare entlang und hinüber bis zum Lido, das gefiel ihnen sehr. Noch schöner war es des Abends, wenn Heinz mit ihnen zu den Serenatas hinüberfuhr. Sie wohnten im Danieli und gingen dann zum Diner zur Piazetta hinüber, stiegen am Molo in eine Gondola und fuhren zu den erleuchteten Serenatabooten.

Es waren unvergeßliche Tage, die sie hier verlebten, auch für Heinz, der voll heißer Freude merkte, daß Ceda seit Florenz einen ganz anderen Ton für ihn gefunden hatte. Sie sah nie mehr stolz und abweisend über ihn hinweg, ihre Augen blickten ihn weich und dankbar an, und ihre Stimme klang nie mehr kalt und gleichgültig, wenn sie mit ihm sprach. Es war, als habe sie allen Stolz ihm gegenüber vergessen, wenn sie sich auch immerhin soweit in der Gewalt hatte, daß sie ihm nichts von ihren wahren Gefühlen verriet. Denn immer wieder quälte es sie, ob Heinz an jenem Abend in Berlin sich von einer geliebten Frau verabschiedet hatte. Dieser Gedanke half ihr, ihren mädchenhaften Stolz zu bewahren und ihn nicht merken zu lassen, daß sie ihn liebte. Da Heinz, sosehr er sich über ihr verändertes Wesen freute, noch keine Ahnung davon hatte, daß ihr Herz für ihn heißer schlug, hielt auch er sich in strenger Zucht; obgleich auch er einen seltsam weichen Ton für sie fand, ließ er doch zu keiner Stunde durchblicken, daß er in ihr etwas anderes sah, als eine sehr verehrte junge Herrin.

Von Venedig fiel den Damen der Abschied schwer. Sie waren aber schon etwas länger geblieben, als sie beabsichtigt hatten, und setzten ihre Reise fort. Sie fuhren nach Triest, nach Abbazia und Finme und dann nach Wien. Immer blieb Ceda Heinz gegenüber fast zutraulich. Alles Herbe und Hochmütige war aus ihrem Wesen gewichen, und so, wie sie jetzt zu ihm war, bezauberte sie ihn, ohne es zu ahnen, nur noch mehr. Um seine Herzensruhe war es vollends geschehen, und es fiel ihm sehr schwer, seine Haltung zu wahren.

IX

Christa Römer hatte seit der ersten Gesellschaft, die sie im Haus des Professors mitgemacht hatte, noch weitere Einladungen von Frau Professor erhalten. Das war so gekommen: An jenem musikalischen Abend war der Klavierspieler, der die Begleitung der Sänger und Sängerinnen übernehmen sollte, durch plötzliche Erkrankung verhindert gewesen, zu kommen. Diesen Künstler hatte die Frau Professor durch ein ziemlich hohes Honorar verpflichten müssen. Nun wäre der größte Teil der Soiree ins Wasser gefallen, denn so schnell konnte kein Ersatz beschafft werden. Christa wurde bei ihrem Eintreffen Zeugin der großen Verlegenheit der Gastgeberin. Ohne Zögern erbot sie sich, so gut sie könne, die Begleitung der Herren und Damen zu übernehmen. Erstaunt und erfreut hatte die Frau Professor die kleine unbedeutende Laborantin angesehen, die sie wirklich erst nach langem Widerstreben auf Wunsch ihres Gatten eingeladen hatte.

»Können Sie das denn, Fräulein Römer?«

»Ich hoffe es, gnädige Frau. Ich habe früher meine Tante Johanna, die viele schwierige Lieder gesungen hat, immer begleitet, oft auch meinen Bruder. Mich selbst begleite ich auch zu meinen Liedern, wenn ich zur Zeit auch nur ein sehr armseliges Instrument zur Verfügung habe. Es würde mir ein Genuß sei, auf Ihrem kostbaren Flügel spielen zu dürfen. Selbstverständlich werde ich kein vollwertiger Ersatz für den von Ihnen engagierten Künstler sein, aber leidlich will ich mich schon aus der Affäre ziehen, um Ihnen aus der Verlegenheit zu helfen.«

So hatte Christa, tapfer wie immer, wenn sie nützen und helfen konnte, die Begleitung der Sänger und Sängerinnen übernommen, und es war alles gutgegangen.

Als der musikalische Teil des Abends vorüber war, hatte der Professor Christa bei der Hand genommen.

»Na, kleines Fräulein, heute haben Sie sich aber bei meiner Frau in große Gunst gesetzt. Man erlebt ja allerlei Überraschungen mit Ihnen. Daß Ihre Tante Jahanna eine ausgezeichnete Sängerin war, wenn sie auch nie vor die Öffentlichkeit getreten ist, weiß ich. Aber keine Ahnung hatte ich von Ihren hervorragenden musikalischen Fähigkeiten. Weshalb sind Sie eigentlich mit der bescheidenen Existenz einer Laborantin zufrieden gewesen, wenn Sie doch so viel von Musik verstehen?«

»Ach, du lieber Gott! Herr Professor, Musik ist eine ziemlich brotlose Kunst, wenn man nicht wirklich Hervorragendes leistet. Und gar so weit her ist es nicht mit meinem Klavierspiel. Unter uns – ich habe gewaltig aufpassen müssen und habe doch ein paar Patzer gemacht. Zum Glück hat es anscheinend niemand gemerkt. Nachdem ich mich angeboten hatte als Ersatz, kühn wie ich war, bekam ich eine rasende Angst, daß ich mich vor Ihrer Frau Gemahlin blamieren könne. Aber ich dachte: Nimm dich nur zusammen, es wird schon gehen, Und mit gutem Mut und Gottvertrauen ist es dann ja auch ohne zu große Entgleisung gegangen.«

Gerührt sah er sie an.

»Großartig ist es gegangen. Sie sind wirklich ein Prachtkerl, Kindchen! Meine Hochachtung! – Und was haben Sie für Nachrichten von Ihrem Bruder?«

»Die besten, Herr Professor; es geht alles gut!«

»Freut mich! Tüchtige Menschen seid ihr schon, ihr Geschwister Römer. Aber nun kommen Sie, jetzt gibt es was zu füttern fürs Schnäbelchen. Also ran an die guten Sachen!«

»Das lasse ich mir nicht zweimal sagen. Solche Gottesgaben muß der Mensch mit Andacht und Inbrunst genießen.«

Lachend nickte er ihr zu. Und Christa hatte an diesem Abend noch erlebt, daß die Frau Professor sehr huldreiche Worte zu ihr sprach und daß ihr auch die sehr hochmütige Tochter des Professors einige anerkennende Worte sagte. Christa nahm das hin, wie es gemeint war: als höflichen Dank für ihr bereitwilliges Einspringen.

Was sie aber nicht so leicht hinnehmen konnte, war die sehr auffallende und zudringliche Art, wie der Sohn des Hauses, Kurt Bergt, sich an sie herandrängte und ihr taktlose Anträge machte.

»Habe ja keine Ahnung gehabt, was für eine seltene Blume im Laboratorium meines alten Herrn blüht. Wahrhaftig, eine so entzückende, reizende Laborantin möchte ich mir auch halten. Wenn ich das geahnt hätte, wäre ich längst mal ins Labor gekommen. Werde es selbstmurmelnd schleunigst nachholen, schöne kleine Römerin! Muß Sie doch mal bei Ihrer Tätigkeit im Labor beaugenscheinigen, nachdem ich Gelegenheit hatte, Sie als musikalische Leuchte bewundern zu dürfen.«

Sie war von diesem Ton wenig entzückt, hatte ihn groß angesehen und erwidert:

»Ich vermute, daß Sie mir eine Höflichkeit sagen wollten, wie es Ihre Frau Mutter und Ihr Fräulein Schwester schon getan haben. Aber – Sie brauchen sich nicht zu bemühen.«

»Aber ganz und gar nicht. Sie mißverstehen mich, süße kleine Römerin. Mit Ihrer liebenswürdigen Aushilfe hat das gar nichts zu tun. Ich finde Sie entzückend und bezaubernd und mußte Ihnen das sagen.«

Sie sah ihn noch immer groß an, und in ihren tiefblauen Augen lag eine stille Verachtung für diesen Nichtstuer und Taugenichts.

»Ich heiße Fräulein Römer, Herr Bergt, und ich glaube, daß Sie sich mir gegenüber etwas im Ton vergreifen.«

»Wieso denn? Darf ich Ihnen nicht sagen, daß Sie entzükkend, daß Sie bezaubernd sind? Das hören junge Damen doch immer gern.«

»Der Ton macht die Musik, Herr Bergt. Ich bezweifle, daß Sie den jungen Damen Ihrer Gesellschaftskreise so begegnen dürfen, wie Sie es sich mir gegenüber erlauben. Als Gast Ihrer Eltern habe ich aber ein Anrecht auf die selbstverständliche Artigkeit, die Sie auch anderen Damen erweisen müssen.«

»Aber kleines, stolzes Fräulein – ich habe durchaus keinen anderen Ton für Sie als für die anderen Damen, vorausgesetzt selbstverständlich, daß sie ebenso reizend sind wie Sie – was hier kaum noch eine von sich sagen kann.«

»Dann sind die Damen, denen Ihre Art, mit ihnen zu sprechen, nicht mißfällt, vermutlich nicht sehr wählerisch. Mir gefällt es jedenfalls nicht, und ich muß Sie ersuchen, einen anderen Ton anzuschlagen oder auf eine Unterhaltung mit mir zu verzichten.«

»Donnerwetter! Sie sind ja ein schneidiges kleines Fräulein! Beißen Sie nur nicht gleich. Reizend genug sind Sie freilich auch in Ihrem Zorn – aber nur um so begehrenswerter.«

Da hatte sich Christa einfach aus ihrem Sessel erhoben, hatte ihm stumm den Rücken gekehrt und war gegangen. Wenn sie dieser ungezogene Lümmel auch nicht beleidigen konnte, so hatte sie dennoch keine Lust, sich diesen Ton länger gefallen zu lassen. Er hatte noch verschiedentlich versucht, eine Unterhaltung mit ihr anzuknüpfen, aber sie wich ihm aus, wo sie konnte.

Seit diesem Abend fiel es Kurt Bergt plötzlich ein, immer wieder in das Laboratorium seines Vaters zu kommen. Er sah Christa bei der Arbeit zu, brachte ihr Blumen mit, die sie aber achtlos liegen ließ – so leid ihr die armen Blumen auch taten –, und machte ihr nach wie vor mehr oder minder gewagte Komplimente. Sie verbat sich diese Taktlosigkeiten ziemlich energisch, aber das prallte an seiner unverschämten Dreistigkeit ab.

Eines Tages sagte sie ihm ruhig und bestimmt, er möge sie nicht immer von der Arbeit abhalten, er störe sie nur.

Er lachte sie nur aus und fuhr fort, sie zu belästigen.

Als Christa Römer von seiner Mutter noch einige Male zu Abendgesellschaften eingeladen wurde, wobei sie freilich meistens ihr musikalisches Können gratis zur Verfügung stellen mußte, wich er kaum noch von ihrer Seite. Und eines Tages erklärte er ihr im Laboratorium ganz ruhig und zynisch, er sei maßlos in sie verliebt, sie möge doch nicht weiter so spröde sein. Das sei nicht mehr nötig, um ihn noch mehr in Flammen zu setzen. Schließlich sei sie doch viel zu schade, in dem häßlichen Laborkittel hier herumzuhantieren. Er sei bereit, ihr ein angenehmes Leben zu verschaffen, wenn sie sich entschließen könne, seine kleine Freundin zu werden.

Sie war sehr blaß geworden und sah ihn mit einem unbeschreiblichen Blick an. Noch rang sie nach Worten, die ihn gebührend zurechtweisen sollten, als gerade der Professor eintrat und seinen Sohn groß und erstaunt ansah. Bis jetzt hatte er ihn noch niemals im Laboratorium gesehen, und Christa hatte nichts von Kurt Bergts Besuchen gesagt, weil sie dem alten Herrn keinen Kummer bereiten wollte. Nun sah sie aber ein, daß das so nicht weitergehen konnte. Diese Beleidigung konnte und wollte sie nicht so ruhig einstecken. Tapfer und unverzagt trat sie auf den alten Herrn zu. Und mit bebender Stimme und blassen Lippen sagte sei:

»Herr Professor, ich kann und darf Ihnen nicht länger verschweigen, daß Ihr Herr Sohn mich schon seit langer Zeit mit sehr unangebrachten Vertraulichkeiten belästigt. Ich wollte Sie nicht betrüben und verschwieg es Ihnen bisher. Jetzt kann ich aber nicht länger schweigen. Ihr Herr Sohn hatte soeben die Unverfrorenheit, mir zuzumuten, ich möge mein Amt hier aufgeben, um mir von ihm als seiner Freundin ein angenehmes Leben verschaffen zu lassen. Ich hoffe, Herr Professor, daß ich nicht vergeblich an Ihren Schutz appelliere. Vergeblich habe ich Ihren Herrn Sohn schon zur Ordnung gerufen und habe wahrlich energisch genug gezeigt, daß mir seine Annäherungen im höchsten Grade lästig sind. Die Beleidigung aber, die er mir heute zugefügt hat, ist so schwer, daß ich Sie bitten muß, ihm begreiflich zu machen, daß er mit seinem Anerbieten an die falsche Adresse geraten ist.«

Professor Bergt hatte sie erschrocken angesehen. Jetzt wandte er sich seinem Sohn zu, der Unbekümmertheit markierte und die Achseln zuckte. Von oben bis unten sah sein Vater ihn an, mit einem Blick, in dem schmerzlicher Zorn mit deutlicher Geringschätzung stritt.

»Du verläßt augenblicklich das Laboratorium und wagst es nicht noch einmal, es ohne meine besondere Erlaubnis zu betreten. Schäme dich! Du verdientest, daß ich dir handgreiflich Achtung vor dem weiblichen Geschlecht beibrächte. Hier hast du nichts zu suchen; hier ist kein Boden für deine leichtfertigen Flirts, hier wird gearbeitet. Fräulein Römer steht als die Tochter meines verstorbenen Freundes unter meinem Schutz, und eine nochmalige Beleidigung dieser höchst achtenswerten jungen Dame setze ich an als mir selbst zugefügt. Und nun mach, daß du verschwindest und störe uns nicht bei der Arbeit.«

Da hatte sich Kurt Bergt mit hämischem Gesicht aus der Tür geschoben.

Der Professor hatte Christa beruhigt und sich für seinen Sohn entschuldigt. Christa sah ihn mitleidig an.

»Ich hätte Ihnen das gern erspart, Herr Professor, aber es ging so nicht weiter.«

»Sie hätten mir längst sagen sollen, daß mein Sohn Sie belästigt. Ich habe leider so wenig Freude an ihm, daß es auf etwas mehr Herzeleid nicht ankommt. Lassen Sie uns nicht mehr daran denken; er wird Ihnen nicht wieder zu nahe kommen. Sollte es aber doch geschehen, so teilen Sie es mir bitte sofort mit.«

Danach waren sie beide wieder an ihre Arbeit gegangen.

Als Christa einige Tage später zum Mittagessen nach Hause kam, fand sie einen Brief ihres Bruder. Dieser hatte ihr regelmäßig Nachricht gegeben. Sie wußte, daß Heinz mit seinen beiden Herrinnen von Wien aus durch Tirol, Oberbayern und die Schweiz gereist war und daß sie nun bald nach England und Skandinavien kommen und bei dieser Gelegenheit Berlin wieder berühren würden. In dem Brief, den sie heute erhielt, zeigte er ihr seine Ankunft sogar schon für den nächsten Montag an.

»Ich werde sofort am Montagabend zu Dir kommen, Christa; ich werde mir gleich Urlaub geben lassen. Wir bleiben voraussichtlich acht Tage in Berlin, bevor wir nach England reisen. Von England aus machen wir dann einen Abstecher nach Norwegen, Dänemark und Schweden und kehren nach Bremerhaven zurück, von wo wir uns im August nach Mexiko einschiffen werden. Die acht Tage, die wir in Berlin bleiben, wollen wir ausnutzen; jede freie Minute will ich Dir widmen. Wir werden uns viel zu erzählen haben. Das eine will ich Dir jetzt schon verraten – ich glaube bestimmt, eine Lebensstellung bei den Damen Nordau zu finden. Es wird hoffentlich dann nicht lange dauern, bis ich dich nachkommen lassen kann. Das möchte ich Dir heute schon mitteilen, damit Du Dich nicht allzusehr vor einer erneuten Trennung fürchtest. Also vorläufig bis Montagabend auf Wiedersehen. Mit herrlichen, innigen Grüßen

Dein treuer Bruder.«

So stand in dem Brief. Heute war Donnerstag; also noch vier Tage, dann sah sie Heinz wieder. Sie freute sich sehr darauf. Sie wollte ihm aber nichts von Kurt Bergts Unverschämtheiten sagen. Sonst gab es eine Katastrophe, das wußte sie. Heinz würde Kurt Bergt das nicht so hingehen lassen. Jetzt wußte sie ja, daß sie jederzeit den Schutz des Professors anrufen konnte, falls Kurt es nochmals wagen sollte, sie zu belästigen.

Am liebsten hätte sie künftig alle Einladungen der Frau Professor abgelehnt, aber sie wußte, daß das den Professor betrüben würde; er hatte sich immer sehr gefreut, daß er Christa ein wenig Anregung hatte bieten können. Sie hatte es ebenfalls freudig begrüßt, wieder einmal auf dem kostbaren Flügel spielen zu können. Das war schon ein großer Genuß, da sie sich sonst mit dem alten verstimmten Klavier der Frau Schwalbe begnügen mußte.

Damals hatte sie in den Zeitungen von dem Brandunglück in dem Florenzer Hotel gelesen, und sie war froh, daß sie das beruhigende Telegramm von ihrem Bruder erhalten hatte, sonst hätte sie sich sehr gesorgt. Heinz hatte ihr später kurz darüber geschrieben, daß es ihm gelungen sei, sich mit den beiden Damen und deren Dienerschaft zu retten. Auf welche Art diese Rettung erfolgt war, hatte er ihr jedoch nicht mitgeteilt. Es war nicht seine Art, sich seiner Taten zu rühmen, und er wollte auch Christa nicht nachträglich ängstigen.

Als Christa am Montagabend aus dem Laboratorium nach Hause kam, wartete ihr Bruder schon auf sie. Jauchzend fiel sie ihm um den Hals.

»Heinz! Mein lieber, lieber Heinz! Endlich sehe ich dich wieder!«

»Meine kleine Christa!« rief er zärtlich und küßte sie herzlich und innig. Dann hielt er sie von sich ab und sah ihr prüfend und forschend in die Augen.

»Ein wenig blaß siehst du aus; nicht so frisch, wie ich dich im Herbst verlassen habe.«

»Der Sommer setzt mir immer etwas zu, Heinz. Das gibt sich wieder. Aber auch du scheinst mir etwas schmaler geworden zu sein.«

Er lachte scheinbar sorglos.

»Das macht das zu gute Leben, Christa.«

»Nun ja; ich kann mir schon denken, daß so ein Nomadenleben sehr anstrengend ist, wenn es auch auf die luxuriöseste Art geführt wird. Wie das deine Herrinnen aushalten, ist mir ein Rätsel.«

»Du mußt bedenken, daß ich alle erdenklichen Bequemlichkeiten für sie ersinne. Geld spielt bei ihnen keine Rolle, und da ist das sehr leicht.«

»Und du wirst ein erstklassiger Reisemarschall sein, das scheint mir sicher. Aber nun komm und setz dich. Wirst du an meinem frugalen Abendessen teilnehmen?«

»Der ganze Abend gehört dir, Christa. Meine Damen waren müde von der Reise und wollen zeitig zur Ruhe gehen. Ich freue mich schon, mit dir plaudern zu können, kleine Christa; du mußt mir erzählen, wie es dir ergangen ist.«

»Da gibt es nicht viel zu erzählen. Aber – was ist das für ein Paket?«

»Ein Mitbringsel für dich«, sagte er lachend.

»Oh, Heinz, wirst du leichtsinnig? Du hast mir doch schon aus Florenz ein Paket schicken lassen, einen so herrlichen Seidenstoff; das Kleid, das ich mir daraus arbeiten ließ, ist einfach fürstlich geworden. Ich habe damit auf einigen Abendgesellschaften der Frau Professor geglänzt. Und nun hast du schon wieder Geld für mich ausgegeben?«

»Hadere nur nicht, es ändert nichts an der Sache. Ich kann es mir jetzt schon leisten. Aber erst mußt du essen; da kommt Frau Schwalbe mit Tee und belegten Broten. Darauf freue ich mich. Wenn man jeden Abend diverse Gänge absolvieren muß, sind belegte Brote eine Delikatesse.«

Sie lachten beide, und Frau Schwalbe lachte mit. Dann gab Heinz acht, daß Christa ordentlich zulangte.

»Du siehst abgespannt aus, Christa!«

»Das macht wohl nur die Freude über das Wiedersehen.«

»Bist du auch wirklich ganz in Ordnung?«

»Wie ein Fisch im Wasser.«

»Ich fürchte immer, daß dein Beruf zu anstrengend ist. Doch ich hoffe, daß du ihn nicht mehr lange auszuüben brauchst. Ich kann schon als sicher annehmen, daß ich bei den Damen Nordau eine Lebensstellung bekomme. Wenn ich wollte, könnte ich heute schon den langfristigsten Vertrag in der Tasche haben. Aber ich will den Damen Zeit zur Überlegung lassen; erst soll mein Jahresvertrag zu Ende gehen.«

Und Heinz erzählte ihr, welche Vertrauensstellung ihm die Señora angeboten hatte und wie er sich darauf freute, drüben in Mexiko als Landwirt zu arbeiten.

»Sobald meine Position gesichert ist und ich mich drüben umgesehen habe, kommst du nach, Christa!«

Sie sah ihn mit strahlenden Augen an und drückte die Hände aufs Herz.

»Das ist beinahe zu schön, um wahr zu werden. Hoffentlich kann ich mich drüben in Mexiko auch irgendwie nützlich machen und arbeiten. Nur die Hände in den Schoß legen und dich einfach für mich sorgen zu lassen, das liegt mir nicht.«

Er küßte sie lachend.

»Nur keine Angst; Arbeit für dich gibt es schon, das wird sich alles finden.«

Heinz erzählte nun von seiner Reise mit den Damen. Mit frohen Augen hörte Christa zu.

»Irgendwie muß ich es diesmal möglich machen, sie zu sehen, Heinz! Weißt du, was ich mir ausgedacht habe?«

»Nun?«

»Ich werde auf den Bahnhof kommen, wenn ihr nach Hamburg abreist. Die Damen kennen mich ja nicht; ich kann mich also ruhig ganz in ihre Nähe drängen und sie mir ganz genau ansehen. Von dir brauche ich keine Notiz zu nehmen, und du auch von mir nicht. Wir nehmen vorher Abschied; sehen können wir uns ja auch bei dieser Gelegenheit noch einmal. Gelt, Heinz, so geht es doch?«

»Gewiß, Christa, so geht es ganz gut. Ich könnte dich ja auch einfach als meine Schwester vorstellen; aber weißt du, ich vermeide es, die Damen mit irgendwelchen Privatangelegenheiten zu behelligen. Sie wissen ja nicht einmal, daß ich eine Schwester habe. Ich spreche nie von meinen privaten Dingen.«

»Ist auch nicht nötig; es wird die Damen gar nicht interessieren, daß ich existiere. Das werden sie schon noch früh genug erfahren. Aber ich möchte die Damen doch gar zu gern einmal sehen.«

Christa sah heimlich forschend in ihres Bruders Gesicht. Immer wenn er mit ihr über Ceda Nordau sprach, hatte sie das Gefühl, als spreche er von einer Frau, die seinem Herzen teuer war. Und sie bangte sich ein wenig um ihn. Aber mit keinem Wort rührte sie daran.

Sie fragte ihn dann auch nach der Brandkatastrophe in Florenz. Er ging aber schnell darüber hinweg und verlor kein Wort darüber, auf welch lebensgefährliche Weise er die beiden Damen gerettet hatte.

Nachdem sie ihre Mahlzeit beendet hatten, packte Heinz das Paket aus. Christa war doch Frau genug, um nicht aufzujauchzen bei dem Anblick der reizenden Geschenke. Aus Paris eine entzückende Handtasche, aus Rom ein Armband in alter Goldschmiedearbeit mit einer Gemme als Mittelstück, aus Venedig ein großes seidenes Tuch mit Stickereien und langen Fransen und eine Nadel in Silberarbeit mit kleinen, winzigen Brillantsplitterchen, die Kopie einer Nadel der Katharina Carnaro, und aus Wien reizende Schuhe und seidene Strümpfe. Sie merkte daraus, daß er überall an sie gedacht hatte, und umarmte ihn mit feuchtschimmernden Augen.

»Guter, lieber Heinz! Du hast mich ja ausstaffiert wie eine richtige Modedame! Und hast so schrecklich viel Geld für mich ausgegeben, daß du das eigentlich gar nicht verantworten kannst«, sagte sie halb lachend, halb weinend.

Gerührt strich er über ihr blondes Köpfchen. Wie bescheiden war seine kleine tapfere Schwester!

»Mach dir nur deswegen keine Sorgen, Christa. Sieh mal, ich verbrauche ja für mich fast nichts von meinem Gehalt; fast alles habe ich frei. Die Damen sind von großer Noblesse. Gefällt dir alles? Habe ich das Richtige getroffen?«

»Oh, viel zu schön ist das alles für mich. Dieses kostbare Armband! Und die Nadel – wie die Brillanten funkeln.«

»Es sind ja nur kleine Splitterchen.«

»Aber was für ein Feuer! Und dies herrliche Muster! Ach, mein Gott, das ist doch alles sündhaft teuer gewesen.«

»Nein, nein; ich habe alles sehr billig bekommen und habe gehandelt, daß ich mich fast vor mir selber geschämt habe. Aber die Preise, die man mir abverlangte, hätte ich doch nicht bezahlen können. Mehr als die Hälfte habe ich heruntergehandelt. Ich kaufte diese beiden Schmuckstücke bei Althändlern; sie waren total verstaubt, sicherlich hat er den echten Wert der Stücke selber nicht gekannt. Ich habe sie erst in Wien in einem Juweliergeschäft reinigen lassen, wo ich für die Damen etwas zu besorgen hatte. Nun sehen sie wie neu aus.«

Christa sah strahlend darauf nieder.

»Ich sorge mich nur, daß du zuviel ausgegeben hast.«

»Kein Wort mehr darüber! Nicht einmal ein Monatsgehalt habe ich für alles ausgegeben. Auch diese seidenen Tücher sind in Venedig spottbillig. Lege es einmal um.«

Christa zog zuerst die eleganten Schuhe an und hüllte sich dann mit einer anmutigen Geste in das Seidentuch.

»Sehe ich nicht ganz spanisch aus, Heinz? So trugen die Frauen in Madrid diese Seidentücher.«

Lachend nickte er ihr zu.

»Wenn du nicht so echt deutsch blond und blauäugig wärst, würdest du mir spanisch vorkommen«, neckte er.

Sie nahm die Handtasche und betrachtete sie genau. Sie hatte fünf verschiedene Fächer, die sich alle zusammen mit einem einzigen Druck schließen ließen. Und in jedem Fach war irgendeine reizende Kleinigkeit: ein Spiegel, eine kleine Puderdose, eine Geldtasche, ein Notizbuch und – ein Lippenstift. Sie lachte.

»Weder Lippenstift noch Puderdose werde ich gebrauchen; aber es sind die Attribute einer eleganten Frau, und ich fühle mich kolossal als Dame von Welt im Besitz dieser reizenden Sachen.«

Und sie tanzte jubelnd im Zimmer umher und verriet damit, daß die sonst so ernste und beherrschte Christa auch übermütig sein konnte.

Heinz fing sie in den Armen auf und küßte sie, gerührt über ihre Freude.

Und dann ging es wieder ans Erzählen. Aber all die Herrlichkeiten blieben ausgebreitet vor Christa liegen, und immer wieder betrachtete sie ein Stück nach dem anderen und streichelte abwechselnd die Geschenke und des Bruders Hand.

Um elf Uhr brach Heinz auf, und sie verabredeten, daß er, sooft er sich in diesen acht Tagen freimachen könnte, mittags oder abends zu Christa kommen wollte.

X

Mit einem seltsam beklommenen Gefühl hatte Ceda Heinz Römer angesehen, als er sich fast unmittelbar nach ihrer Ankunft in Berlin Urlaub für den Abend genommen hatte. Das war auf der ganzen Reise nicht vorgekommen. Und ein herber Schmerz preßte ihr die Brust zusammen. Wohin würde er gehen? Wieder zu der Frau, die er liebte!

Sie sagte sich selbst, es sei wohl kaum anzunehmen, daß sein Herz ganz frei sein könne. Nie hatte sie bemerkt, daß er unterwegs Augen für eine Frau gehabt hatte. Also – hatte er der Frau in Berlin die Treue gehalten. Das erschien ihr jetzt sicher.

Sie vermochte nicht einzuschlafen, so müde sie auch von der Reise war. Ruhelos warf sie sich auf ihrem Lager hin und her und malte sich aus, daß er jetzt diese Frau in seinen Armen halten, sie küssen würde. Das Herz wurde ihr immer schwerer, und jetzt erst merkte sie so recht, wie sehr sie ihn liebte – liebte, obwohl sie annehmen mußte, daß er eine andere im Herzen trug. Oh, wie beneidete sie jene Frau!

Was sollte daraus werden? Wie sollte sie ertragen, daß er einer anderen gehörte? Und doch verlangte sie nach Gewißheit.

Als sie endlich einschlief, träumte sie, sie sähe Heinz Römer an sich vorübergehen. Er führte eine andere Frau an seinem Arm, in der ritterlichen Art, die nur ihm eigen war, und dabei sah er kalt und gleichgültig über sie hinweg. Da tat ihr das Herz so furchtbar weh, daß sie es im Traum spürte. Als sie am Morgen erwachte, fragte sie sich, wie man nur im Traum solche Schmerzen fühlen konnte.

Um ihm zu verbergen, welches Leid sie um ihn ertrug, zeigte sie sich in den nächsten Tagen wieder so kühl und zurückhaltend, wie es seit Florenz nicht mehr der Fall gewesen war. Da er sich in diesen Tagen in Berlin noch einige Male Urlaub nahm, verstärkte sich ihr Verdacht. Er gab an, Privatangelegenheiten ordnen zu müssen, ehe er endgültig von Berlin Abschied nähme. Was für Privatangelegenheiten mochten das sein? Kaum wohl andere als das Beisammensein mit der von ihm geliebten Frau.

Sie kam nicht von dem Gedanken los, zumal auch er durch ihre plötzlich wieder hervorgekehrte Zurückhaltung zu ihr etwas reservierter wurde.

Er hielt das selbstverständlich nur für eine Laune und meinte, sie sei wohl der Ansicht, ihm lange genug ihre Dankbarkeit gezeigt zu haben. Keine Ahnung kam ihm, daß Ceda, die stolze Ceda, eifersüchtig sein könne – auf eine Frau, die gar nicht existierte. Der Gedanke lag ihm überhaupt fern, daß sie imstande wäre, seinetwegen eifersüchtig zu sein – daß sie ihn liebte. Nie hätte er das zu denken gewagt; denn so weich und zutraulich Ceda sich auch seit Florenz gezeigt hatte, so sah er darin doch nur einen Ausdruck ihrer Dankbarkeit. Denn sie hatte ihm ihre Liebe noch in keiner Weise verraten.

So war er ganz ahnungslos, was er Ceda zufügte, wenn er sich sooft wie möglich für Christa freimachte.

Eines Mittags war er wieder bei Christa gewesen und hatte sich ein wenig verspätet. Er wußte, daß die Damen mit der Mahlzeit auf ihn warteten, und so nahm er sich nicht erst die Zeit, auf sein Zimmer zu gehen, warf Pedro seinen Hut und Mantel zu und suchte die Damen auf. Er merkte so nicht, daß ein langes blondes Haar von Christa an seinem Anzug hängengeblieben war. Er hatte sie zum Abschied im Arm gehalten, und der rauhe Stoff seiner Jacke hatte das Haar festgehalten – ein golden schimmerndes Blondhaar.

Ceda aber sah es sofort, wurde blaß und wandte sich hastig ab. Sie trat schnell in ihr Zimmer und ließ Heinz Römer mit ihrer Mutter allein. Die Señora bemerkte das blonde Haar nicht – und hätte sie es bemerkt, würde sie sich nicht darum gekümmert haben.

Ceda aber saß drüben in ihrem Zimmer und starrte mit brennenden Augen vor sich hin. Nun hatte sie die Gewißheit, nach der sie verlangt hatte: dieses blonde Frauenhaar erzählte ihr alles, was sie hatte wissen wollen. Heinz Römer kam von einer Frau – von einer blonden Frau.

Das verursachte ihr Qualen, die unerträglich schienen. Aber ihr Stolz half ihr, diesen Jammer fest in sich zu verschließen. Kein Mensch durfte ahnen, was sie litt, am wenigsten Heinz.

Angstvoll fragte sie sich, ob sie ihm seit den Ereignissen in Florenz durch ihr Verhalten irgendwie verraten haben mochte, daß er ihrem Herzen teuer war. Aber sie beruhigte sich selbst. Wohl war sie wärmer, herzlicher gewesen als vorher, allein er konnte, mußte annehmen, daß sie ihm dadurch nur ihre Dankbarkeit zeigen wollte, daß er ihr und der Mutter das Leben gerettet hatte. Durch diese Tat hatte er sich doch ihre Wertschätzung verdient. In Zukunft mußte sie sich nun freilich wieder mehr zurückhalten, mußte sich ihm kühl und stolz zeigen, damit er nie ahnte, daß sie ihn liebte. Ja, leider liebte sie ihn noch immer, obwohl sie nun wußte, daß eine andere in seinem Herzen wohnte, liebte ihn nur noch heißer und schmerzlicher, seit sie von der Hoffnungslosigkeit ihrer Liebe überzeugt war. Nein, er durfte nichts davon ahnen!

Wenn er auch gewiß nicht einer von den Männern war, denen es Genugtuung bereitete, von mehreren Frauen begehrt zu werden, so würde es ihr nicht minder unerträglich scheinen, von ihm bemitleidet zu werden.

Mühsam zwang sie sich zur Ruhe und ging dann wieder zu ihrer Mutter hinüber. Heinz Römer befand sich in deren Salon. Er sah Ceda entgegen, und es fiel ihm auf, daß sie sehr blaß aussah und daß dunkle Ringe um ihre Augen lagen.

Mit einem besorgten Blick sah er sie an. Dieser besorgte Blick hätte Ceda nun doch fast ihre Fassung geraubt und ihr heiße Tränen entlockt. Aber sie bot alle Kraft auf, um ruhig zu scheinen. Das blonde Frauenhaar glänzte noch immer verräterisch auf seinem dunklen Anzug. Sie mußte den Blick abwenden.

Ihre Mutter hatte inzwischen mit Heinz besprochen, was sie und ihre Tochter in Berlin noch zu sehen wünschten. Es war nicht mehr viel.

»Am Sonntagmorgen reisen wir ab, Señor Römer. Sie bereiten bitte alles vor für unsere Fahrt nach England«, sagte die Señora jetzt.

Heinz verneigte sich und dachte daran, daß gerade der Sonntag besonders günstig sei für Christas Plan, die Damen auf dem Bahnhof zu sehen. Sonntags brauchte sie nicht ins Laboratorium zu gehen und hatte Zeit.

Die Señora fragte ihre Tochter, ob sie noch besondere Wünsche habe.

»Nein, Mamia, ich mag gar nichts mehr von Berlin sehen und muß sagen, daß es mir sehr lieb ist, wenn wir schon am Sonntag aufbrechen.«

Ceda war, als müsse ihr das Herz wieder etwas leichter werden angesichts der Gewißheit, daß Heinz Römer dann nicht mehr in der Nähe der blonden Frau weilen würde, die ein Recht hatte, in seinen Armen zu liegen. Sie kam sich selbst kleinlich vor bei diesem Gedanken, aber sie konnte es nicht ändern, daß er von ihr Besitz nahm.

»Ihnen liegt doch auch nichts daran, länger in Berlin zu bleiben, Señor Römer?« fragte die Señora.

Heinz dachte wohl an Christa, aber er wußte, daß seine Privatangelegenheiten nicht ausschlaggebend sein durften.

»Ich bin jederzeit zur Abreise bereit, Señora«, erwiderte er ruhig.

Forschend sah Ceda zu ihm hinüber. Wie er sich in der Gewalt hatte! Keine Miene verriet, daß zarte Bande ihn hier fesselten, und sie fragte sich, wie es nur möglich war, daß er so ruhig schien, obwohl er die blonde Frau so sehr liebte. Oder – war seine Liebe gar nicht so groß? Konnte er wirklich so ruhig an die Trennung denken? Etwas wie eine vage Hoffnung wollte in ihr aufsteigen. Konnte er die blonde Frau nicht eines Tages vergessen, wenn sie ihm fern war? Aber ärgerlich über sich selbst, warf sie den Kopf zurück.

Wollte sie sich vielleicht mit den Brosamen der Liebe begnügen, die eine andere übriggelassen hatte? Nein, Ceda Nordau teilte mit keiner anderen, wenn sie sich einem Mann zu eigen gab. Alles oder nichts! – In diesem Fall also nichts!

Ihr schönes Gesicht wurde noch stolzer und kühler und noch blasser als zuvor. Ihre Augen blickten wieder unnahbar und abweisend, als Heinz Römer zu ihr herübersah, und sie ahnte nicht, wie ihn das schmerzte.

Heinz fragte nun, ob die Damen zu Tisch zu gehen wünschten, und sie stimmten zu. Er bat um einige Minuten Urlaub und suchte sein Zimmer auf, um sich die Hände zu waschen und sich vom Pedro den Anzug abbürsten zu lassen. Das blonde Haar Christas hing dann so unschuldig und harmlos in der Kleiderbürste, als habe es nicht viel Unheil angerichtet.

Als Heinz den Damen im Speisesaal gegenübersaß, merkte Ceda, daß das blonde Haar nicht mehr an seinem Rock hing.

Am Samstag nahm Heinz noch einmal für einige Stunden Urlaub. Er hatte erst mit den Damen gespeist und sie auf ihre Zimmer begleitet. Sie wollten nicht mehr ausgehen.

Als die beiden Damen allein waren, sagte die Señora: »Mir ist heute abend eingefallen, daß wir doch recht wenig über

Señor Römers Privatverhältnisse wissen. Er spricht nie darüber.«

»Weil er als selbstverständlich annimmt, daß uns seine Privatverhältnisse absolut nicht interessieren, Mamia«, erwiderte Ceda fast schroff.

»Oh, Ceda, was für ein kaltherziges Geschöpf du bist! Wir verdanken diesem Mann so viel, sogar unser Leben. Da ist es doch nicht selbstverständlich, daß uns seine Privatverhältnisse nicht interessieren. Mich interessieren sie sehr, wie alles, was ihn betrifft. Ich möchte nur nicht aufdringlich erscheinen und danach fragen.«

»Mich interessieren sie nicht, Mamia; und es ist selbstverständlich, daß wir ihn nicht ausfragen werden.«

»Durchaus nicht selbstverständlich! Er muß aber wohl ganz allein in der Welt dastehen. Seine Eltern sind nicht mehr am Leben, das hat er uns gesagt. Ob er sonst noch Angehörige hat, hat er niemals erwähnt. Aber ich möchte fast annehmen, daß noch jemand existiert, der mit ihm zusammenhängt, und zwar jemand, der hier in Berlin lebt; denn seit wir hier sind, hat er schon mehrmals um Urlaub gebeten, was sonst auf der ganzen Reise nie vorkam. Freilich, sehr innig kann das Verhältnis nicht sein, da es ihm so gar nichts ausmacht, ob wir früher oder später abreisen.«

»Er trifft sich vielleicht auch nur mit Freunden – oder Freundinnen«, sagte Ceda hart.

Die Mutter lachte ein wenig. »Nun ja, er ist ein junger Mann; möglich schon, daß er auch eine Freundin hier zurückläßt. Das geht ja den jungen Herren nicht sehr tief, so etwas finden sie überall.«

Diese Worte der Mutter beruhigten Ceda einerseits, andererseits taten sie ihr weh. Sie konnte und wollte nicht von Heinz Römer glauben, daß er wie andere Männer war und leichtfertig Verbindungen knüpfte und wieder löste. Und doch regte sich eine leise Hoffnung in ihr, die blonde Frau könne doch nur eine kleine Freundin von ihm sein, die er bald vergessen würde.

Als sie sich dieser Hoffnung bewußt wurde, warf sie den

Kopf zurück. Ihr Stolz empörte sich gegen eine solch bescheidene Hoffnung. Alles oder nichts! klang es wieder in ihrer Seele.

»Weißt du, Ceda, langsam bekomme ich doch wieder Sehnsucht nach Hause«, sagte die Mutter seufzend.

Auch Ceda seufzte: »Ja, Mamia, auch ich sehne mich nach Hause!«

Forschend sah die Señora zu ihrer Tochter hinüber. »Oh, Ceda, sollte da vielleicht doch die Sehnsucht nach Alfonso Mentora mitsprechen?«

Ehrlich erstaunt sah Ceda die Mutter an. »Das glaubst du doch nicht wirklich, Mamia?«

»Warum nicht? Eure Väter hatten euch füreinander bestimmt. Alfonso hat dich doch niemals im Zweifel darüber gelassen, daß er nur zu gern den Wunsch seines Vaters erfüllen möchte. Und gut leiden magst du ihn doch auch.«

Ceda zuckte die Achseln.

»Alfonso ist ein lieber, netter Mensch und mein Freund. Weil es sein sterbender Vater gewünscht hat, will er als guter Sohn dessen Wunsch erfüllen. Deshalb hat er mir den Hof gemacht wie mancher andere auch. Aber ich habe nie daran gedacht, seine Frau zu werden. Das habe ich Vater auch einige Wochen vor seinem Tod gesagt, als er mich fragte, ob ich mich mit dem Gedanken vertraut machen könne, Alfonso zu heiraten.«

»Und was hat Vater dazu gesagt?«

»Daß er mich selbstverständlich niemals zwingen würde, meine Hand ohne mein Herz zu vergeben, und daß er mir die Frage nur vorlege, weil Alfonsos Vater gerne unsere Heirat gesehen hätte. Vater sagte mir ernst und dringlich, ich möge mich niemals verleiten lassen, aus welchem Grund auch immer, mich einem Mann ohne Liebe zu schenken. Vater hätte es selbstverständlich ebenfalls gern gesehen, hätte ich Alfonso lieben können, weil unsere Besitzungen aneinanderstoßen und auch sonst alle Verhältnisse so gut zueinanderpassen.«

»Nun ja, herrlich würde alles zusammenpassen und offen

gesagt, Ceda, ich habe geglaubt, daß du bei einer längeren Trennung von Alfonso erst einsehen würdest, daß du ihn viel lieber hast, als du dachtest.«

»Lieber, als ich ihn hatte, kann ich ihn niemals haben, Mamia. Er ist mein guter Freund und soll es bleiben. Wir kennen uns viel zu gut und viel zu lange, als daß wir eine Ehe zusammen führen könnten. Auch Alfonso wird das noch einsehen. Also bitte, schlage es dir aus dem Kopf, daß ich jemals Alfonsos Frau werde.«

»Aber, liebes Kind, mein Herz hängt ja nicht daran, so lieb mir Alfonso auch ist. Ich hatte nur gedacht, da alles so gut stimmt, würdet ihr euch schon noch liebgewinnen, um Mann und Frau werden zu können.«

»Das ist, wie ich dir schon sagte, ganz ausgeschlossen, Mamia! Wir stehen wie Geschwister zueinander. Das läßt eben keine tieferen Gefühle aufkommen.«

»Oh, Alfonso wird sehr enttäuscht sein; er denkt ernsthaft an eure Heirat, das weiß ich, und wenn wir heimkommen, wird er um dich werben wollen.«

Lächelnd schüttelte Ceda den Kopf.

»Ich kenne ihn besser. Er will nur ein gehorsamer Sohn sein. Bestimmt wird er nicht an Herzweh sterben, wenn ich seine Hand nicht annehme. Du brauchst dir keine Sorge zu machen, das werde ich ihm schon begreiflich machen. Wir werden alles ruhig besprechen, und ich werde ihn überzeugen, daß er besser tut, sich eine Frau zu suchen, die er wirklich liebt.«

»Und du, Ceda? Was hast du für Zukunftspläne?«

Cedas Gesicht überflog eine dunkle Röte. »Vorläufig gar keine.«

»Du bist aber nun schon fast einundzwanzig. Da ist es höchste Zeit für eine Frau, an die Ehe zu denken. Ich war achtzehn, als ich deines Vaters Frau wurde.«

»Warum? Muß man heiraten?« fragte Ceda leise.

»Aber Kind! Nein, du bist ein zu sonderbares Mädchen. Es ist doch die Bestimmung jeder Frau, Gattin und Mutter zu werden.«

Ceda seufzte: »Alle Frauen können aber diese Bestimmung nicht erfüllen. Laß uns nicht mehr davon reden.«

Und schnell griff Ceda ein anderes Thema auf.

Ihre Mutter mußte aber wieder darüber nachdenken, wie wesensverschieden sie und ihre Tochter waren. Ceda schien überhaupt wenig Herz zu haben. Sie ahnte nicht, daß Ceda nur zu viel Herz hatte und daß dieses Herz mit aller Inbrunst an einem Mann hing – an Heinz Römer. Hätte sie es gewußt, wäre sie durchaus nicht erschrocken und hätte sich nicht einen Moment dagegen gesträubt, wenn Ceda ihn hätte heiraten wollen. Für sie rangierte Heinz Römer weit über allen anderen Männern, seit sie ihm ihr und ihrer Tochter Leben verdankte. Aber sie hatte immer damit gerechnet, daß Ceda Alfonso Mentora heiraten würde, so daß sie an eine andere Wahl ihrer Tochter gar nicht gedacht hatte. Zuallerletzt wäre sie darauf verfallen, ihre stolze Tochter könne daran denken, ihr Herz an einen ›Untergebenen‹ zu verlieren. Ceda hatte sich immer viel zu sehr in der Gewalt gehabt, als daß ihrer Mutter ein Verdacht gekommen wäre.

Heinz Römer hatte inzwischen von seiner Schwester Abschied genommen. Auch diesmal war Christa tapfer und gefaßt, wenn ihr auch das Herz wieder sehr weh tat, weil sie sich von dem geliebten Bruder trennen mußte.

Mit keinem Wort hatte Heinz verraten, daß Kurt Bergt ihr zu nahe getreten war und sie mit seinen unverschämten Anträgen beleidigt hatte. Sie wollte dem Bruder keine Unannehmlichkeiten bereiten. Sie war auch sicher, daß die Autorität des Professors ausreichte, um sie vor weiteren Beleidigungen zu schützen.

Als sich die Geschwister trennten, war ausgemacht worden, Christa solle am nächsten Morgen vor Abfahrt des Hamburger Zuges auf dem Lehrter Bahnhof sein, damit sie Señora Nordau und ihre Tochter endlich von Angesicht kennenlernen könne. Daß sie dabei den Bruder noch einmal sehen und ihm noch einen Abschiedsgruß zuwinken konnte, machte ihr den Abschied heute abend etwas leichter.

Christa war bereits auf dem Bahnhof, als am anderen Morgen Heinz mit den Damen und ihrer Dienerschaft eintraf. Christa wußte, in welchem Wagen das Abteil erster Klasse lag, das Heinz für die Damen hatte reservieren lassen; er hatte ihr die Nummer des Wagens gesagt. So war sie genau informiert und konnte sich in der Nähe dieses Wagens aufhalten. Das tat sie auch. Sie hatte noch nicht lange gewartet, als sie Heinz mit den beiden Damen ankommen sah. Sein Blick grüßte sie verstohlen schon von weitem. Hinter ihnen kamen Pedro und Juanita, die Christa aus des Bruders Erzählungen auch schon kannte und denen sie gleichfalls einen flüchtigen Blick gönnte.

Am meisten aber interessierte Christa die jüngere der beiden Damen, denn sie fühlte instinktiv, daß Heinz für Ceda Nordau mehr empfand, als er verraten wollte. Christa sah die Señora nur einen Augenblick an, dann konzentrierte sie ihr ganzes Interesse auf Ceda; das Herz klopfte ihr bis zum Hals hinauf, als die hellen leuchtenden Augen der jungen Mexikanerin jetzt auch auf ihrem Gesicht ruhten. Christa fühlte mit einer Art von Hellsichtigkeit, dieses wunderschöne Mädchen sei das Schicksal ihres Bruders.

Zuerst wollte Ceda flüchtig über das reizende junge Mädchen hinwegsehen, das so dicht an ihrem Wagen stand, aber etwas in den tiefblauen Augen fesselte sie so, daß sie ihre Blicke nicht gleich wieder von ihr losreißen konnte. Sie bemerkte das goldblonde Haar, das sich unter dem kleinen Hut ein wenig vordrängte, sah dieses beseelte Gesicht, und es fiel ihr auf, daß Christa sie so groß und forschend ansah, als wolle sie sich ihr Antlitz einprägen. Unwillkürlich tat Ceda das auch mit Christas Gesicht. Christa nötigte ihr ein gewisses Interesse ab. Sie sah, daß sie ein sehr reizendes, anmutiges Geschöpf war. Und als Ceda schon hinter ihrer Mutter auf die Wagenplattform getreten war, wandte sie sich, von Interesse getrieben, noch einmal zu Christa um, und – da setzte plötzlich ihr Herzschlag aus. Denn sie sah ganz deutlich, daß das reizende blonde Mädchen Heinz Römer, der hinter ihr war, mit feuchtschimmernden Augen zunickte und daß er schnell und verstohlen seine Finger an den Mund legte, als grüße er die junge Dame mit einer Kußhand.

Das ist die blonde Frau, deren Haar an seinem Rock hing, dachte Ceda. Sie hätte vor Schmerz laut aufschreien mögen.

Sie zweifelte keinen Augenblick daran, daß das blonde Mädchen Heinz Römers Geliebte war – vielleicht seine Braut. Sie hatte ein Gefühl, als trete sie ins Leere, als sie sich schnell abwandte, ehe Heinz und Christa merken konnten, daß sie den stummen Gruß gesehen hatte. Ihrer Mutter folgend, trat sie in das reservierte Abteil, und das Herz krampfte sich ihr zusammen. Mit blassem Gesicht trat sie an das Fenster und sah mit starren Augen hinaus. Da stand das blonde Mädchen noch – allein. Heinz Römer war den Damen gefolgt und betrat jetzt das Abteil, um Mutter und Tochter, wie gewöhnlich, behilflich zu sein.

Ceda wandte sich nicht nach ihm um. Es wäre ihr unerträglich gewesen, jetzt in sein Gesicht zu sehen und darin vielleicht einen Ausdruck der Liebe zu entdecken, die er für dieses Mädchen empfand. Mit großen Augen starrte sie Christa an, und Christa sah zu ihr empor. Ceda nahm wahr, das es in dem reizenden Mädchengesicht wie Abschiedsweh zuckte, wie sie sich mühte, tapfer zu sein. Ach, wieviel Kraft brauchte Ceda Nordau, um ebenfalls ihre Fassung zu wahren.

Heinz hatte alles für die beiden Damen zurechtgelegt und sagte ihnen, daß er sich jetzt darum kümmern wolle, wie Juanita und Pedro untergebracht seien.

In demselben Augenblick, als Heinz das Abteil verließ, beobachtete Ceda, daß das blonde Mädchen jetzt den Platz vor ihrem Fenster verließ und in derselben Richtung, die Heinz im Laufgang des Wagens einschlug, am Zug entlangging und durch die Wagenfenster in das Innere des Wagens schaute.

Ich muß Gewißheit haben, dachte Ceda, und verließ, ihre Kraft zusammenraffend, das Abteil, nachdem sie eine Entschuldigung gestammelt hatte, die ihrer Mutter das Verschwinden erklären sollte. Vorsichtig folgte sie Heinz und sah, daß er an der anderen, offenen Tür des Wagens stehenblieb und sich tief hinabbeugte. Und da sah sie auch schon das blonde Mädchen stehen, das mit feuchten Augen Heinz schnell die Hand emporreichte. Sie hörte, wie das Mädchen mit bebender Stimme sagte: »Gott mit dir, mein lieber, lieber Heinz!«, und vernahm auch ganz deutlich, daß er mit weicher, zärtlicher Stimme anwortete: »Tapfer, meine kleine Christa! Wir sehen uns wieder! Gott mit dir!«

Ceda wich jetzt schnell zurück; sie wußte nun genug. Nun gab es keinen Zweifel mehr. Tief erblaßt ging sie in das Abteil zu ihrer Mutter zurück und lehnte sich zum Fenster hinaus, um der Mutter ihr zuckendes Gesicht zu verbergen. Da setzte sich der Zug auch schon in Bewegung, und Ceda sah, daß das blonde Mädchen stehenblieb und mit dem Taschentuch winkte. Und – daß es weinte –

Und die weinenden Augen sahen noch einmal zu ihr empor, diese schönen, liebevollen Augen, die ... die ihr so viel geraubt hatten.

Ach, wie beneidenswert erschien sie ihr, obwohl sie sich jetzt von dem Mann ihrer Liebe trennen mußte. Sie war doch geliebt – geliebt von einem Mann wie Heinz Römer.

Ein ungeheurer Schmerz krampfte ihr das Herz zusammen. Sie sank in die Polter zuruck, wie erschöpft, und biß die Zähne wie im Krampf zusammen.

»Christa! Kleine Christa!«

Das klang ihr immer in den Ohren, so wie er es ausgesprochen hatte, so liebevoll tröstend.

»Tapfer, meine kleine Christa! Wir sehen uns wieder! Gott mit dir!«

Oh, sie würde das immer hören müssen, und immer wieder würde sie das Gesicht des blonden Mädchens mit den weinenden Augen vor sich sehen. Sie rang mit ihrer hoffnungslosen Liebe wie mit einem Feind. Ihre Mutter hatte sich zum Glück in die Lektüre einer Zeitung vertieft; wenigstens sah sie sich die Illustrationen an. Es war für Ceda eine Wohltat, daß die Mutter nicht auf sie achtete.

Aber nun trat Heinz Römer wieder in das Abteil, und sie

sah ihm mit toten, leeren Augen ins Gesicht. Sie merkte, daß auch er mit einer schmerzlichen Erregung rang. Aber dann sah er sie an und erschrak. Cedas blasses, erregtes Gesicht beunruhigte ihn. Sie konnte sich nicht so schnell wieder fassen, und er merkte, fühlte, daß sie litt, daß irgend etwas sie bedrückte. Sie schloß die Augen und lehnte sich in die Polster zurück. Gern hätte Heinz gefragt, aber er wagte es nicht, weil er merkte, daß sie sich mühte, ruhig zu erscheinen. Vielleicht sollte die Mutter nicht merken, daß sie von irgendwelchen Schmerzen befallen war.

Er half der Señora den Mantel ablegen. Diese fragte lächelnd, ohne im Moment auf Ceda zu achten: »Nun, sind Pedro und Juanita gut untergebracht?«

»Im nächsten Wagen, gleich im ersten Abteil, Señora. Ich habe mich überzeugt, daß sie gute Plätze haben.«

»Oh, Sie sorgen für uns alle! Sie haben auch bei Pedro und Juanita einen großen Stein im Brett. Sie sind beide froh, daß Sie mit uns reisen; das gibt auch ihnen ein Gefühl der Sicherheit.«

Heinz legte der Señora ein seidenes Kissen unter den Kopf und wollte auch Ceda diesen Dienst erweisen. Sie hielt aber die Augen geschlossen und sah es nicht.

»Wollen Sie das Kissen nicht nehmen, Señorita?« fragte er, sehr unruhig und besorgt auf sie blickend.

Stumm wandte sie das Haupt, ohne die Augen zu öffnen, und er schob ihr das Kissen sorglich zurecht.

Dann setzte er sich unweit der Señora nieder, so daß er Ceda beobachten konnte. Immer unruhiger wurde er, weil er merkte, daß sie mit einer unterdrückten Erregung rang.

Die Señora plauderte belanglos mit ihm. Sah sie denn nicht, daß ihre Tochter litt? So fragte er sich. Ja, seine junge angebetete Herrin litt, das sah er, fühlte er und wußte doch nicht, was sie quälte und ob er ihr helfen könne.

»Hat Ihnen der Abschied von Berlin nicht weh getan, Señor Römer?« fragte die Señora.

Halb geistesabwesend vor Sorge um Ceda antwortete er: »An Berlin hängt mein Herz gewiß nicht, Señora.«

Ceda öffnete die Augen nicht.

Aber an dem blonden Mädchen – an der kleinen Christa, dachte sie und biß wieder die Zähne wie im Krampf aufeinander.

Heinz hielt es nicht mehr aus, stumm ihren Leiden zuzusehen.

»Darf ich Ihnen etwas Kölnisch Wasser geben, Señorita?«

Sie öffnete die Augen nicht. Aber sie hörte, wie Sorge um sie aus seiner Stimme klang. Hatte er jetzt wirklich schon wieder Aufmerksamkeiten für andere Menschen?

Nun ja, er wurde ja dafür bezahlt, ihr und der Mutter jede Sorgfalt angedeihen zu lassen.

»Nein, danke!« erwiderte sie, ohne die Augen zu öffnen.

»Hast du Kopfweh, Ceda?« fragte jetzt die Mutter, auf das blasse Gesicht der Tochter aufmerksam werdend.

»Ja, Mamia, ganz plötzlich hat mich ein arges Kopfweh befallen. Bitte, laß mich ein wenig in Ruhe, es wird dann schnell vorübergehen.«

So ließ man sie gewähren, und sie hatte Zeit, den wütenden Schmerz in ihrem Innern zu verwinden. Sie wußte nicht, daß Heinz Römers Augen nicht von ihrem Gesicht wichen. Er hatte sich nicht wie ihre Mutter damit beruhigt, daß sie Kopfweh hatte. Er kannte sie genug, um zu wissen, daß sie sich nicht leicht von einer solchen Kleinigkeit unterkriegen ließ. Sie mußte heftige Schmerzen leiden. Wie gerne hätte er ihr helfen mögen! Es fiel ihm jetzt ein, daß Ceda schon seit einigen Tagen seltsam blaß und still gewesen war – ja – schon seit sie in Berlin weilten.

Ceda ahnte nichts von seiner Angst und Unruhe, wenn sie auch gemerkt hatte, daß er sie besorgt ansah.

Mit Aufbietung aller Kraft mühte sie sich, ihre Fassung zurückzuerlangen. Aber in das Rattern und Knattern des Eisenbahnwagens hinein hörte sie immer wieder seine zärtliche Stimme sagen: »Tapfer, meine kleine Christa! Wir sehen uns wieder!«

Wann – wann würde er sie wiedersehen – und wo?

Vor ihren geistigen Augen stand noch immer das weinende blonde Mädchen. Ganz deutlich sah sie Christas reizende Züge. Ja – o ja – es war ein liebes, schönes Gesicht. Kein Wunder, daß er dieses Mädchen liebte, wie es kein Wunder war, daß sie ihn liebte. Wie lange wohl schon? Gewiß schon damals, als sie das erstemal in Berlin weilten. Mit ihr war er sicher an jenem Abend zusammen gewesen, da er sie erst nach der Oper begleitet hatte. Da hatte sie es ja zum ersten Mal gespürt, daß sein Herz nicht frei sein konnte. Ach, daß sie ihn trotzdem noch lieben mußte, obwohl sie nun wußte, daß diese Liebe hoffnungslos war und daß sein Herz einer anderen gehörte. Ob ihm das Herz wohl auch so weh tat, weil er das blonde Mädchen hatte zurücklassen müssen? Verstohlen blinzelte sie zu ihm hinüber, aber erschrocken schloß sie schnell wieder die Augen, weil sie merkte, daß er den bekümmerten Blick nicht von ihr ließ. Weshalb sah er sie so an? Das ging doch über seine Aufgabe hinaus. Dafür wurde er doch nicht bezahlt.

Sie zwang die trostlose Bitterkeit in sich nieder. Er konnte ja nichts dafür, daß sie ihn liebte und er diese Liebe nicht erwidern konnte. Das war Schicksalsbestimmung. Auch er und das blonde Mädchen mußten Schmerzen leiden, weil sie sich immer wieder trennen mußten. Er wurde in ihren Augen nicht weniger schätzenswert, weil er eine andere liebte; das änderte nichts an seinem Wert. Konnte sie sich nicht damit begnügen, daß sie ihn liebte? Mußte eine Liebe unbedingt erwidert werden? Konnte sie nicht auch unerwidert glücklich machen? Niemand konnte ihr wehren, ihn zu lieben, nicht einmal das blonde Mädchen, wenn sie ihre Gefühle nur fest in sich verschloß und niemand etwas davon merkte. War es nicht trotz allem schön, einen Menschen so über alles lieben zu können? Wie leer und inhaltslos war bisher ihr Dasein gewesen seit ihres Vaters Tod. Nun fühlte sie doch wenigstens wieder, daß sie ein Herz hatte, ein heiß pochendes, junges Herz. Konnte sie sich damit nicht zufriedengeben? Allen Frauen war es eben nicht beschieden, glücklich zu sein. Das Schicksal hatte es sonst so gut mit ihr gemeint; wenn sie auch noch glücklich in ihrer Liebe hätte sein können, wie unerhört wäre sie dann bevorzugt worden!

Sie mußte sich damit abfinden, ob sie wollte oder nicht. Wenn ihr nur Kraft genug blieb, sich nicht zu verraten, damit niemand erfuhr, wie gedemütigt und erniedrigt sie sich vorkam, daß sie lieben mußte, wo sie keine Gegenliebe fand. Und damit sie sich nicht verriet, blieb nichts anderes übrig, als Heinz Römer wieder stolz und kühl zu begegnen. Lieber mochte er sie für undankbar halten, als daß er das Geheimnis ihres Herzens erriet.

Wie sollte sie nur in Zukunft das Leben ertragen? Würde ihr Stolz ihr helfen, diese unselige Liebe zu überwinden? Ja, es mußte sein – es *mußte* sein! Am besten wäre es wohl, wenn sie Alfonso Mentora die Hand reichte; dann konnte Heinz Römer wenigstens nie auf die Vermutung kommen, daß er ihr alles war.

Aber es graute ihr davor, Alfonsos Gattin zu werden. Keinem anderen Mann konnte sie angehören mit der Liebe zu Heinz Römer im Herzen; es wäre ein Betrug. Und ihren guten alten Freund Alfonso wollte sie gewiß nicht betrügen. Er war es wert, eine Frau zu bekommen, die sich ihm von ganzem Herzen ergab und die ihn nicht nur deshalb zum Mann nahm, um die Liebe zu einem anderen zu verbergen. Bei ihrem Charakter war das auch ganz unmöglich; mit Halbheiten hatte sie sich nie abfinden können. Alles – oder nichts!

Also nichts!

So schwirrten die Gedanken durch ihren Kopf wie aufgescheuchte Vögel, die nicht Ruhe finden konnten, und ab und zu öffnete sie wieder ein wenig die Augen. Aber immer wieder nahm sie wahr, daß Heinz Römer sie besorgt und unruhig betrachtete. Sie hätte jedesmal vor Schmerz aufschreien mögen. Warum sah er sie so an? Er dachte wohl dabei an das blonde Mädchen?

Heinz Römer dachte aber an niemand anders als an seine junge Herrin, die ihm so blaß, mit geschlossenen Augen und zuckendem Mund gegenübersaß. Was quälte sie? Instinktiv fühlte er, daß sie litt, daß sie irgend etwas Schweres durchkämpfte. Um den feinen, blaßroten Mund hatte sich ein tiefer Leidenszug eingegraben, den er früher nie gesehen hatte.

Er kam nicht darauf, was sie bewegte. Wie sollte er auch, ahnte er doch nicht, daß sie ihn liebte, daß sie beobachtet hatte, wie er von Christa Abschied nahm, und daß sie diesen Abschied so ganz falsch deutete. Wie leicht hätte er sonst ihre Schmerzen vertreiben können. Nur ein Wort von ihm, daß er eine Schwester besaß und daß diese Schwester am Bahnhof gewesen war, hätte alles ausgelöscht, was Ceda Nordaus Lippen mit diesem Leidenszug umgab.

Aber dies erlösende Wort blieb ungesprochen.

Endlich hatte sich Ceda wieder in der Gewalt und öffnete die Augen. Sie konnte nun auch Heinz Römers Blick ertragen und mit ihm sprechen.

»Bitte, geben Sie mir doch etwas Kölnisch Wasser, Señor Römer; mein Kopfweh ist gottlob etwas besser, aber ich möchte mich ein wenig erfrischen.«

Erlöst sprang er auf und entnahm einem Necessaire eine Parfümflasche und einen Zerstäuber. Aus der Flasche goß er Kölnisch Wasser auf ein Taschentuch Cedas und reichte es ihr, damit sie es an die Stirn drücken und den erfrischenden Duft einatmen könnte; und mit dem Zerstäuber spritzte er Lavendelwasser durch das Coupé. Er war froh darüber, daß er wenigstens nicht mehr tatenlos zusehen mußte, wie sie litt.

Er zog den Vorhang am Fenster etwas vor, daß die eindringenden Sonnenstrahlen sie nicht belästigten, und fragte, ob sie nicht den Platz wechseln wolle; vielleicht vertrage sie heute diese Fahrtrichtung nicht. Sie schüttelte den Kopf. Es tat ihr wohl, daß er sich um sie mühte, aber sie wollte nicht weich werden: »Es ist schon viel besser.«

»Wünschen Sie vielleicht ein Glas Mineralwasser zu trinken?« fragte er.

Sie nickte, und er begab sich sogleich in den Speisewagen, um Wasser zu holen. Während er abwesend war, sagte Ceda zu ihrer Mutter: »Wie einen nur so plötzlich solch scheußliches Kopfweh befallen kann?«

»Das geht mir oft so, Ceda. Aber ich bin froh, daß du dich wieder besser fühlt; ich war schon in Sorge, du könntest mir krank werden.«

»Nein, nein, ängstige dich nicht. Ich merke, es geht vorüber; die Ruhe hat mir gutgetan.«

Als Heinz zurückkam, trank sie gehorsam von dem kühlen Wasser und benetzte die Schläfen damit.

Sie zwang sich, an einer Unterhaltung teilzunehmen. Aber mit heimlichem Schmerz merkte Heinz, daß sie sich ihm gegenüber ganz anders gab als in den letzten Wochen. Wohl zeigte sie sich nicht mehr so hochmütig, die Herrin herauskehrend, wie in der ersten Zeit, aber es war wieder die alte Reserve in ihrem Wesen, dies ›Nicht-an-sich-herankommen-Lassen‹. Es tat ihm sehr weh, sie wieder so reserviert zu sehen, aber er sagte sich, daß jetzt wohl langsam die Erinnerung an das Brandunglück bei ihr verblasse und daß ihr Stolz sich nun wieder darauf besinne, daß er nichts anderes war als der bezahlte Reisebegleiter, den man nicht durch allzu großes Entgegenkommen verwöhnen durfte, damit die Autorität nicht zu sehr litt.

Die Señora benahm sich ihm gegenüber unverändert gütig und liebenswürdig und kam mit allen ihren Nöten und Wünschen zu ihm, sicher, daß er für alles Rat wußte.

XI

Der Aufenthalt in England und Skandinavien nahm wieder einige Wochen in Anspruch. Aber dann erklärte die Señora energisch, sie habe nun genug und wolle nach Hause. Ceda stimmte ihr bei. So traf Heinz Römer Vorbereitungen zur Abreise nach Mexiko über Bremerhaven. Ceda hatte sich immer mehr in ihre kühle, herbe Zurückhaltung Heinz gegenüber hineingesteigert, gerade weil sie jede Hoffnung auf ihn im Keim ersticken wollte. Ihre Mutter war sehr unzufrieden mit ihr. Es gefiel ihr gar nicht, daß ihre Tochter dem Mann, dem sie ihr Leben dankten, so kühl und stolz gegenüberstand. Eines Tages sagte sie zu ihr:

»Du hast einen merkwürdigen Ton Señor Römer gegenüber, Ceda! Vergißt du alles Gewesene?«

Ceda schüttelte heftig den Kopf.

»Nein, nein, das vergesse ich bestimmt nicht – niemals. Aber deshalb kann man doch nicht immer mit schwärmerischer Verehrung zu ihm aufsehen, wie du es tust.«

»Oh, er verdient es aber. Und es tut mir sehr leid, daß du ihn so gar nicht magst. Er verdient wirklich eine andere Behandlung von deiner Seite. Wir stehen tief in seiner Schuld. Gleich nach Florenz warst du mal eine Weile sehr nett zu ihm. Da wirkte wohl noch die Brandkatastrophe bei dir nach? Weißt du, was ich damals manchmal gedacht habe?«

»Nun, Mamia?«

»Daß du mehr für ihn übrig haben könntest als je für einen anderen Mann und daß ich es ganz selbstverständlich finden würde, wenn du ihn zum Dank für unsere Rettung mit deiner Hand beglücktest.«

Ceda fuhr zusammen und starrte die Mutter an. Sie wurde sehr bleich, und ihre Lippen zuckten. Dann lachte sie hart und scharf auf.

»Oh, kleine Mamia, auf was für phantastische Gedanken kommst du? Du vergißt wohl ganz, in welchem Verhältnis er zu uns steht? So etwas heiratet man doch nicht.«

Unwillig schüttelte die Señora den Kopf.

»Daß du so etwas aussprechen kannst, Ceda. Von jener Stunde an, da Señor Römer uns beide vor einem wahrscheinlich sehr qualvollen Tod bewahrte, betrachte ich ihn nicht nur als gleichberechtigt, sondern als weit über uns stehend. Nie vergesse ich, was wir ihm schulden. Er hat keinerlei Dank von uns angenommen, hat mich sogar in seiner wahrhaft vornehmen Art zurückgewiesen, als ich ihm sein Gehalt erhöhen wollte, und mir gesagt, das würde er ansehen, als wolle ich ihn für unsere Rettung bezahlen. Was er getan habe, habe er getan, weil es für ihn selbstverständlich gewesen sei. Nun, und für mich ist es ebenso selbstverständlich, daß ich ihm dafür dankbar bleibe bis an mein Lebensende. Es ist nicht schön von dir, daß du so verächtlich sagst: ›So etwas heiratet man nicht.‹ Ich kann dir sagen, jede Frau kann sich stolz und glücklich schätzen, die einen solchen Mann bekommt. Aber du mußt wohl ein Herz aus Stein haben.«

Ceda fiel ihrer Mutter aufschluchzend um den Hals. Wenn sie ahnte, wie glücklich sie wäre, begehrte Heinz sie zur Frau.

»Sag das nicht, Mamia; ich habe gewiß kein Herz aus Stein. O nein, dich liebe ich doch so herzlich, und Vater habe ich so sehr geliebt.«

Und Ceda weinte so schmerzlich, daß die Señora ganz außer sich war und sich selbst die bittersten Vorwürfe machte, ihrer geliebten Tochter weh getan zu haben. Sie suchte Cedas Tränen zu stillen und ahnte nicht, daß sie vergossen wurden um den Mann, von dem Ceda gesagt hatte: ›So etwas heiratet man doch nicht.‹ Als sich Ceda etwas gefaßt hatte, sagte sie bittend: »Laß uns nicht mehr davon sprechen, Mamia. Ich war sehr töricht und hochmütig, habe es aber gar nicht so gemeint, wie es wohl geschienen haben mag. Aber nie darfst du davon sprechen, es erschiene dir möglich, daß ich Señor Römer heiraten könnte. Wir wollen schon eine andere Belohnung ausfindig machen, ohne daß er ahnt, daß wir ihn belohnen wollen. Das können wir wohl am besten, indem wir ihm eine sichere und gut dotierte Lebensstellung auf Doxana geben, wobei wir freilich abermals mehr die Nehmenden als die Gebenden sein werden. Glaube jedoch nicht, daß ich hochmütig bin, wenn ich es so entschieden ablehne, jemals seine Frau zu werden. Ich gedenke, überhaupt nicht zu heiraten. Ich will immer bei dir bleiben, will immer nur deine Tochter sein.«

Ganz aufgeregt streichelte die Señora das Haar ihres Kindes. So hatte sie Ceda noch nie gesehen. Tränen bei ihrer Tochter waren etwas sehr Seltenes. Sie wußte sich immer zu beherrschen. Sie mußte wohl sehr nervös sein, und deshalb war sie wahrscheinlich manchmal so schroff gegen Señor Römer.

»Laß gut sein, Ceda, und reg dich nicht mehr auf. Der Rechte wird schon auch für dich noch kommen. Wir werden abwarten und nicht mehr davon sprechen. Nie wieder will ich sagen, daß du ein hartes Herz hättest; ich weiß, daß es nicht so ist; das fuhr mir nur so heraus. Du weißt, deine Mamia ist zuweilen ein bißchen unbesonnen, und deshalb denkst du, daß du um so vernünftiger sein mußt. Im übrigen scheint mir, daß es höchste Zeit ist, daß wir heimkommen; mir scheint, die Strapazen dieser Reise waren zu groß für dich. So bequem Señor Römer auch alles für uns richtet, anstrengend ist es doch. So unausgeglichen, wie du jetzt bist, kenne ich dich gar nicht.«

Schnell griff Ceda dieses Wort auf: »Das ist es, Mamia. Ich fühle selbst, daß es zuviel für mich war. Es ist sehr gut, daß wir jetzt heimreisen. Dieses Nomadenleben ist zu beschwerlich.«

So begaben sie sich von England nach Bremerhaven und schifften sich an Bord eines großen Luxusdampfers ein, für den Heinz Römer schon Kabinen belegt hatte.

Gespannt achtete Ceda in Bremerhaven darauf, ob das blonde Mädchen hier wieder in Heinz Römers Nähe auftauchte oder ob er hier Urlaub nehmen würde. Möglich war es immerhin, daß er mit jener Christa verabredet hatte, sich hier noch einmal zu treffen. »Wir sehen uns wieder!« hatte er doch gesagt. Plötzlich kam ihr der Gedanke, daß diese Christa vielleicht sogar die Reise nach Mexiko mit antreten würde. Wann sonst sollte das versprochene Wiedersehen stattfinden? Konnte es nicht sein, daß er dafür sorgen würde, daß das geliebte Mädchen mit ihm zusammen die Überfahrt machte und daß er sie dann drüben irgendwo unterbrachte, bis er sich mit ihr verheiraten konnte?

Aber Heinz Römer wich den Damen nicht von der Seite. Keine blonde Christa tauchte auf; weder im Hafen war sie zu sehen noch an Bord des Dampfers.

Da atmete Ceda erleichtert auf. Und wieder fragte sie sich, ob es sich nicht nur um eine flüchtige kleine Liebelei gehandelt haben könne. Vielleicht hatte Heinz Römer die blonde Christa längst vergessen, vielleicht war ihm diese Liebe gar nicht tief gegangen?

Ceda wurde jetzt an Bord des Dampfers ruhiger, was ihre Mutter auf die kräftigende Seeluft schob, die ihnen doch mehr Ruhe und Erholung brachte als das Reisen zu Lande.

Sie zeigte sich auch zu Heinz Römer jetzt wieder gleichmäßiger und freundlicher. Die Señora hatte ihm gegenüber als Entschuldigung für ihre Tochter durchblicken lassen, daß Ceda überanstrengt und nervös sei. Er beobachtete Ceda voll Unruhe und Besorgnis. Instinktiv aber fühlte er, daß Ceda irgend etwas in ihrem Innern zu verwinden habe. Er hätte gern erforscht, was es war, kam aber nicht darauf. Daß er selbst schuld sein könnte an ihrer Veränderung, kam ihm nicht in den Sinn.

Das Leben und Treiben auf dem Dampfer und der Einfluß der guten Seeluft halfen Ceda wirklich, ihr Gleichgewicht wiederzufinden, und sie sagte sich zum Trost, daß Heinz Römer wenigstens nun für immer in ihrer Nähe bleiben würde. Je ruhiger Ceda wurde und je mehr sie sich erholte, desto freier und froher wurde auch Heinz. Er suchte Ceda aufzuheitern, und wenn er ihr ein Lächeln oder gar ein frohes Lachen entlockte, war er ganz glücklich. Sie mußte das merken, und dann schlug ihr das Herz rebellisch in der Brust. Da auch er sich heiter zeigte, sagte sie sich immer wieder, der Abschied von der blonden Christa könne ihm nicht gar so tief gegangen sein, sonst hätte ihn die Trennung mehr bedrücken müssen. Wenn er sie nun ganz vergaß und es ihr dann gelingen würde, seine Liebe zu erringen?

So weit war die stolze Ceda schon, daß sie sich nun doch begnügt haben würde, die Nachfolgerin der blonden Christa zu werden, wenn sie das auch vor sich selbst immer noch in Abrede stellen wollte.

Jedenfalls hatte sie sich jetzt wieder ganz in der Gewalt, und Heinz Römer war außerordentlich froh darüber, daß sie wieder ruhig und heiter schien. Sie war nie mehr heftig und ausfallend gegen ihn, zeigte eine gleichmäßige Freundlichkeit, die ihn froh machte, wenn sie auch nicht mehr so weich und zutraulich war wie kurz nach den Florentiner Tagen.

Die Überfahrt war gut. Sie hatten dauernd schönes und ziemlich windstilles Wetter. Nur kurz vor der Floridastraße gab es einen Tag und eine Nacht heftigen Sturm. Die meisten Passagiere waren hart mitgenommen, auch die Señora rang mit der Seekrankheit. Ceda aber war seefest. Während ihre Mutter in der Kabine lag und von Juanita gepflegt wurde, kämpfte sich Ceda an Heinz Römers Seite oben auf der Deckpromenade durch Wind und Wetter. Er mußte sie halten und führen, und sie tollten und lachten wie übermütige Kinder, wenn sie einer Sturzwelle ausweichen mußten oder haltlos von einer Seite zur andern glitten, vom Sturm verweht. Ceda blühte förmlich auf, während alle anderen Damen, soweit sie überhaupt sichtbar waren, blaß und mit angstvoll großen Augen an den Wänden entlangschlichen. Der Kampf mit den entfesselten Elementen beschwichtigte ihre innere Unruhe immer mehr, und sie gab sich unbefangen und zwanglos in Heinz Römers Gesellschaft. Wie gute Kameraden trieben sie Seite an Seite dahin, und es gab drollige Situationen, die ihren Übermut immer wieder anfachten. So hatte Heinz Ceda noch nie gesehen. Und schwerer denn je wurde ihm die Selbstbeherrschung, wenn der Sturm sie ihm mit zerzaustem Haar lachend und übermütig in die Arme trieb. Er kannte sie nun schon in den verschiedensten Stimmungen, aber in diesem jungfrohen Übermut war sie ihm neu. Und in jeder Stimmung war sie ihm immer wieder reizvoll. Er wünschte, daß der Sturm nicht so bald ein Ende nehmen möge.

Als sie aber in die Floridastraße einbogen, war der Sturm zu Ende. Das schöne Wetter trieb die verängstigten Passagiere wieder an Deck, und auch die Señora tauchte wieder auf. Sie sah erfreut, wie gut ihrer Tochter der Sturm bekommen war. Cedas heitere Stimmung hielt an – die blonde Christa war weit und Heinz Römer so nahe. Sie wehrte alle quälenden Gedanken von sich ab.

In New Orleans, an der Mündung des Mississippi, hatte

der Dampfer Aufenthalt, und Heinz konnte nun selber Vergleiche anstellen, um wieviel breiter dieser Strom war als der Rhein. Weiter ging es dann über den tiefblauen Golf nach Galveston. Hier verließen die Reisenden den Steamer und mußten auf einen kleineren Küstendampfer umsteigen, der nicht so luxuriös war. Aber die Fahrt auf ihm dauerte nicht sehr lange. Wohlbehalten langten sie in Tampico an.

Hier erhoben sich die Ostkordilleren mit ihren wild zerrissenen Schluchten. Der Rio Pamica, der wie die meisten anderen mexikanischen Flüsse wegen der zahlreichen Wasserfälle und Stromschnellen nicht schiffbar ist, mündet hier in den Golf.

In Tampico bestiegen sie die Eisenbahn, die sie nordwestlich ins Land hineinführte. Sie fuhren über St. Luis Potofi nach Zacatecas, einer kleinen Stadt mit niedrigen Häusern, auf deren flachen Dächern sich ein großer Teil des Lebens der Bewohner abspielte.

Zacatecas war, von Doxana aus gerechnet, die nächste Stadt. Hier sollte die Reisenden das große Auto der Hazienda abholen. Auch ein Gepäckwagen war von Doxana hierher beordert worden. Aber der Chauffeur war viel zu früh zur Stelle gewesen und hatte sich die Wartezeit damit vertrieben, sich gründlich an Pulque gütlich zu tun.

Señora Nordau und Ceda waren außer sich. Wie konnte der Chauffeur am frühen Morgen schon so betrunken sein?

»Was sollen wir jetzt tun? Sollen wir hier in Zacatecas warten, bis der Chauffeur seinen Rausch ausgeschlafen hat? Die Fahrt dauert Stunden, und hier in Zacatecas gibt es nur ein mittelmäßiges Hotel«, sagte die Señora zu Heinz und sah ihn an, als könne er ein Wunder tun, um ihr aus der Bedrängnis zu helfen. Und ihr Glaube sollte sich bewähren. Heinz lächelte.

»Wenn Sie gestatten, setze ich mich ans Steuer und fahre Sie nach Hause.

Erstaunt sahen die beiden Damen in sein lächelndes Gesicht.

»Sie wollen fahren? Aber können Sie das denn? Können

Sie denn überhaupt ein Auto steuern?« fragte die Señora, und Cedas Augen fragten das auch. Er lachte. »Selbstverständlich kann ich das! Soll ich Ihnen meinen Führerschein zeigen? Ich habe schon manches Auto über die schwierigsten Wege gesteuert.«

Und er holte aus seiner Brieftasche den Führerschein.

Erstaunt sahen die beiden Damen darauf.

»Aber den Weg kennen Sie nicht, Señor Römer.«

»Pedro kennt ihn, und er kann neben mir sitzen. Juanita setzt sich zu Ihnen in den Wagen.«

Befreit lachte die Señora auf.

»Wunder über Wunder! Sie können einfach alles, Señor Römer; Ihre Kenntnisse und Fähigkeiten sind enorm. Ihnen vertrauen wir uns mit Vergnügen an.«

»Dann entschuldigen Sie mich für einige Minuten; ich will nur dafür sorgen, daß alles Gepäck richtig im Gepäckauto verstaut wird und daß es den betrunkenen Chauffeur mitnimmt.«

Wie selbstverständlich ordnete Heinz alles Nötige an. Nur die Schmuckkoffer der Damen wurden im Personenauto mitgenommen und einige kleine Gepäckstücke mit dem Nötigsten hinten aufgeschnallt. Denn das Lastauto würde viel länger bis nach Doxana brauchen als die herrschaftliche Limousine. Es waren kaum zehn Minuten vergangen, als Heinz fertig war und den Damen in die Staubmäntel half. Dann ließ er sie einsteigen, sorgte für ihre Bequemlichkeit und nahm selbst den Führersitz ein. Pedro setzte sich neben ihn, um ihm den rechten Weg zeigen zu können. Und nun ging es aufwärts in das Hochland von Mexiko. Die Hazienda Doxana lag vier bis fünf Autostunden von Zacatecas entfernt.

Das Hochland von Mexiko wird von zwei Gebirgsketten flankiert. Im Osten fällt diese Gebirgskette allmählich zum blauen Golf von Mexiko ab, im Westen türmen sich die hohen Vulkane empor, zum Süden hin sieht man von manchen Stellen aus bei klarem Wetter den fünftausendfünfhundertfünfzig Meter hohen Pik de Orziba mit seinen Kratern in die Wolken ragen. Tierra fria nennt der Mexikaner das Hochland. In den niederen feuchten Barrancas herrscht reicher, üppiger Pflanzenwuchs von tropischem Charakter; aber auch in den höheren Abschnitten des Gebirges ist die Vegetation üppig, weil es hier reichlich Niederschläge gibt, die die Erde fruchtbar machen.

Die unterschiedlich gute Autostraße führte zunächst eine weite Strecke durch dichten Wald, in dem immergrüne Eichen, Farnbäume, Yukkas, Palmen und Epiphyten bunt durcheinander standen. Dieser Wald erschien Heinz wunderschön; er hielt sogar den Vergleich mit deutschen Wäldern aus. Der Weg stieg noch immer an, und je höher man kam, desto mehr ähnelte dieser Wald den deutschen Wäldern. Weiter oben sah Heinz sogar Nadelwälder.

Nachdem man eine weite Strecke auf der Höhe dahingefahren war, ging es wieder eine Strecke abwärts. Der Weg war hier sehr gut, und es machte Heinz Vergnügen, wieder einmal ein Auto zu lenken. Er fuhr den Wagen ruhig und sicher, und Pedro gab die Richtung an. So ging alles vorzüglich.

Bis zu einer Höhe von eintausendsechshundert Metern reichten die Kaffeeplantagen, und so weit wuchsen auch die Bananen. Die Zuckerfelder begannen erst hier und lagen etwas höher auf terrassenförmigen Abhängen. Wie lichtgrüne breite Riesenbänder zogen sie sich meilenweit fast schnurgerade an wasserreichen Abhängen des Gebirges hin. Man befand sich jetzt, Ende August, noch in der im Juni beginnenden Regenzeit, wo hauptsächlich um die Mittagszeit plötzlich Regenfälle einsetzen. Deshalb war die Luft frisch und staubfrei; alles sah frisch grün aus, und die Blumen leuchteten zwischen den Gräsern in köstlich frischer Farbenpracht.

Nachdem man aus den Wäldern herausgekommen war, ging es über riesige Kakteenfelder hin, die einen ganz eigenartigen Eindruck auf Heinz machten. Das war etwas, was er auf seinen Reisen noch nicht gesehen hatte, diese Riesenkakteen, die endlose Flächen bedeckten. Hauptsächlich die bis zu zehn Meter hohen Säulenkakteen, die etwa in Abständen von einem Meter nebeneinander standen, sahen überwältigend aus. Viele Kakteenfelder standen in voller Blüte – ein unvergleichlicher Anblick. Ganz rätselhaft und unerwartet schießen diese Blüten in ihrer leuchtenden Zartheit aus den harten, stachlichen Hüllen, daß man sich nicht erklären kann, woher sie die Kraft nehmen, diese Hüllen zu sprengen. Heinz ließ plötzlich den Wagen vor einem blühenden Kakteenfeld halten und sprang von seinem Führersitz. Er pflückte behutsam zwei der glutroten Blüten und überreichte sie den beiden Damen: »Ihre Heimat läßt sie grüßen! Jetzt verstehe ich, warum Sie so mitleidig über die Kakteen und Agaven lächelten, die sich so vereinzelt an der italienischen Riviera aus dem Gemäuer drängten. Solche Anhäufung von riesenhaften Kakteen habe ich noch nie gesehen, auf all meinen Reisen nicht. Und noch nie sah ich ein so riesiges Kakteenfeld in voller Blüte. Der Anblick ist großartig, wenn auch von einer bizarren, fast grotesken Großartigkeit«, sagte er.

Die Damen dankten für die Blüten.

»Sie werden noch mancherlei an unserem Land bewundernswert finden, Señor Römer, und hoffentlich gefällt es Ihnen. Hier ist übrigens die Grenze von Doxana. Dieses blühende Kakteenfeld gehört schon uns; es ist wirklich unsere engere Heimat, die uns mit diesen Blüten grüßt.« So sagte die Señora lächelnd.

Heinz verneigte sich. »Ich dachte es mir, Señora, weil ich soeben ein Grenzzeichen bemerkte und ich mir nach der Zeit ausrechnete, daß wir nahe an Doxana herangekommen sein müßten.«

»So lassen Sie sich willkommen heißen auf dem Boden von Doxana, Señor Römer. Möge es Ihnen eine liebe Heimat werden«, sagte Ceda mit leise bebender Stimme und mit seltsam feuchtem Glanz in ihren herrlichen Augen.

Dabei reichte sie Heinz die Hand zum Wagen hinaus, die er mit einer tiefen Verbeugung an die Lippen zog.

»Ich danke Ihnen, Señorita, für diesen Willkommensgruß. Möge es mir vergönnt sein, Ihnen und Ihrer hochverehrten

Frau Mutter meine Dienste so zu leisten, daß Sie immer mit mir zufrieden sein können.«

Die Señora reichte ihm ebenfalls die Hand.

»So will auch ich Sie schon hier an der Grenze von Doxana herzlich willkommen heißen, Señor Römer. Ich weiß schon, daß Sie uns eine große Stütze sein werden, und bin sehr froh, daß wir Sie aus dem Vaterland meines verstorbenen Gatten mitgebracht haben. Unser ganzes Vertrauen besitzen Sie, das wissen Sie.«

Er beugte sich ehrerbietig über ihre Hand, und dann sah er Ceda an – gehörte ihm auch ihr Vertrauen voll und ganz?

Tief im Innersten beglückt, sah er, daß ihre Augen vertrauensvoll in die seinen leuchteten. Kein noch so leiser Schatten trübte ihm also das Glück dieser Stunde, und sein Herz schwoll vor Dankbarkeit gegen das Schicksal. Daß er Gut und Blut daransetzen wollte, diesen beiden Frauen ein Schützer und Helfer zu sein, gelobte er sich selbst in dieser Stunde.

Heinz nahm wieder am Steuer Platz, und nun ging es weiter über Doxaner Boden. Hier war die Autostraße besonders gut, ein Verdienst von Cedas verstorbenem Vater. Alles ringsum machte einen ungemein kultivierten, gepflegten Eindruck. Die Gegend wurde landschaftlich noch viel schöner und fruchtbarer, und der Landwirt in Heinz Römer labte sich an dieser Fruchtbarkeit. Zuweilen stiegen schroffe, starre Felsen empor, die von tiefen, wilden Schluchten zerrissen wurden, was den malerischen Reiz der Landschaft erhöhte. Eine sehr üppige Vegetation machte sich breit, bis in die Felsenschluchten hinein. Man kam an großen Viehranchen vorbei, wo Pferde und Rinder weites Gelände zur Weide hatten. Die Rinder- und Pferdehirten jagten meist auf ungesattelten Pferden hin und her und grüßten die Herrinnen, indem sie ihre breiten Sombreros herabrissen. Dann breiteten sich weite Agavenfelder aus. Die Agaven liefern Nutzfasern; aus ihrem Saft wird das Nationalgetränk der Mexikaner, das berauschende Pulque, gebraut. Unweit von diesen Agavenfeldern lag die große, ebenfalls zu Doxana gehörige Pulquebrauerei. Dazwischen immer wieder auf den nach Süden liegenden Abhängen die weiten Gelände mit tropischem Pflanzenwuchs in sinnverwirrender Farbenpracht.

Zwischen Bananen und Eukalyptusbäumen fast versteckt lagen die kleinen Dörfer der eingeborenen Indios, aus einer Anzahl Hütten bestehend; nur selten stand ein flaches, festes Steinhaus dazwischen. Pedro berichtete Heinz, daß die meisten der auf Doxana beschäftigten Leute Indios seien. Diese wohnten in kleinen, festen Häusern, die Señor Nordau hatte erbauen lassen, oben hinter den Wirtschaftsgebäuden von Doxana, abseits vom Wohnhaus der Herrschaft.

Überall waren Leute auf den Feldern bei der Arbeit zu sehen. Die Aufseher jagten auf kleinen flinken Pferden, die mühelos und behende die größten Steigungen nahmen, von einer Truppe Arbeiter zur anderen. Die Arbeiter trugen weite Beinkleider und zum Schutz gegen die Sonne die großen, breitrandigen Sombreros.

Doxana schien die größte Besitzung im weiten Umkreis zu sein. Das sprach Heinz aus, und Pedro nickte stolz. »Wir haben den größten und stolzesten Besitz. Selbst Sirena, die Besitzung Señor Mentoras, die weiter nach Nordwest an Doxana angrenzt, ist nicht ganz so groß, wenn sie auch gleich nach Doxana kommt«, sagte er so selbstbewußt, als sei er selbst der Besitzer von Doxana.

Je weiter man kam, desto fruchtbarer wurde das Land. Heinz ging das Herz auf. Eibischstauden schossen empor, und um die mächtigen Baumriesen wucherten Schlinggewächse mit ihren roten, blauen und violetten Blüten, was ganz wundervoll aussah. Orangen und Zitronen, Lorbeerbäume und Zedern wuchsen in reicher Fülle. Zuckerrohr, Baumwolle, Kaffee, Kakao und Tabak wurden angebaut, weiter oben Mais und Weizen. Als man dann wieder einen dichten Wald durchfahren hatte und auf die freie Autostraße hinauskam, sah Heinz oben auf dem Berg ein wundervolles, weißschimmerndes Gebäude wie ein maurisches Märchenschloß liegen. Der altspanische Stil war getreulich festgehalten.

»Was ist das?« fragte Heinz ahnungsvoll.

»Das ist Doxana, Señor!«

Heinz atmete tief auf. Dieses stolze, malerische Gebäude und der kolossale Grundbesitz brachten ihm wieder einmal zum Bewußtsein, wie reich seine Herrinnen sein mußten.

Jetzt ging es zunächst einmal an einer ausgedehnten Fabrikanlage vorüber. Es war die zu Doxana gehörige Zuckerfabrik. Bald darauf führte die Autostraße in Serpentinen den Berg hinauf. Das Wohnhaus von Doxana lag eintausendachthundert Meter hoch auf dem Gipfel dieses Berges. So hatten seine Bewohner ein sehr gesundes Klima. Oben angelangt, ging es durch einen weiten Park, der wundervoll gepflegt war. Eine glühende, blühende Blumenpracht tat sich hier auf. Königspalmen und stachliche Opuntien, Kakteen in bizarren Formen wechselten mit reichen Blumenrabatten. Durch das Grün der Mangobäume schimmerten die Mangofrüchte.

Man kam an einem kleinen See vorüber, der mitten im Park lag. Er hatte das klare Blaugrün der Bergseen. Ein elegantes kleines Badehaus lag am Ufer, neben dem zwei schlanke Ruderboote verankert lagen. Hier also war Gelegenheit, Bäder zu nehmen und zu rudern.

Zwischen den Bäumen rankten Kletterrosen, und eine ganz mit Kletterrosen bewachsene Pergola streckte sich von dem See bis hinüber zu einer Allee von Mangobäumen, die bis zu dem weißschimmernden Haus hinüberführte.

Seitwärts hinter dem Park, von dessen Bäumen versteckt, lagen die mit allen neuzeitlichen Einrichtungen versehenen Wirtschaftsräume, die Ställe und Garagen und die Wohnungen der Aufseher. Dahinter aber, inmitten hübscher Gärtchen, die kleinen, schmucken Arbeiterhäuser.

Das Wohnhaus der Herrschaft wirkte wie ein Palast. Es hatte nur zwei Etagen, war aber weiträumig. Es dominierte in seiner weißgrauen Pracht inmitten des Parks. Man mußte von diesem Gebäude aus einen weiten Überblick über das im Osten liegende Tiefland haben.

Auf den flachen Dächern des Wohnhauses waren Sonnenzelte aus weiß- und blaugestreiftem Zeltleinen angebracht. Eine diese Dächer umgebende Balustrade war reich mit Blumen dekoriert. Der Wagen fuhr durch die Mangobaumallee zum Haus hinüber, das von allen Seiten mit Arkaden umgeben war. Bis an das hohe Portal führte die Mangobaumallee. Vor dem Portal hatten die Aufseher Aufstellung genommen, um die Herrinnen nach langer Abwesenheit zu begrüßen. In der Mitte, auf der breiten Steintreppe, die rechts und links in die Säulengänge führte, standen zwei Herren allein: Es war Señor Ombra, der Generaladministrator, und Señor Alfonso Mentora, der Freund und Nachbar der Damen und Besitzer der Hazienda Sirena, der außerdem Cedas Freier war, was Heinz aber nicht wußte.

Als der Wagen vorfuhr, kamen beide Herren die Treppe herunter, um die Damen zu begrüßen und ihnen aus dem Wagen zu helfen. Heinz konnte seinen Führersitz nicht schnell genug verlassen, um ihnen behilflich sein zu können. So blieb er zunächst ziemlich unbeachtet.

XII

Alfonso Mentora begrüßte zunächst die Señora sehr artig und dann mit freudestrahlendem Gesicht Ceda. Heinz mußte mit ansehen, wie er ihre Hand immer wieder stürmisch mit Küssen bedeckte, mußte hören, wie beredt er seiner Freude Ausdruck gab, daß sie endlich wieder daheim sei, wie er ihr Vorwürfe machte, daß sie ihm nur von Zeit zu Zeit mit einem Kartengruß ein Lebenszeichen gegeben habe.

Was ihn aber noch mehr beunruhigte, war, daß Ceda und Alfonso Mentora sich duzten und anscheinend sehr vertraut miteinander waren. Plötzlich war ihm zumute, als sei alle Sonne aus seinem Leben gewichen, als liege diese ganze wundervolle Welt in tiefem Schatten. Ein Mann, der das Recht hatte, mit Ceda Nordau per ›du‹ zu verkehren, ihr mit feurigem Enthusiasmus die Hand zu küssen, dem sie freundlich zulächelte und ihn zutraulich begrüßte – der konnte nur ein bevorzugter Bewerber – vielleicht sogar der Verlobte seiner jungen Herrin sein.

Zwar hatte er nie davon gehört, daß Ceda verlobt sei, das schloß aber diese Tatsache nicht aus. Er hatte nur immer gehört, daß Señor Mentora der Gutsnachbar der beiden Damen und der Freund der Familie war. So hatte er sich diesen Señor Alfonso Mentora als einen Mann reiferen Alters vorgestellt. Nun entpuppte er sich als ein junger, eleganter und unstreitig hübscher und sympathischer Herr. Heinz Römer mußte jetzt plötzlich dieselben Qualen erleiden, die Ceda in Berlin auf dem Lehrter Bahnhof ausgestanden hatte, ohne daß er es ahnte.

Der andere Herr, Señor Ombra, war ein Mann Mitte Vierzig. Er war groß, hager, hatte ein scharfkantiges Gesicht, das seine Abstammung von Indianern verriet, und scharfe, stechende Augen von dunkler Farbe. Er trug eine Art malerischer Landestracht, mit Silber bestickte Reithosen, eine kurze Jacke mit vielen kleinen Silberknöpfen und dazu einen großen, hellfarbigen Hut, den Sombrero, den er jetzt in der herabhängenden Hand hielt.

Heinz Römer sah sich diesen Mann scharf und forschend an. Er hatte gehört, daß die Señora ihn Señor Ombra nannte, und es war ihm bekannt, daß der Generaladministrator so hieß. Da ihm die Señora anvertraut hatte, sie könne diesem ihrem obersten Verwalter nicht unbedingt vertrauen, betrachtete er ihn verstohlen mit dem größten Interesse, wenn auch seine Hauptaufmerksamkeit auf Señor Mentora gerichtet blieb. Und er sah, daß es zuweilen in Señor Ombras Augen seltsam aufzuckte, als liege er auf der Lauer. Er hatte sogleich das Empfinden, daß dieser Mann mit Vorsicht zu behandeln sei.

Dagegen konnte er nicht leugnen, daß Señor Mentora ein sehr sympathischer Mensch war. Um so heißer loderte seine Eifersucht empor.

Endlich besann die Señora sich auf Heinz Römers Anwesenheit.

»Kommen Sie, Señor Römer, lassen Sie sich dem Freund unseres Hauses und unserem Generaladministrator vorstellen, Señor Alfonso Mentora und Señor Ombra. Dies ist Señor Römer, unser Reisemarschall und mein Sekretär, ein Mann, ohne dessen Hilfe wir beide nicht mehr lebend zurückgekehrt wären. Er hat uns in Florenz bei einem Hotelbrand unter Gefahr für sein eigenes Ich opfermutig das Leben gerettet. Schon dadurch hätte er uns auf ewig zur Dankbarkeit verpflichtet, wenn er uns nicht auch noch durch seine nimmermüden Bemühungen die anstrengende Reise leicht und angenehm gemacht hätte.«

Die beiden Herren sahen jetzt erst auf Heinz Römer. In Señor Ombras Augen zuckte es abermals auf, als er sich vor Heinz verneigte. Señor Mentora aber faßte impulsiv seine Hand.

»Also haben Sie meinen Vorschlag doch akzeptiert, Señora, und sich einen Reisemarschall engagiert. Das ist sehr klug von Ihnen gewesen. Und Ihnen, Señor Römer, verdanke ich das Leben der beiden Damen? Dafür bin auch ich Ihnen verpflichtet, denn wir sind so gute Freunde und Nachbarn, daß es mich unsäglich geschmerzt haben würde, wäre ihnen ein Leid widerfahren. Lassen Sie sich auch meinen Dank gefallen; ich freue mich, Sie begrüßen zu können.«

Heinz atmete unwillkürlich auf. Also war Señor Mentora wirklich nur ein guter Freund und Nachbar der Damen, und nicht Cedas Verlobter! Aber vielleicht wurde er es noch?

Trotzdem konnte er nicht umhin, seinen herzlichen Ton in gleicher Weise zu erwidern.

»Señora Nordau macht zuviel Aufhebens von etwas Selbstverständlichem, Señor Mentora. Ich konnte den Damen zufällig behilflich sein, wie es jeder andere an meiner Stelle auch getan haben würde.«

»Sie vergessen, Señor Römer, daß bei diesem Brand sich eine Anzahl von Herren rettete, indem sie die Damen zu Boden traten«, sagte Ceda mit klingender Stimme.

Heinz hatte eine rote Stirn bekommen.

»Bitte, wir wollen nicht mehr davon reden.«

»Sie sind Deutscher?« fragte ihn Alfonso Mentora.

»Ja, Señor!«

»Aber Sie beherrschen die spanische Sprache perfekt.«

»Dieser glückliche Umstand trug mir die Stellung bei Señora Nordau ein. Ich habe mit meinen Eltern fünfzehn Jahre in Spanien gelebt, in Madrid, daher beherrsche ich die Sprache ebensogut wie meine Muttersprache.«

Heinz verbeugte sich nun auch vor Señor Ombra. Dieser sagte mit seiner rauhen, knarrenden Stimme:

»Wir wollen die Señora und die Señorita jetzt nicht länger vor der Tür stehen lassen.«

»Bitte, Señor Ombra, lassen Sie das Auto in die Garage fahren. Leider war der Chauffeur betrunken, als wir in Zacatecas ankamen. Wir danken es nur Señor Römers tatkräftigem Eingreifen, daß wir den Heimweg antreten konnten.«

Señor Ombra stieß einen leisen Fluch aus, der dem betrunkenen Chauffeur galt. Die Señora sagte bestimmt: »Dieser pflichtvergessene Chauffeur wird unsere Wagen nie mehr fahren, er ist mir nicht zuverlässig genug. Er soll eines der Lastautos fahren. Für uns muß ein neuer Chauffeur eingestellt werden.«

»Ich werde das sofort in die Wege leiten, Señora«, sagte Ombra.

Diese schüttelte jedoch den Kopf und sah lächelnd zu Heinz hinüber: »Sie brauchen sich nicht zu bemühen, Señor Ombra, das wird Señor Römer besorgen. Er hat einen guten, scharfen Blick für die Menschen und wird das Richtige treffen. Sie will ich damit nicht belästigen.«

»Wie Sie wünschen, Señora«, erwiderte Ombra, aber der Blick, den er Heinz zuwarf, war nicht eben freundlich. Was wollte dieser Deutsche hier auf Doxana? Er sah aus, als kümmerte er sich gern um Sachen, die ihn nichts angingen.

Er rief einen Diener herbei und schickte ihn zur Garage hinüber. Er sollte jemand holen, der den Wagen in die Garage fahren konnte.

Juanita und Petro hatten inzwischen mit den Schmuckkoffern der Damen und den leichten Handkoffern das Haus betreten. Man schritt nun in die weite Halle des Hauses, wo es köstlich kühl war. Heinz Römer schritt neben den Damen her. Auf seinen Arm hatte sich die Señora gestützt. An ihrer anderen Seite schritt Ombra, während Alfonso Mentora neben Ceda ging.

Die Damen und Heinz hatten das Bedürfnis, sich nach der langen Autofahrt umzukleiden. Ceda sagte zu Alfonso:

»Du bleibst doch zu Tisch, wir haben uns viel zu erzählen.«

Er verneigte sich lächelnd. »Ich werde bis zum Abend bleiben, wenn es deiner Mutter recht ist.«

»Aber selbstverständlich, Alfonso!« rief die Señora.

Jetzt kam Pedro die breite, mit Teppichen belegte Treppe herab. Die Señora hatte ihm, schon ehe man am Hause vorgefahren war, gesagt, welche Zimmer er für Señor Römer herrichten lassen solle. Dieser sollte auf Wunsch der Señora im Hause wohnen, nicht drüben in den Verwalterhäusern. Pedro hatte diesen Auftrag ausgeführt und kam nun, um Heinz in die für ihn bestimmten Zimmer zu führen, während die Damen sich in ihre Gemächer begaben.

Ombra und Alfonso Mentora blieben in der großen Halle zurück und ließen sich in der behaglichen Kaminecke nieder, wo sie miteinander plauderten.

Heinz staunte über die Pracht des Hauses. Die beiden ihm zugewiesenen Zimmer lagen einander gegenüber. Sie waren sehr komfortabel, ja kostbar eingerichtet. Neben dem Schlafzimmer lag ein Baderaum. Die Fenster des Schlafzimmers lagen zum gartenähnlichen Hof hinaus, der auf vier Seiten von Arkaden umgeben war. Er lag inmitten des Gebäudes. In der Mitte dieses Hofgartens befand sich ein großes, ausgemauertes Bassin, aus dem ein Springbrunnen emporstieg. Das Wasser aus diesem Bassin floß durch Röhrenleitungen hinaus in den Park, den es bewässerte. So war das Wasser immer frisch und wurde doch ausgenutzt. Denn Wasser war auch hier oben kostbar und durfte nicht nutzlos verschwendet werden.

Die offenen Wandelgänge rund um den Hof waren ganz

im Stil des Hauses gehalten. Er sah wundervoll aus, dieser Hof, wie der eines altspanischen Schlosses.

Das Haus hatte viele luftige Räume, und man genoß nach allen vier Seiten einen herrlichen Ausblick auf die malerische Umgebung, denn es besaß auf allen vier Seiten eine Außenfront. In den den Hof von allen Seiten umgebenden Arkaden war es zu jeder Tageszeit kühl und schattig.

Das weiße Gebäude wirkte sehr imposant. Auch zum Hof hin hatte es dieselben weißgrauen Mauern aus einem Sandstein, der jeder Witterung widerstand und seine helle, fast weiße Farbe nicht verlor. Die aus dem Stein gehauenen Ornamente und Rundbogen der Arkaden waren künstlich etwas dunkler getönt, damit sie besser zur Geltung kamen.

Eine Weile ließ Heinz seine Augen über den Hof schweifen. Dann begab er sich in das gegenüberliegende Arbeitszimmer. Es lag nach Osten zu und bot einen Ausblick über das Tiefland und verschiedene Felsregionen.

Bewundernd ließ er seine Augen rings umherschweifen. Als er sich weit aus dem Fenster beugte, sah er unten im Park große Obstspaliere. Daran hingen herrliche Pfirsiche, Trauben, Aprikosen, Äpfel, Quitten, Anonen, Cedros und riesige Alligatorbirnen. Weiter drüben sah er Tomatenbeete von großer Ausdehnung und allerlei Gemüse. Das Herz lachte ihm im Leibe, hier mußte es eine Wonne sein, Landwirt zu werden.

Aufatmend trat er wieder hinüber in sein Schlafzimmer. Schnell erfrischte er sich durch ein Bad und kleidete sich für die Mittagstafel um. Pedro hatte seinen kleinen Lederkoffer schon ausgepackt und alles zurechtgelegt. Schnell war Heinz fertig, und dann ging er noch einmal in sein Arbeitszimmer, das nicht nur komfortabel, sondern auch sehr zweckmäßig eingerichtet war, um sich noch einmal an dem Ausblick zu weiden. Etwas weiter nach Nordosten lag noch ein Berg von etwa gleicher Höhe wie der, auf dem Doxana stand. Am Abhang dieses Berges zogen sich in grünen Bändern die Zukkerrohrfelder hin, und oben auf der Höhe sah er kleine Hütten liegen, Holz-, Erd- und Steinhütten, die Dächer alle mit

Agavenblättern bedeckt. Da wohnten Indios und Mestizen. Weiter unten standen Rohrhütten, von Gärten und Feldern umgeben, mit hohen Satteldächern und zusammenrollbaren Bambustüren.

Weit ins Land hinein dehnten sich die Agavenfelder, hauptsächlich die Magney-Agaven, die allein zur Bereitung von Pulque geeignet waren, mit ihren zwölf Meter hohen Blütenstengeln und den drei Meter langen und fünfzehn Zentimeter dicken Blättern.

Das alles erfuhr Heinz selbstverständlich erst später. Jetzt blickte er nur wie trunken vor Begeisterung auf diesen wundervollen Erdenfleck. Dann wurden seine Augen plötzlich wie magnetisch angezogen von drei seltsam steilgeformten, vollkommen kahlen Felsen, die eigenartig öde und doch malerisch aus der üppigen Vegetation herausstrebten. Nicht ein Grashalm schien darauf zu wachsen. Sie ragten empor wie die drei Wurzeln eines Riesenzahnes, dessen Krone in der Erde steckte. Ganz seltsam sah das aus, und Heinz konnte seine Augen nicht davon losreißen. Als jetzt Pedro zu ihm ins Zimmer trat, um zu fragen, ob seine Dienste noch gebraucht würden, rief ihn Heinz an das Fenster: »Was sind das für drei Felsen, Pedro, dort hinten, die ganz ohne Vegetation sind?«

»Oh, Señor, das sind die Geisterfelsen!« sagte Pedro und bekreuzigte sich.

»Weshalb heißen sie so?«

»Es ist dort nicht geheuer, Señor, rings um die Felsen und auf den Felsen selbst wächst kein Halm, alles ist öde und unfruchtbar. Kein Mensch mag in der Nähe der Geisterfelsen gehen; die Indios sagen, daß böse Geister und Dämonen auf diesen Felsen hausten. Das ist eine alte Überlieferung von ihren Vorfahren. Und sie glauben so fest daran, daß sie stets in weitem Bogen um die Felsen herumgehen.«

Heinz lächelte ein wenig.

»Wem gehören diese Felsen? Gehören sie noch zu Señora Nordaus Besitz?«

»Nein, sie gehören niemand, kein Mensch möchte dieses unfruchtbare Land besitzen, auf dem sicherlich ein Fluch ruht. Rings um die Felsen ist ein schmaler Landstrich, auf dem gleichfalls nichts wächst, und dieser wird wieder durch einen Graben begrenzt. Die Geisterfelsen liegen gerade auf der Grenze zwischen Doxana und Sirena. Es ist das einzige Stück Land, das die Regierung noch nicht losgeworden ist. Wer sollte es auch kaufen? Niemand möchte es besitzen, denn die Dämonen und Geister gehen in den Felsen um.«

Sinnend ließ Heinz Römer seine Augen auf den Felsen ruhen. Ihm war, als zögen sie ihn mit einer geheimnisvollen Macht an.

Und er fragte sich, warum gerade diese Felsen in der fruchtbaren Umgebung so verödet und unfruchtbar dalagen. Das mußte doch einen Grund haben. Wahrscheinlich bestanden sie aus zu hartem Gestein. Jedenfalls interessierten ihn die Geisterfelsen von der ersten Stunde an, die er auf Doxana verbrachte.

»Darf ich Sie nun in den Speisesaal führen, Señor?« fragte Pedro.

Heinz schrak aus seinen Gedanken auf. »Ja, Pedro, ich bin fertig.«

Wohlgefällig glitten Pedros Blicke über die vornehme Erscheinung des jungen Mannes. Er schmunzelte. Dieser Deutsche war doch ein Mann wie aus einem Guß; mit ihm konnte es keiner hier aufnehmen, nicht einmal Señor Mentora.

Als Heinz in den großen Speisesaal mit den weiten Bogenfenstern trat, der vornehm in altspanischem Stil gehalten war, fand er dort Señor Mentora und Señor Ombra. Sie warteten auf die Damen des Hauses. Er begrüßte sie mit einer Verbeugung. Alfonso Mentora trat lächelnd auf ihn zu. »Wie gefällt Ihnen Doxana, Señor?«

»Es ist ein wundervolles Haus und ein herrlicher Besitz.«

Alfonso nickte. »Sie müssen mich bald mit den Damen in Sirena besuchen, ich würde mich freuen.«

Heinz verneigte sich. »Sie sind sehr liebenswürdig, Señor, ich folge dieser Einladung gern, wenn ich Gelegenheit dazu habe.«

»Die wird sich finden. Ganz offen, Sie gefallen mir. Gleich beim ersten Sehen wußte ich, daß wir uns gut verstehen würden. Und in unserer abgelegenen Gegend freuen wir uns, neue Menschen kennenzulernen«, sagte Alfonso Mentora freimütig, und seine dunklen Augen blitzten vergnügt in die Heinz Römers.

Dieser konnte nicht anders, als die ihm entgegengebrachte Sympathie erwidern.

»Es freut mich, daß ich Ihnen nicht mißfalle, Señor, und wenn Sie gestatten, möchte auch ich aussprechen, daß auch Sie mir gleich sehr sympathisch erschienen sind.«

Alfonso Mentora reichte ihm die Hand, und sie tauschten einen kräftigen Händedruck.

Señor Ombra hatte mit hämisch-ironischem Ausdruck diese Worte gehört. Mit einem funkelnden Blick sah er die beiden jungen Männer an. Auch Alfonso Mentora trug elegante, moderne Kleidung. Nur wenn er über seine Felder sprengte oder junge Pferde zuritt, denn auch er trieb auf Sirena Pferdezucht, trug er die gold- und silberbestickte Reithose, die kurze Jacke und den Sombrero. Im gesellschaftlichen Verkehr und in seinem Haus kleidete er sich jedoch europäisch. Er sah vorzüglich darin aus mit seiner schlanken, breitschultrigen Gestalt, die sich freilich nicht mit der Heinz Römers messen konnte.

Gleich darauf traten die beiden Damen ein, und Alfonso führte Ceda mit munteren Worten zu Tisch, während die Señora Heinz Römers Arm nahm. Señor Ombra folgte allein, und es wetterleuchtete unangenehm in seinen scharfen Augen. Die Anwesenheit dieses Señor Römer behagte ihm nicht, wenn er auch selbst noch nicht wußte, warum. Von seinen indianischen Vorfahren hatte er vielleicht einen starken Naturinstinkt geerbt, der ihn vor Heinz warnte.

Man nahm Platz an einer großen, runden Tafel, die mit kostbarem Damast gedeckt und mit Kristall und reichem Silbergerät bestellt war. Mitten auf dem Tisch stand eine schwere, in Silber getriebene Schale, mit den herrlichsten Früchten gefüllt, wie sie unter Heinz Römers Fenster im

Garten wuchsen. Zwei Diener servierten das Mahl, während ein dritter die Speisen herbeitrug. Es herrschte eine rege Unterhaltung bei Tisch. Die Damen mußten von ihren Reiseerlebnissen erzählen, und selbstverständlich berichtete die Señora, zu Heinz Römers Leidwesen, ausführlich, auf welche Weise er sie und ihre Tochter gerettet hatte. Und sie betonte, wie groß und unerschütterlich ihr Vertrauen in ihn war. Alfonso trank Heinz mit seinem gefüllten Weinglas zu.

»Meine Hochachtung und meine Dankbarkeit, Señor.«

Heinz war es peinlich, der Mittelpunkt des Interesses zu sein. Er war daher froh, als die Señora sich jetzt zu ihrem Generaladministrator wandte: »Señor Römer soll die Vertrauensstellung, die ich ihm auf Reisen eingeräumt habe, auch hier auf Doxana einnehmen. Er soll mir nicht nur als Sekretär behilflich sein, mich besser in die Geschäfte einzuarbeiten, sondern er soll auch als Eleve in den landwirtschaftlichen Betrieb eintreten. Und seine ganze freie Zeit soll er benutzen, um sich in allen Zweigen unseres Betriebes umzusehen. Er hat in Deutschland einige Semester die Landwirtschaftliche Hochschule besucht, und es ist mir lieb, wenn er sich um alles kümmert, was mir zu schwer ist. Über alles soll er mir dann Bericht erstatten. Sie, Señor Ombra, sind zu stark in Anspruch genommen, so daß Sie nicht genügend Zeit haben, mir die nötigen Überblicke über alle Zweige der Bewirtschaftung von Doxana zu verschaffen. Und offen gesagt, Ihre Art, mir Bericht zu erstatten, ist mir zu unverständlich. Señor Römer dagegen weiß mir alles mundgerecht klarzumachen, und ich hoffe, mich mit seiner Hilfe leichter informieren zu können. Sie haben wohl die Güte, Señor Ombra, ihm überall die nötigen Einblicke in alle Zweige des Betriebs zu verschaffen und – auch in die Bücher aller Betriebe, die ja sämtlich Ihrer Kontrolle unterstehen.«

So sprang die Señora tapfer und gewissermaßen mit geschlossenen Augen in die Situation hinein, vor der sie sich ein wenig gefürchtet hatte. Nur Heinz Römers Anwesenheit machte ihr Mut, sonst hätte sie wahrscheinlich nicht gewagt, Señor Ombra eine solche Eröffnung zu machen.

Während die Señora mit Ombra sprach, hatte Heinz diesen scharf beobachtet und dabei bemerkt, daß er etwas blaß wurde und seine Augen düster aufflammten.

»Aber verehrte Señora«, erwiderte Ombra jetzt ein wenig von oben herab, »was soll so ein junger Mann, der keine Ahnung von unserem Land und unseren Betrieben hat, sich für Einblicke verschaffen? Sie als Dame sehen das alles von einer Seite, die durch keinerlei Sachkenntnis getrübt ist. Damen sollten sich um solche Dinge gar nicht kümmern. Ich hoffe doch, daß Sie überzeugt sind, daß in meinen Händen alles gut aufgehoben ist. Machen Sie sich doch den Kopf nicht schwer. Sie bekommen jedes Quartal meine genauen ›Abrechnungen, und damit ist die Sache für Sie erledigt.«

Die Señora warf einen hilfeflehenden Blick auf Heinz. Dieser sprang sofort ein.

»Sie irren, Señor Ombra, wenn Sie annehmen, daß ich nicht in der Lage bin, mir einen klaren Einblick in Ihren Betrieb zu verschaffen. Dazu werde ich sehr bald imstande sein. Wenn Sie meinen, Señora Nordaus Urteil sei von keinerlei Sachkenntnis getrübt, so ist es eben Pflicht ihrer Verwalter, ihr diese Sachkenntnis nach Möglichkeit zu vermitteln. Ich werde es mir daher zur Aufgabe machen, mich erst selbst zu informieren und dann Señora Nordau, soweit es möglich ist.«

Ombras Augen glühten unheimlich zu Heinz hinüber. Dann wandte er sich an die Señora: »Soll das ein Mißtrauensvotum für mich sein?«

Die Señora zuckte unter seinem scharfen, fast drohenden Blick zusammen. »Nein, nein, Señor Ombra, wie gesagt, ich will Sie nur nicht ermüden, Sie bringen nicht die nötige Geduld auf, mich zu informieren. Deshalb soll das Señor Römer tun.«

Jetzt sprang Alfonso Mentora ein, der schon längst ein heimliches Mißtrauen gegen Ombra empfand: »Sie haben ganz recht, Señora! Da Sie seit Ihres Gatten Tod verantwortliche Herrin von Doxana sind, müssen Sie sich auch die nötigen Einblicke in den Betrieb verschaffen. Man darf sich von dieser Verantwortung auch dann nicht frei machen, wenn man die tüchtigsten und zuverlässigsten Verwalter hat, das weiß ich aus eigener Erfahrung. Nach meines Vaters Tod mußte ich mich auch erst mühsam in alles einarbeiten. Und da Señor Ombra zu stark in Anspruch genommen ist durch die Oberverwaltung Ihres Besitzes und Ihrer Fabriken, ist es wohl angebracht, daß Sie eine Vertrauensperson damit beauftragen, Sie auf eine leicht faßliche Art über alles, was im Betrieb vorgeht, auf dem laufenden zu halten.«

Ombra hatte sich auf seinen Lippen herumgebissen. Nun sagte er schroff: »Nun, ich meine doch, daß auch ohne solch eine Vertrauensperson bisher alles gutgegangen ist.«

»Nein – es ist eben nicht gutgegangen, Señor Ombra. Ihre Art, uns Bericht zu erstatten, war immer so schwer verständlich, daß auch ich, so wenig wie meine Mutter, mir ein Bild machen konnte. Weder meine Mutter noch ich konnten uns zurechtfinden«, warf jetzt Ceda energisch und bestimmt ein.

Ombra hatte sich mühsam gefaßt und zwang sich zu einem Lächeln. »Nun gut, es kann schon sein, daß ich mich Damen, die nichts von Geschäften verstehen, nicht verständlicher machen kann. So mag Señor Römer sein Heil versuchen. Ich bin selbstverständlich bereit, ihn in alle Betriebsabteilungen einzuführen, wenn mir das auch unnötige Arbeit machen wird.«

»Es soll Ihnen keine große Mühe machen, Señor Ombra, ich werde mich schon selbst zurechtfinden, wenn ich nur Einblick in sämtliche Bücher bekomme«, bemerkte Heinz ruhig.

Ombra sah ihn unruhig forschend an und sagte sich, daß es ihm sicherlich nicht viel schwerer werden würde, diesem hereingeschneiten Deutschen, den man so wichtig nahm, Sand in die Augen zu streuen wie seinen Herrinnen. So leicht sollte er keinen klaren Einblick erhalten. Das könnte ihm gerade fehlen, sich von neugierigen Augen in die Karten sehen zu lassen. Für die Herrinnen fiel doch wahrlich genug ab, aber auch er wollte sein Schäfchen ins Trockene bringen.

Schlimmstenfalls, wenn der Deutsche gar zu scharfsichtig sein sollte, dann mußte man ihn eben bestechen. Daß für Geld jeder zu haben sei, glaubte Ombra ganz bestimmt. Er taxierte andere Menschen so wie sich selbst.

Heinz hatte ihn scharf beobachtet, und er besaß Menschenkenntnis genug, um sich jetzt schon darüber klar zu sein, daß Ombra ein sehr schlechtes Gewissen hatte.

Dieser verabschiedete sich gleich nach Tisch, wichtige Geschäfte vorschützend. Alfonso Mentora sah ihm mit einem kleinen Lächeln nach. »Es freut mich, Señora, daß Sie sich entschlossen haben, Señor Ombra ein wenig kontrollieren zu lassen. Ich hatte mir, offen gesagt, schon vorgenommen, Ihnen nahezulegen, daß Sie das tun sollten.«

Fragend sah ihn die Señora an: »Oh, Sie mißtrauen Señor Ombra, lieber Alfonso?«

Dieser zuckte die Achseln. »Mißtrauen ist vielleicht ein wenig zu hart ausgedrückt, aber immerhin sind mir einige Zweifel gekommen. Ich habe ganz zufällig eine Entdeckung gemacht, habe in Erfahrung gebracht, daß Señor Ombra ein ziemlich hohes Bankkonto hat, viel, sehr viel höher, als es durch Rücklage aus seinem allerdings sehr hohen Gehalt verständlich sein kann. Ich weiß, daß er, als Sie ihn vor nahezu drei Jahren einstellten, ganz vermögenslos war. Ich halte es für meine Pflicht, Ihnen das zu sagen. Man wird ja meistens ein wenig von seinen Administratoren betrogen. Nun gut, man gönnt Ihnen schließlich auch einen kleinen Nebenverdienst, wenn sie sonst tüchtig sind. Es ist nun mal hierzulande so üblich. Aber es muß alles in Grenzen bleiben, und Señor Ombra dürfte weit über diese Grenzen hinausgegangen sein. Señor Römer«, wandte er sich an diesen, »wenn ich Ihnen mit Informationen dienen kann, bitte, verfügen Sie über mich. Ein leichtes Spiel werden Sie gewiß nicht haben, Señor Ombra ist ein schlauer Fuchs.«

»Ich danke Ihnen, Señor Mentora; wenn ich nicht selber durchkomme, werde ich so frei sein, mir bei Ihnen Rat zu holen. Aber ich habe jahrelang die Geschäfte meines früheren Herrn geführt und mußte mich dabei mit einer sehr verzwickten Buchführung abfinden. Ich bin ganz firm in der doppelten Buchführung, und landwirtschaftliche Berechnungen habe ich bei meinem Studium gelernt. Ich hoffe, daß ich Señora Nordau nach Wunsch bedienen kann.«

»Davon bin ich fest überzeugt, Señor Römer, ich habe Sie, seit wir uns kennen, die schwierigsten Situationen meistern sehen, und ich lege daher alles mit großem Vertrauen in Ihre Hände.«

»Ich hoffe, Señora, daß es mir gelingen wird, Ihr Vertrauen mehr und mehr zu verdienen.«

XIII

Über zwei Monate weilte Heinz nun in Doxana. Er hatte sich mit Feuereifer an seine Aufgabe gemacht. Señora Nordau bedurfte seiner als Sekretär vorläufig sehr wenig, so konnte er fast seine ganze Zeit dazu benutzen, sich in den einzelnen Betrieben umzutun. Es geschah mit Lust und Liebe, und er konnte bald feststellen, daß die beiden dem Generaladministrator unterstellten Administratoren tüchtige Leute waren und ihre Sache gut im Griff hatten. Er hielt sie für tüchtiger als ihren Vorgesetzten, der zwar immer große Worte im Mund führte, aber bei weitem nicht so leistungsfähig war wie die Administratoren. Nur wurden ihm aus allen Betriebsabteilungen immer die Bücher zur Kontrolle und Verrechnung vorgelegt. Dabei war es ihm ohne weiteres möglich, Buchungen zu seinen Gunsten zu machen. Nach seiner ›Kontrolle‹ hatten die Bücher die höchste Instanz passiert und wurden nie mehr nachgeprüft.

Es dauerte nicht lange, bis sich Heinz so gut eingearbeitet hatte, daß er darangehen konnte, Einblick in die Bücher zu nehmen. Er war in dieser Zeit verschiedentlich mit den Damen in Sirena gewesen, wie auch Alfonso Mentora noch oft in Doxana Besuche gemacht hatte, und Heinz verdankte Alfonso Mentora viele wertvolle Winke.

Die Señora hatte Heinz ein gutes Reitpferd eigener Zucht zur Verfügung gestellt. Da er ein exzellenter Reiter war, war es ihm ein Genuß, auf dem Rücken dieses wertvollen Tieres das Gebiet von Doxana zu durchstreifen. Noch mehr Freude machte es ihm, daß ihn Ceda oft auf seinen Ritten begleitete und überall selbst einführte. Man wußte schon auf ganz Doxana, daß Señor Römer eine einflußreiche Persönlichkeit war.

Die gemeinsamen Ritte mit Ceda wurden nicht nur für ihn, sondern auch für sie zu wundersamen Erlebnissen, so ruhig und sachlich sie sich auch immer dabei unterhielten. Sie sprachen fast ausschließlich von Geschäften, und schon jetzt gab sich Heinz Mühe, Ceda mehr und mehr in den Betrieb einzuweihen. Ihm gelang es ohne weiteres, sich verständlich zu machen, auch der Señora gegenüber.

Dieses oft stundenlange Alleinsein der beiden jungen Menschen erschien ihnen, trotz allen Herzwehs, das sie heimlich beide zu verwinden hatten, als ein stilles Glück.

Bei diesen Ritten schwieg für eine Weile Cedas stilles Herzweh um die blonde Christa, und Heinz vergaß ebenso seine immer stärker werdende Eifersucht auf Alfonso Mentora. Er quälte sich mit dem Gedanken, daß dieser sicher bestimmt sei, Cedas Gatte zu werden; er fragte sich dann immer, ob er es ertragen würde, in ihrer Nähe zu bleiben, wenn sie die Gattin eines anderen Mannes geworden wäre. Er sagte sich jedoch, daß, wenn dieser Fall eintreten würde, Ceda mit ihrem Gatten nach Sirena gehen würde.

Aber er wies diese Gedanken immer wieder wie seine schlimmsten Feinde von sich. Er wollte nur dem Augenblick leben und dankbar genießen, was die Stunde bot. Ceda war jetzt wieder gleichmäßig freundlich zu ihm, wenn auch etwas reservierter als in jener Zeit kurz nach der Brandkatastrophe.

Eines Tages kamen sie auf einem ihrer Ritte an den Geisterfelsen vorüber. Heinz sah an dem schroffen, zerklüfteten Gestein empor und sagte sich, wie famos sie sich für einen Bergsteiger eigneten, um in Form zu bleiben. Er sagte Ceda, was Pedro ihm über diese Felsen erzählt hatte. Sie nickte lächelnd.

»Ja, der Aberglaube ist bei unserer Bevölkerung sehr groß, und diese Geisterfelsen müssen bei den Vorfahren der Indios eine große Rolle gespielt haben. Jedenfalls sind sie aus irgendeinem Grund von den Indianern vergangener Zeiten mit einem Sagenkranz umgeben worden. Diese Sagen wirken abschreckend. Finstere Dämonen sollen auf den Geisterfelsen hausen, sie und der schmale Streifen unfruchtbares Land ringsum sollen verflucht sein, daß nie etwas darauf gedeihen soll. Daß sich das ganz natürlich aus der Härte des Gesteins erklärt, glauben die Eingeborenen aber nicht. Sie sind froh, irgendeinen Aberglauben hegen zu können, und so vererbt sich die Furcht von Geschlecht zu Geschlecht. Mein Vater war der Ansicht, daß die alten Indianerstämme wahrscheinlich in der Mulde zwischen den drei Felsen eine heimliche Opferstelle gehabt haben müßten und durch solche Geschichten, an die sie vielleicht sogar selber glaubten, Unberufene zurückschrecken wollten, zu nahe an die Felsen heranzukommen. Die Geisterfelsen werden wirklich von allen Eingeborenen ängstlich gemieden.«

»Während sie mich direkt anlocken – ich werde magnetisch von ihnen angezogen.«

»Warum?«

Er lachte.

»Weil diese Felsen einem Bergsteiger Gelegenheit zu herrlichen Kletterpartien bieten. Hier könnte man direkt eine Hochschule für Bergsteiger anlegen. Die steil abfallenden Wände sind wunderbar zerklüftet, so daß sie zu einer Besteigung direkt verlocken. Ich habe große Lust, diese Felsen von Zeit zu Zeit zu erklimmen, um in Form zu bleiben. Einige meiner freien Sonntage werde ich bestimmt dazu verwenden, wahrscheinlich schon sehr bald.«

Sie sah ihn von der Seite an, und in ihren Augen lag der weiche Schimmer, den er jetzt so selten an ihr sah.

»Sie müssen ein sehr kühner und gewandter Alpinist sein – sonst hätten Sie Mamia und mich damals nicht über den schmalen Mauervorsprung hinwegtragen können. Es ist mir wie ein Wunder erschienen, als ich am nächsten Tag von unten den Weg verfolgte, den Sie mit schwerer Last auf Ihren Armen zurückgelegt haben.«

»Sie stellen sich das schlimmer vor, als es war. Man muß nur im Gleichgewicht bleiben. Freilich war ich bange, daß einer der Mauersteine unter mir abbrechen könne.«

»Und doch trugen Sie erst Mamia hinüber und kehrten noch einmal zurück, um auch mich zu retten.«

Langsam wandte er ihr seine Augen zu. Sie erschrak vor dem Ausdruck, der darinnen lag.

»Sie haben mir hoffentlich nie zugetraut, daß ich Sie hilflos in dem brennenden Saal zurücklassen würde«, sagte er heiser.

Ihre Augen leuchteten auf.

»Nein«, sagte sie fest. »Aber es hat meine Bewunderung erregt, daß Sie zurückkehrten, obwohl Sie fürchten mußten, daß die Steine unter Ihnen nachgeben würden.«

»Ja, das habe ich gefürchtet«, stieß er rauh hervor, »aber nur, weil ich Sie dann mit hinabgerissen hätte. Ich war jedenfalls sehr froh, als ich Sie heil und unverletzt Ihrer Frau Mutter übergeben konnte. Doch wir wollen nicht mehr von diesen Dingen reden.«

Ein weiches Lächeln huschte über Cedas blaß gewordenes Gesicht. »Immer brechen Sie schnell ab, wenn wir auf dieses Ereignis zu sprechen kommen. In ihrer Gegenwart dürfen wir ja überhaupt nicht davon reden. So müssen wir es tun, wenn Sie gerade einmal nicht zugegen sind. Alfonso Mentora muß oft mit anhören, wie wir, Mamia und ich, von Ihrer Heldentat berichten. Er bewundert Sie sehr.«

»Wahrscheinlich, weil ich ihm liebe Freunde retten konnte«, sagte er heiser. Er hatte sagen wollen: Weil ich ihm die geliebte Frau retten konnte! Aber er empfand, daß er kein Recht dazu habe, sich in ihre Familienverhältnisse zu mischen.

»Er hat Sie sehr gern«, sagte sie lächelnd.

»Auch mir ist Señor Mentora sehr sympathisch, ich halte

ihn für einen sehr ehrenhaften Menschen von vornehmer Gesinnung«, erwiderte er, sich heldenhaft dieses Lob für den, wie er glaubte, begünstigten Bewerber der Señorita abringend. Er wollte nicht ungerecht sein, auch da nicht, wo ihn die Eifersucht dazu hätte verleiten können. Nun schnell ein anderes Thema anschlagend, sagte er:

»Also, nächsten Sonntag werde ich den ersten Geisterfelsen besteigen.«

»Sie werden sich in Gefahr begeben«, sagte sie mit leise bebender Stimme.

Er schüttelte lachend den Kopf. »Glauben Sie, daß mich die bösen Geister hinabstürzen werden, die in den Felsen hausen sollen?«

»Selbstverständlich glaube ich nicht an böse Geister, aber ich fürchte Ihre Tollkühnheit. Sie können einen Fehltritt tun.«

Das Herz klopfte ihm rebellisch, weil er merkte, daß sie sich um ihn sorgte. Allerdings wohl nur deswegen, weil ihr und der Mutter der Vertrauensmann verlorengehen könne.

»Ich werde vorsichtig sein«, sagte er weich, »so leicht tue ich keinen Fehltritt. Ich habe schon viel schwierigere Bergpartien gemacht. Ich will ja nur in Form bleiben, und dazu sind die Geisterfelsen wie geschaffen.«

Sie seufzte. Ob er wohl an die blonde Christa dachte, wenn er solche Wagnisse unternahm?

»Sie werden sich also nicht zurückhalten lassen.«

»Nein, Señorita, ich habe es mir schon vorgenommen, solange ich auf Doxana bin, hatte bisher nur keine Zeit gehabt, weil ich die Sonntage brauchte, um mich einzuarbeiten.«

»Ja, Sie haben unermüdlich in unserem Interesse gearbeitet. Was Sie sich vornehmen, das führen Sie auch durch, nicht wahr?«

»Wenn es möglich ist, ja. Aber es gibt leider auch Dinge, die man sich zuweilen vornimmt, und die auszuführen man doch nicht den Mut hat.«

Er dachte dabei daran, saß es ihn schon oft getrieben hatte, Cedas schönen blaßroten Mund zu küssen.

»Ich kann mir gar nicht denken, daß es Dinge gibt, zu denen Ihnen der Mut fehlt.«

Tief seufzte er auf.

»Doch, es gibt solche Dinge, sie erscheinen ganz leicht und sind doch so schwer – so schwer, daß einem der Mut schwindet.«

Forschend sah sie ihn an.

»Darf man fragen, was das für Dinge sind?«

Er sah mit einem bitteren Lächeln vor sich hin.

»Ich kann Ihnen nicht darauf antworten; dazu fehlt mir nämlich auch der Mut.«

Da schoß ihr plötzlich das Blut ins Gesicht. Irgend etwas in seinen Worten erregte sie, und sie zog plötzlich so heftig an ihrem Zügel, daß ihr Pferd nervös zusammenzuckte und in wilder Flucht davonjagte, gerade auf die Geisterfelsen zu.

Heinz erschrak und jagte hinter ihr her. Am Graben, der das öde, unfruchtbare Land um die Felsen begrenzte, holte er sie ein und griff ihrem Pferd fest in die Zügel, so daß es stehenblieb.

»Ihr Pferd scheint sehr nervös zu sein, Señorita, Sie sollten ein solches Tier nicht reiten«, sagte er mit leise bebender Stimme.

Sie sah, daß die Farbe aus seinem Gesicht gewichen war, und das machte sie unruhig. Aber ärgerlich über sich selbst, lachte sie heiter auf.

»Oh, das macht nichts, man muß es nur laufen lassen. Den Graben hätte es mit Leichtigkeit genommen – aber vielleicht wäre ich bei dem Sprung aus dem Sattel gefallen, ich saß nicht fest.«

Schnell sprang er ab und untersuchte den Sattelgurt. Seine Hand bebte leise dabei; sie sah es, und ein wunderliches Gefühl bemächtigte sich ihrer bei dieser Wahrnehmung. Warum bebte seine Hand, und warum war alle Farbe aus seinem Gesicht gewichen?

»Es ist alles in Ordnung«, sagte er nun wieder ganz ruhig. »Bitte, rücken Sie sich zurecht, damit Sie wieder fest im Sattel sitzen.«

Sie tat, wie er geheißen. Seine Augen sahen zu dem Graben hinüber.

»Wozu ist dieser Graben angebracht?« fragte er.

»Es ist ein Grenzgraben, weil auf dieser Seite unser Besitz zu Ende geht und hinter den Felsen Sirena beginnt.«

»So weit der Graben die Felsen umgibt, gehört der Boden samt den Felsen der Regierung?«

»Ja, sie legt aber ebenfalls keinen Wert darauf. Niemand will dieses öde Land und die verrufenen Felsen besitzen.«

Forschend sah er an den Felsen empor und wunderte sich, daß er ganz deutlich etwas wie einen Drang verspürte, der ihn zu den Felsen hinzog.

»Auf Wiedersehen Sonntag!« rief er ihnen zu.

Ceda mußte lachen. »Sie sind höflich und künden den Geistern Ihren Besuch an.«

Er lachte mit.

»Man soll ihnen doch nicht unangemeldet lästig fallen.«

Damit wandten sie sich ab und ritten weiter.

Diese Unterhaltung hatten sie in deutscher Sprache geführt. Ceda hatte Heinz darum gebeten, daß sie, wenn sie allein waren, immer deutsch sprechen wollten, damit sie in Übung bliebe.

Als sie von diesem Reitausflug nach Hause zurückkehrten, war Alfonso Mentora da. Er saß mit der Señora in den offenen Arkaden, die das ganze Haus umgaben. Mit einem forschenden Blick sah er den beiden entgegen. Er wollte hinübergehen und Ceda vom Pferd heben, aber Heinz war schon aus dem Sattel gesprungen und ihm zuvorgekommen. Und seltsam, wieder fühlte Ceda deutlich, daß seine Hände bebten. Sie wurde aber durch Alfonso schnell abgelenkt. Er begrüßte sie herzlich wie immer, und sie plauderte einige Worte mit ihm. Dann sagte sie bittend: »Entschuldige mich noch einige Minuten, Alfonso, ich will mich schnell umkleiden. Du bleibst doch noch?«

»Ja, Ceda, ich habe etwas mit dir zu besprechen.«

Sie nickte. Heinz ritt, nachdem er Alfonso begrüßt hatte, zu den Wirtschaftsgebäuden hinüber, Cedas Pferd am Zügel mit sich führend. Er hatte noch drüben im Rentamt zu tun. Dort wartete Señor Ombra auf ihn, der ihm heute die Bücher der Zuckerfabrik vorlegen wollte.

Heinz hatte schon einige der Betriebsbücher geprüft, aber bisher hatte er seiner Herrin noch keinen Bericht erstattet. Er hatte sie gebeten, ihm noch etwas Zeit zu lassen.

Señor Ombra erwartete ihn schon im Rentamt, wo sich sein Büro befand. Mit einem haßerfüllten Blick sah er Heinz entgegen. »Sie sind unpünktlich, Señor Römer, meine Zeit ist begrenzt.«

Heinz sah auf die Uhr.

»Vier Minuten Verspätung. Ich bitte um Entschuldigung, aber ich war mit der Señorita ausgeritten. Ihr Pferd ging durch. Das hat uns einige Minuten Zeit gekostet, sonst wäre ich pünklich gewesen. Ich sehe, Sie haben das Hauptbuch aus der Zuckerfabrik schon hier.«

»So ist es. Sie können die Prüfung gleich hier vornehmen, ich werde Ihnen die nötigen Erklärungen geben.«

So hatte Ombra fast jedesmal gesagt, wenn Heinz eines der Bücher durchsehen wollte, aber ebensooft hatte Heinz dieses Anerbieten zurückgewiesen. Auch heute sagte er ruhig und bestimmt: »Es bedarf keiner Erklärungen, die Bücher sprechen für sich selbst.«

Es zuckte in Ombras Augen auf, aber er sagte scheinbar ruhig: »Sie haben mir noch gar nicht gesagt, ob Sie alles, was Sie bisher kontrollierten, in Ordnung fanden. Ich weiß natürlich, daß alles in Ordnung ist, aber – ich möchte mir das auch von Ihnen bestätigen lassen, da Sie nun einmal von Señora Nordau als Revisor eingesetzt wurden – überflüssigerweise.«

Heinz antwortete nicht. Er machte sich an die Durchsicht des Buches. Nervös glitten Ombras Hände an seiner dicken goldenen Uhrkette auf und ab. Sein Blick flog immer wieder zu Heinz hinüber, der mit undurchdringlicher Miene die einzelnen Posten durchsah, und er versuchte ihn immer wieder zu stören und abzulenken.

Das ganze Buch konnte Heinz selbstverständlich nicht auf

einmal durcharbeiten, er machte hier und da Stichproben. Auch in diesem Buch fand er, wie in allen anderen, die ihm vorgelegt worden waren, allerlei Unregelmäßigkeiten und Fehler, die zwar verschleiert waren, aber für ihn doch erkennbar blieben. Ombra suchte ihn immer wieder abzulenken, machte sich allerhand zu schaffen, aber er hatte anscheinend nicht die Ruhe, eine Arbeit durchzuführen. Immer wieder sah er mit tückischen Blicken zu Heinz hinüber.

Als dieser sich nach einigen Stunden angestrengter Arbeit aufrichtete und sich aufatmend zurücklehnte, sah ihn Ombra mit einem erzwungenen Lachen an. »Nun also, nicht wahr, es ist alles in bester Ordnung?«

Heinz erhob sich und klappte das Buch mit einem festen Schlag zu. »Nein!« sagte er hart und laut, und jeder Zug seines Gesichtes zeigte angespannte Energie.

Ombra verfärbte sich.

»Was soll das heißen?«

»Daß dies Buch gefälscht ist wie alle anderen auch, die ich bisher, wenn auch erst flüchtig, durchsah.«

»Señor!« rief Ombra drohend.

Heinz sah ihn fest an. »Sie müssen nicht glauben, daß Sie mir Sand in die Augen streuen können wie den beiden Damen, die von Buchführung keine Ahnung haben. Wie weit diese Fälschungen gehen, kann ich vorläufig noch nicht feststellen, aber ich werde es auf Heller und Pfennig ausrechnen. Daß Fälschungen in den Büchern vorliegen und auch sonst im Betrieb Unregelmäßigkeiten vorgekommen sind, ist sicher, und zwar in großem Ausmaß.«

Da wurde Ombra plötzlich sehr klein. Er machte ein klägliches Gesicht.

»Sie werden mich nicht unglücklich machen. Ich habe schon so viel Unglück im Leben gehabt. Es kann ja sein – ich bin überlastet, daß sich kleine Fehler eingeschlichen haben. Aber das kommt überall vor.«

»In einem geordneten Betrieb darf das nicht vorkommen. Diese ziemlich regelmäßigen Fälschungen können unmöglich auf Irrtümer zurückgeführt werden. Es liegt System darin. Und es ist doch sonderbar, daß all diese Fehler immer nur zum Schaden der Señora vorkommen. Nie ist ein Fehler zu ihren Gunsten gebucht worden. Und es scheint sich um recht beträchtliche Summen zu handeln.«

Ombra biß auf den Enden seines Schnurrbartes herum. Seine Augen blickten tückisch, aber feige. Plötzlich trat er dicht an Heinz heran.

»Señor Römer, ich hoffe, Sie machen kein Aufhebens von diesen Kleinigkeiten. Die Señora ist ungeheuer reich, was kommt es da auf solche Bagatellen an. Man muß sehen, wo man bleibt, wenn man nicht ewig ein armer Schlucker bleiben will. Ich möchte auch einmal ein Stück eigenes Land besitzen – wie soll man sonst dazu kommen? Seien Sie vernünftig, wir wollen gemeinsame Sache machen. Sie sind auch ein armer Schlucker, so wie ich. Wenn wir zusammenarbeiten, bringen wir es zu etwas, ohne daß die reiche Señora verarmt. Für sie bedeutet das doch wirklich nur eine Bagatelle. Ich – ich schätze die Summe auf – auf zwanzigtausend Pesos. Teilen wir also, Sie bekommen zehntausend Pesos; und in Zukunft teilen wir auch, selbstverständlich nur, wenn Sie der Señora berichten, daß alles in den Büchern in Ordnung ist. Sie brauchen nicht weiter nachzuforschen. Sparen Sie sich die Arbeit, wir können sie nützlicher für uns verwenden. Und mir ersparen Sie Verdruß und Ärger.«

Heinz' Stirn rötete sich jäh. Am liebsten wäre er Ombra an die Gurgel gefahren, aber er bezwang sich. Keine Miene seines Gesichts verriet, was er dachte. Ruhig nahm er das schwere Buch unter den Arm und sagte beherrscht: »Ich will das Buch nun genau durchsehen, mit den flüchtigen Proben bin ich fertig. Jetzt soll eins nach dem anderen genau geprüft und nachgerechnet werden.«

»Also fünfzehntausend Pesos für Sie!« bot Ombra nervös.

Heinz sah ihn mit einem sonderbaren Blick an. »Wir werden sehen!« sagte er rätselhaft, ließ Ombra stehen und ging mit dem Buch hinaus.

Er wollte sich von seiner Empörung nicht hinreißen lassen.

Ombra sollte vorläufig im ungewissen bleiben, ob er auf sein Angebot einging oder nicht. Denn, so sagte sich Heinz, trieb er jetzt schon die Sache auf die Spitze, mußte der ungetreue Generaladministrator Knall auf Fall entlassen werden, und die Señora hatte den doppelten Schaden. Denn schließlich mußte jemand die Oberleitung des Betriebes in Händen halten, und er selbst fühlte sich vorläufig noch nicht in der Lage, diese zu übernehmen. Also mußte er an sich halten und Ombra eine Hoffnung lassen, daß er gemeinsame Sache mit ihm mache. Er mußte ihn hinhalten, ihn genau kontrollieren und jeden Groschen, den er veruntreut hatte, nachrechnen, damit er ihm seinen Raub wieder abjagen konnte. Vorläufig mochte er ruhig noch im Amt bleiben, die nötigen Maßnahmen zum Schutz der Señora würde er, Heinz, schon treffen.

Er ging mit dem schweren Hauptbuch zum Wohnhaus hinüber, wo er es in seinem Arbeitszimmer genau prüfen wollte. Im Rentamt ließ ihm Ombra nicht die nötige Ruhe.

XIV

Als Ceda sich umgekleidet hatte und zu ihrer Mutter und Alfonso Mentora unter die Arkaden trat, sagte sie lächelnd: »Nun, Alfonso, was hast du mir mitzuteilen?«

Dieser sah auf die Señora, der er sein Anliegen schon mitgeteilt hatte, und sie erhob sich sogleich.

»Ich lasse euch eine Weile allein. Auf Wiedersehen nachher! Alfonso, Sie gehen nicht, bevor ich zurück bin!«

Mentora erhob sich, begleitete sie bis zur Haustür und öffnete sie. Freundlich lächelte sie ihm zu und verschwand. Alfonso setzte sich zu Ceda, ihre Hand ergreifend. »Ceda, ich habe deiner Mutter gesagt, was ich mit dir besprechen wollte. Leider hat sie mir wenig Hoffnung gemacht. Trotzdem will ich es wagen, mein Glück bei dir zu suchen. Du weißt, daß unsere Väter uns füreinander bestimmt haben. Ich habe dir durch mein Verhalten immer bewiesen, daß ich mich glücklich schätzen würde, könnte dieser Wunsch unserer Väter in Erfüllung gehen. Es hat keinen Zweck, wenn ich länger zögere, dich zu fragen, ob du meine Frau werden willst.«

Ruhig hatte Ceda zugehört. Nun fuhr sie leicht mit der Hand über seine Stirn. Es lag etwas Schwesterliches in dieser kleinen Liebkosung. »Ich weiß, mein lieber Alfonso, daß du mir genau mit denselben Gefühlen gegenüberstehst wie ich dir. Wir kennen uns von Kind auf. Von Kind auf hat man uns darauf hingewiesen, daß wir einmal Mann und Frau werden sollen. Ich weiß nicht, ob das ein Fehler war, ich weiß nur, daß ich von Jahr zu Jahr deutlicher gefühlt habe, daß ich nicht deine Frau werden kann – niemals!«

Er richtete sich auf. »Ist das dein Ernst, Ceda?«

»Ja, Alfonso, und mein unerschütterlicher Entschluß. Sei doch ehrlich, im Grunde bist du ganz froh, daß ich es dir auf diese Weise ermögliche, den Wunsch deines Vaters vergessen zu können. Von ihm ging hauptsächlich dieser Plan aus, auch wenn mein Vater gern seinen Segen dazu gegeben hätte. Du denkst an diese Heirat nur, weil es dein Vater wünschte und weil nun mal die Verhältnisse gut zusammenpassen. Du wirst gewiß nicht an gebrochenem Herzen sterben, wenn ich nicht deine Frau werde. Wir kennen uns doch viel zu gut, Alfonso. Wie ein Bruder bist du mir allezeit lieb gewesen, wie ein guter, lieber Freund. Unser Verhältnis zueinander ist so, wie es ist, viel zu schön, als daß wir es durch eine unglückliche Heirat zerstören dürften. Es ist mir wirklich unmöglich, deine Frau zu werden.«

»Du betrübst mich, Ceda!«

»Glaube das nicht! Du bist im Gegenteil ganz zufrieden damit, daß wir kein Ehepaar werden, bist nur viel zu höflich und ritterlich, um mir das zu zeigen. Bestimmt würden wir keine glückliche Ehe führen, so gut wir uns auch als Freunde verstehen. Zu einer Ehe gehört mehr oder weniger, als wir uns gegenseitig zu bieten haben. Eines Tages wirst du mir zustimmen, wenn du das jetzt auch noch nicht tun willst. Wenn du erst die Frau gefunden hast, die du wirklich liebst, wirst du mir dankbar sein. Ohne echte Liebe ist eine Ehe für mich undenkbar, und ich könnte dir nicht die rechte Frau sein. Sei mir bitte nicht böse! Ich meine es gut, auch mit dir, ich habe dich viel zu lieb, um dir eine Komödie vorspielen zu können. Du bist es wert, von ganzem Herzen von einer Frau geliebt zu werden. – Laß dir raten, warte auf diese Frau, sie wird bestimmt in dein Leben treten. Dann wirst du mir dankbar sein, daß ich uns beide vor einem verhängnisvollen Irrtum bewahrt habe. Laß uns weiter gute, treue Freunde bleiben, ich weiß, du fühlst absolut nicht anders als ein guter Freund für mich. Du wolltest pietätvoll den Wunsch deines Vaters erfüllen, deshalb hieltest du um meine Hand an. Ist es nicht so, Alfonso?«

Er küßte ihre Hand und sah sie unsicher an. »Ich habe es mir sehr hübsch vorgestellt, mit dir verheiratet zu sein.«

»Nun ja, solange du dein Herz nicht entdeckt hast. Ein Mann kann ja wohl eher an eine Ehe denken, auch wenn die rechte Liebe nicht vorhanden ist, aber eine Frau – eine Frau wie ich – soll sich nur verschenken, wenn sie im Herzen die zwingende Notwendigkeit fühlt. Die aber fühle ich nicht – dir gegenüber.«

Wieder küßte er ihre Hand.

»Ich muß mich wohl damit abfinden, aber du kannst mir glauben, es tut mir wirklich leid. Deine Mutter hat mich schon etwas vorbereitet, als ich ihr sagte, daß ich um dich anhalten will. Ihr tut es ebenfalls sehr leid, daß du mich nicht heiraten willst. Aber wie du mir das alles sagst, sehe ich ein, daß du mich wirklich nicht heiraten kannst. So, wie du empfindest, ist es eben für dich nicht möglich. Weißt du, was ich glaube, Ceda?«

»Nun?«

»Daß du einen anderen Mann liebst – mit der richtigen Liebe. Du bist anders als früher.«

Das Blut schoß ihr ins Gesicht. »Wie kommst du darauf?«

Er streichelte ihr die Hand.

»Ich weiß nun schon, daß ich recht habe mit meiner

Vermutung – und sehe auch ein, daß mir keine Hoffnung bleibt.«

Sie vermochte nicht zu lügen, sie sagte nur: »Es darf dich nicht betrüben, Alfonso. Bitte, sag mir zur Beruhigung, daß ich mich nicht irre, wenn ich annehme, daß du nicht anders für mich empfindest als ich für dich. Ich möchte dir nicht weh tun.«

Er lächelte ein wenig, dann sagte er ruhig:

»Ein Korb tut immer weh, wenn auch oft nur unserer Eitelkeit. Aber beruhige dich, der Schmerz ist nicht so groß, als daß ich dich nicht einem anderen Mann gönnen würde, wenn du dein Glück bei ihm finden kannst, zumal wenn wir gute Freunde bleiben. Ganz ehrlich, es würde mich mehr schmerzen, wenn du mir deine Freundschaft gekündigt hättest.«

»Das wird nie geschehen, Alfonso, das weißt du.«

»Nun ist alles wieder gut zwischen uns, und du vergißt, daß ich als Bewerber aufgetreten bin.«

»Alles ist gut – alles ist vergessen, außer, daß wir die alten geblieben sind, Alfonso.«

Sie sprachen nun von anderen Dingen. Als die Señora nach einer Weile zurückkam, fand sie die beiden in einer friedlichen Unterhaltung. Sie sah forschend in die jungen Gesichter. Ceda nickte ihr lächelnd zu.

»Wir haben uns friedlich geeinigt, Mamia, es soll sich an unserem Verhältnis nichts ändern.«

Die Mutter seufzte tief.

»Ich sehe mit Grausen, Ceda, daß du darauf zusteuerst, eine alte Jungfer zu werden.«

Alfonso faßte die Hand der Señora.

»Beruhigen Sie sich, Señora, Ceda wird sicherlich eines Tages einen Mann beglücken – und dann wird es ein ganz großes Glück werden. Es wäre auch jammerschade, wenn es nicht geschehen würde.«

Er sah Ceda dabei mit einem verständnisinnigen Blick an, der aber nur ein schmerzliches Zucken um Cedas Mund auslöste. Sie brachte schnell ein anderes Thema zur Sprache und sie saßen noch zusammen, als Heinz Römer vom Rentamt zurückkam. Die Señora rief ihn an, und er kam herbei.

»Was tragen Sie da für ein großes Buch unter dem Arm, Señor Römer?« fragte Ceda.

»Es ist das Hauptbuch von der Zuckerfabrik, Señorita.«

»Was wollen Sie damit?«

»Es ausführlich durcharbeiten. Ich bin jetzt mit der oberflächlichen Durchsicht der Bücher fertig, habe in jedem Stichproben gemacht und will nun eines nach dem anderen genau durcharbeiten. Das braucht Zeit, deshalb will ich es mit in mein Arbeitszimmer nehmen.«

»Welches Ergebnis hatte die flüchtige Durchsicht?« fragte die Señora gespannt.

Heinz sah zu Alfonso Mentora hinüber.

»Wünschen Sie, Señora, daß ich offen vor Señor Mentora darüber spreche?«

»Señor Mentora ist unser Freund, das wissen Sie, sprechen Sie ungeniert, aber legen Sie erst das schwere Buch weg und setzen Sie sich zu uns.«

Heinz legte das Buch auf einen kleinen Tisch und setzte sich zu den anderen. Hier in dem Säulengang war es kühl und luftig, man saß hier sehr angenehm.

»Ich muß Ihnen die betrübliche Mitteilung machen, Señora, daß ich in jedem der Bücher Unstimmigkeiten, wenn nicht Fälschungen gefunden habe. Da alle diese Bücher letztlich Señor Ombra zur Durchsicht und Kontrolle übergeben werden, kommt nur er als Urheber dieser – Unstimmigkeiten – in Frage. Sie hätten ihm sonst auffallen müssen.«

Die beiden Damen waren zusammengezuckt.

»Also doch!« rief Ceda.

Alfonso Mentora richtete sich interessiert auf. »Ich dachte es mir!«

»Mein Gott, so hat mich meine Ahnung nicht betrogen! Aber was nun?« fragte die Señora.

»Ich bin mit meinem Bericht noch nicht zu Ende. Auf keinen Fall hätte ich schon über meine Entdeckungen gesprochen, wenn ich nicht handfeste Beweise in den Händen hätte.

Diese Beweise hat mir Señor Ombra heute selbst geliefert. Jedesmal wenn ich eines der Bücher durchgesehen hatte, fragte er mich, ob alles in Ordnung sei. Ich blieb ihm die Antwort schuldig. Als ich heute in dem Hauptbuch der Zukkerfabrik ziemlich große Unterschlagungen entdeckte und er mich wieder fragte, ob alles in Ordnung sei, sagte ich: ›Nein!‹ Und ich sagte ihm auf den Kopf zu, daß er Fälschungen vorgenommen habe. Erst wollte er leugnen – aber dann besaß er die Unverschämtheit, mich bestechen zu wollen. Er bot mir zunächst die Summe von zehntausend Pesos an.«

»Ah, Sie haben ihn gebührend zurechtgewiesen für diese Unverschämtheit?« fragte Ceda zornig.

Heinz Römer lachte grimmig.

»Ich hätte ihn gern dafür ins Gesicht geschlagen, aber ich sah ein, daß ich Sie, Señora Nordau, nicht plötzlich des obersten Verwalters berauben konnte. Sie kämen dann in Bedrängnis. Ich fühle mich noch nicht in der Lage, Ihnen Señor Ombra voll zu ersetzen, obwohl ich sehr bald dazu imstande sein werde, da die beiden Administratoren, soweit ich beurteilen kann, äußerst tüchtig sind und hier überhaupt die Hauptarbeit leisten müssen.«

»O ja, sie haben schon unter meines Mannes Leitung gearbeitet und sein Vertrauen besessen. Nur eignen sie sich eben nicht dazu, die Oberleitung zu übernehmen.«

»Dazu fehlt es ihnen vielleicht an Initiative. Aber wie gesagt, sie sind tüchtig und, soweit ich beobachten konnte, einwandfrei. Außerdem sind sie Ihnen und der Señorita treu ergeben. Wenn ich mich noch einige Wochen einarbeiten kann, denke ich, daß ich die Geschäfte mit den beiden Administratoren so führen kann, daß Ihnen kein Schaden entsteht, sobald Señor Ombra entlassen sein wird. Aber nun hören Sie bitte weiter. Als ich nicht gleich auf die zehntausend Pesos anbiß, bot er mir fünfzehntausend. Ich zog es nun vor, mich zurückzuziehen, weil ich fürchtete, daß der Zorn mit mir durchgehen könnte. Ich sagte nur: ›Wir werden sehen!‹ Mit Absicht will ich ihn in dem Glauben lassen, daß ich mich an seinen Schurkereien beteilige, wenn er nur genug dafür zahlt.

So habe ich ihn wenigstens fest und hindere ihn, irgendwelche Vorkehrungen zu treffen, um seinen Raub in Sicherheit zu bringen, bevor ich nicht genau die Höhe seiner Veruntreuungen festgestellt habe. Zur Sicherheit möchte ich allerdings Señor Mentora um seine Mithilfe bitten, Señor Ombra daran zu hindern, seinen Raub beiseite zu schaffen.«

Alfonso Mentora richtete sich auf und fragte: »Was kann ich dabei tun? Sie können sicher sein, daß ich mich gern zur Verfügung stellen werde, um die Damen vor Schaden zu bewahren.«

»Das nahm ich als sicher an, Señor! Sie sprachen von einem außerordentlich hohen Bankguthaben Señor Ombras. Stehen Sie vielleicht mit der Bank in Verbindung, wo er es deponiert hat?«

»Ja, ich selber arbeite mit dieser Bank in Zacatecas, und der Direktor ist ein Freund von mir. Unter Diskretion – er war es, der mir vertraulich mitteilte, daß Señor Ombra ein auffallend hohes Konto habe und für einen großen Betrag Wertpapiere habe ankaufen lassen, die im Depot liegen.«

»Ah, das trifft sich gut! Ich möchte Sie bitten, dem Bankdirektor einen Wink zu geben, daß Señor Ombra vorläufig auf keinen Fall größere Beträge ausgezahlt werden und daß ihm auch die im Depot liegenden Wertpapiere unter irgendeinem Vorwand vorenthalten werden, falls er sie würde abheben wollen. Auf diese Weise wäre die Señora gesichert, ohne daß Polizei eingeschaltet werden muß, was, wie ich mir denke, den Damen nicht angenehm sein dürfte.«

»Wenn es zu vermeiden ist, dann keine Polizei, Señor Römer. Wenn Señor Ombra uns auch betrogen hat, ich mag keinen Menschen ins Gefängnis bringen, wenn es sich vermeiden läßt!« rief die Señora.

Heinz verneigte sich. »Das dachte ich mir. Wollen Sie mir also helfen, Señor Mentora?«

»Selbstverständlich, und ich denke, es wird sich machen lassen. Gleich morgen fahre ich nach Zacatecas und erledige die Angelegenheit, ich habe ohnedies auf der Bank zu tun.«

»Sollte der Bankdirektor das Konto und das Depot Señor

Ombras nicht einfach sperren können, dann bitten Sie ihn wenigstens, jede Auslieferung um einige Tage hinauszuzögern und uns sofort Nachricht zu senden, damit wir die notwendigen Schritte unternehmen können. Dafür wird sich schon ein Vorwand finden.«

»Es soll alles nach Ihren Wünschen geschehen.«

»Und wir geraten nur wieder tiefer in Ihre Schuld, Señor Römer«, sagte die Señora. »Es ist bewundernswert, wie Sie auch hier wieder über der Situation stehen.«

Ceda aber sah verstohlen mit einem unbeschreiblichen Blick zu Heinz hinüber. Er bemerkte diesen Blick nicht, aber Alfonso Mentora fing ihn auf. Da wurde ihm noch viel klarer, was er schon geahnt hatte, daß Heinz Römer der Mann war, den Ceda liebte. Ein wenig mußte er doch mit dem bedrükkenden Gefühl ringen, daß er um seinetwillen von Ceda ausgeschlagen worden war. Aber das ging schnell vorüber. Er mußte sich ehrlich eingestehen, daß er Ceda doch nicht genug liebe, um ihr zu mißgönnen, daß sie eines Tages vielleicht mit diesem jungen Deutschen sehr glücklich werden könne. Und Heinz hatte ihm nun schon genügend Beweise seines inneren Wertes gegeben, daß er zugestehen mußte, sie habe keine schlechte Wahl getroffen.

»Bitte, sprechen Sie nicht von Schuld, Señora, ich habe meine Pflicht getan, nicht mehr.«

»Viel mehr als Ihre Pflicht tun Sie. Aber nun sollten Sie wenigstens einen langfristigen Vertrag unter besseren Bedingungen mit uns abschließen. Es ist selbstverständlich, daß Ihr Gehalt wesentlich erhöht werden muß, wenn Sie die verantwortungsvolle Stelle eines Generaladministrators von Doxana einnehmen. Ich lege vertrauensvoll schon jetzt die Oberleitung in Ihre Hände, und Ihre Stellung soll dann mindestens so hoch dotiert werden wie die Señor Ombras.«

Erschrocken wehrte Heinz ab.

»Davon kann keine Rede sein, Señora. Bis ich Ihnen wirklich die Dienste eines Generaladministrators erfüllen kann, wird noch viel Zeit vergehen. Eines Tages hoffe ich, soweit zu sein, und dann können wir weiter davon sprechen. Aber vorläufig lassen Sie bitte die alten Bedingungen noch gelten. Ich möchte auf keinen Fall das Gefühl haben, daß Sie mich überbezahlen. Bitte warten Sie auch noch etwas mit der Abfassung des Vertrages – bis ich selbst überzeugt bin, daß ich das Amt, das Sie mir übergeben wollen, wirklich ausfüllen kann. Noch habe ich viel zu lernen – und es macht mir Freude und ist mir Lohn genug, daß Sie mir Gelegenheit geben, mich vollends als Landwirt ausbilden zu können.«

Kopfschüttelnd sah die Señora zu ihm auf. Dann blickte sie zu Alfonso Mentora hinüber. »Was sagen Sie zu diesem halsstarrigen Mann, Alfonso? So ist er immer. Keinerlei Vorteil nimmt er für sich wahr. Und man muß ihm noch gut sein für so viel Unvernunft. Längst schon könnte er im Besitz eines glänzenden Vertrags sein, denn ich erfülle alle seine Ansprüche und werde noch gut dabei fahren.«

Alfonso sah mit einem warmen Blick in Heinz Römers verlegenes Gesicht. »Sie haben einen guten Griff getan, Señora, das weiß ich längst.«

Heinz sprang auf und griff nach dem Hauptbuch.

»Jetzt will ich nicht länger stören! Ich möchte noch einige Stunden an der Durchsicht dieses Buches arbeiten. Bitte, Señora, lassen Sie Señor Ombra nicht merken, daß ich Sie informiert habe. Er muß glauben, daß ich ihn nicht verraten werde. Auch Sie bitte ich, Ihr Benehmen ihm gegenüber danach einzurichten, Señorita.«

Die Damen versprachen es, und Heinz zog sich zurück. Ceda sah ihm mit einem selbstvergessenen Blick nach, und auch diesen Blick fing Alfonso Mentora auf. Jetzt konnte er aber schon ein wenig lächeln – es tat wirklich nicht sehr weh, annehmen zu müssen, daß Ceda diesen Deutschen liebte.

»Ist er nicht ein großartiger Mensch, Alfonso?« fragte die Señora.

Er nickte.

»Unbedingt ein vornehmer Charakter, ganz abgesehen davon, daß er ein Mann von hoher Intelligenz ist. Findest du ihn nicht auch bewundernswert, Ceda?«

Diese Frage konnte er nicht unterdrücken und er sah lächelnd, daß sie rot wurde. Sie sagte aber bestimmt: »Ein Ritter ohne Furcht und Tadel!«

Eine Weile blieb es still. Dann sagte Ceda, um ein anderes Thema aufzubringen: »Denk dir, Mamia, Señor Römer will die Geisterfelsen besteigen.«

Überrascht sahen Alfonso und die Señora zu ihr hinüber. »Die Geisterfelsen?«

»Ja, Mamia, er will seine freien Sonntage dazu benutzen, auf die Felsen hinaufzuklettern.«

»Aber um Himmels willen, weshalb denn?«

»Nur um in Form zu bleiben. Du weißt doch, daß er ein kühner Bergsteiger ist. Er sagte mir vorhin, als wir zusammen an den Felsen vorüberritten, daß diese einem Bergsteiger die besten Möglichkeiten böten, in Form zu bleiben.«

»Und wenn er dabei verunglückt?«

»Das scheint er für ausgeschlossen zu halten. Für ihn ist das anscheinend nur ein Kinderspiel«

»Was sagen Sie dazu, Alfonso?«

»Wenn es ihm Vergnügen macht! Sport ist Sport. Wenn Señor Römer am Klettersport Gefallen findet, soll man ihn nicht hindern.«

»Aber – gerade die Geisterfelsen?«

Die beiden jungen Menschen lachten.

»Mamia, du bist doch nicht etwa abergläubisch?«

»Nein, nein – nur – ach, ich weiß nicht – es sind doch schrecklich unheimliche Felsen. Kein vernünftiger Mensch geht in ihre Nähe.«

Alfonso lachte.

»Oh, Señora, jetzt wollen Sie Señor Römer unter die unvernünftigen Menschen rechnen, bloß weil er gerne auf Berge steigt. Ich würde freilich nie auf den Gedanken kommen, aber ich bin auch kein Bergsteiger. Ich sage noch einmal, Sport ist Sport. Wenn ich ein besonders wildes Pferd besteige, um es zuzureiten, kann ich auch stürzen und verunglücken, und doch würde ich mich nie davon abhalten lassen. Ein Mann muß etwas zu wagen haben, sonst ist er nicht mit sich zufrieden.«

XV

Früh am Sonntagmorgen brach Heinz auf, um zum Geisterfelsen hinüberzureiten. Sein Pferd sah sich etwas mißtrauisch nach ihm um, als er mit den schweren Bergstiefeln in den Sattel stieg. Seinen Browning hatte er für alle Fälle zu sich gesteckt, und auch seine kurze Bergaxt hing an seinem Ledergürtel. Ein festes Seil hatte er um Hals und Schultern gewickelt. Den Browning hatte er erst zuletzt zu sich gesteckt, als er daran dachte, daß sich vielleicht irgendwelches Gesindel zwischen den Geisterfelsen verkrochen haben oder ein Raubtier ihm über den Weg laufen könne, das sich zwischen den Felsen versteckt hatte. Wegen des Gesindels hätte er aber beruhigt sein können, in der ganzen Umgegend wäre kein Mensch aus Furcht vor Dämonen freiwillig über den Graben hinausgegangen, der das Ödland umgab.

Heinz hatte sein Pferd selbst gesattelt, weil so früh am Morgen noch niemand in Doxana aufgestanden war. Und zu Fuß war der Weg bis zu den Felsen zu weit. Er wollte das Pferd, ehe er den Graben überschritt, an einen Baum binden, wo es weiden konnte, bis er wieder vom Felsen herunterkommen würde.

Froh und tatendurstig brach er auf. Er warf noch einen Blick zu Señor Ombras Haus hinüber. Mit ihm hatte er in den letzten Tagen nicht viel gesprochen, hatte ihm nur auf die erneute Frage geantwortet, er möge ihm Zeit lassen.

Señor Ombra, der im Benehmen der Damen keinerlei Änderung bemerkt hatte, war davon überzeugt, daß auch Heinz bestechlich sei. Er fürchtete nur, daß er sehr teuer werden würde, falls er wirklich imstande war, die Höhe der Unterschlagungen herauszufinden. Und unangenehm scharfsinnig schien er zu sein. Nun, man mußte ihm den Mund stopfen, das war nicht zu vermeiden. Aber einen grimmigen Haß warf er auf ›die deutsche Spürnase‹. Was hatte er hier herumzuspionieren? Die Herrinnen bekamen doch noch reichlich genug und konnten nicht annähernd verbrauchen, was Doxana abwarf. Selbst dann nicht, wenn sie das Geld mit vollen Händen hinauswarfen. Warum sollte sich da ein armer, vom Unglück verfolgter Schlucker nicht ein bißchen bereichern? Señor Ombra tat sich so leid, wie er sich zeit seines Lebens leid getan hatte, obwohl es nur an ihm selber lag, daß er es nicht weiter gebracht hatte.

Heinz ahnte sehr wohl, daß Ombra nicht gut auf ihn zu sprechen war, aber das kümmerte ihn wenig, und bestimmt jetzt nicht, wo er sich so sehr auf seine Bergtour freute. Er konnte es kaum erwarten, bis er die Geisterfelsen, die ihn so unwiderstehlich anzogen, erreicht hatte.

Es war gegen sieben Uhr, als er bei dem das öde Gebiet der Geisterfelsen umgebenen Grenzgraben anlangte. Er sprang vom Pferd und band es an einem Baumstamm fest. Dann steckte er den Imbiß zu sich, den er in der Satteltasche verwahrt hatte. Er hatte Pedro gestern abend gebeten, ihm diesen Imbiß zu besorgen, und er hatte es sehr gut gemeint. Lächelnd verstaute Heinz den Proviant in seinen Taschen. Den wollte er verzehren, wenn er oben auf dem Gipfel war. Er rückte an dem Seil, faßte nach der Bergaxt, ob sie richtig hing, und sah nach, ob der Browning gesichert war. Seinen breiten Hut, der ihn vor der Sonne schützen sollte, befestigte er unter dem Kinn mit einem Lederriemen. Nun war er bereit. Mit ruhigen, zielsicheren Schritten ging er auf den Graben zu und nahm ihn mit einem kräftigen Sprung.

»Grüß Gott, ihr drei Gestrengen, nun nehmt mich freundlich auf, ich werde mich schon mit euch vertragen!« rief er in lachendem Übermut, sich auf die Kletterpartie freuend.

Als er den ersten Felsen erreicht hatte, umging er ihn bis zu der Stelle, wo die drei Felsen zusammengewachsen waren. Eine weite Schlucht tat sich hier auf, die sich muldenartig vertiefte. Das erste, was er nun sah, war eine Menge Steingeröll; es sah aus, als sei es von oben herabgeworfen worden und war genug, um einen Eisenbahnzug damit zu füllen. Heinz schüttelte den Kopf. Ein Bergrutsch konnte hier nicht stattgefunden haben, die Felsen waren viel zu hart, als daß etwas hätte abbröckeln können.

Aber er hielt sich nicht weiter damit auf. Er sah nun an den

Innenseiten der Felsen empor. Sie strebten steil und völlig kahl in die Luft. Nun hörte er das leise Geplätscher einer Quelle, die unter dem Geröll hervorkam und nach einer Weile wieder darunter verschwand. Irgendwie wurde wohl der Grenzgraben durch sie gespeist. Er schob mit dem Fuß das Geröll ein wenig beiseite, da schlüpfte eine ziemlich große Eidechse darunter hervor und verschwand blitzschnell wieder. Er lachte! Die wundert sich wohl, daß ein Mensch ihren Frieden stört, dachte er. Die Eidechse war das einzige Lebewesen, das er hier erblickte, nur oben in der Luft kreiste ein Vogel um die Geisterfelsen.

Prüfend sah er nun an dem niedrigsten der drei Felsen empor, abwägend, wie er ihm am besten beklommen konnte. Dann begann er langsam und bedächtig, jeden Schritt wägend, jeden Griff berechnend, wie es Bergsteigerart ist, seine Kletterpartie.

Er freute sich über seine Kraft und Gewandheit. Immer weiter ging es aufwärts, immer an der inneren Seite des Felsens, die ihm am geeignetsten erschienen war. Er fand seine Vermutung bestätigt, daß die Geisterfelsen sich famos zum Trainieren eigneten. Langsam, aber stetig ging es bergauf. Jeder noch so winzige Vorsprung mußte ihm für Fuß oder Hand als Stütze dienen. Und so kletterte er etwa eine Stunde empor. Dann machte er in einem schmalen Felsspalt für kurze Zeit Rast. Er wollte ein Weilchen verschnaufen und das Terrain sondieren. Lächelnd sah er zu den beiden anderen Felsen hinüber. Er winkte ihnen zu wie alten Bekannten.

»Ich komme auch noch zu euch!« rief er ihnen zu.

In spielerischer Laune löste er seine Bergaxt und schlug damit auf das Gestein, als wolle er dessen Festigkeit prüfen. Er betrachtete sich das Gestein erst jetzt genauer. Seine geübten Augen fanden heraus, daß es kristallinisches Gestein war, in das er schlug.

»Quarz!« sagte er vor sich hin und wurde plötzlich hellwach.

Er hatte auf seinen Reisen mit Konstantin Rohwald verschiedene Goldbergwerke gesehen. Da bestanden die Felsen ebenfalls aus kristallinischem Gestein. Einem inneren Zwang gehorchend, schlug er mit der Axt tief in das Gestein hinein und löste dabei ein großes Stück ab. Es stürzte neben ihm in die Tiefe und schlug unten auf den Geröllhaufen auf. Heinz besah sich die Bruchstelle, wo sich das kleine Felsstück gelöst hatte, genau, und plötzlich zuckte er zusammen. Er sah, in Quarz gebettet, eine leuchtende Goldader.

Sorgsam löste er das weiche Gold mit seinem starken Messer aus dem umgebenden Gestein, aber erst nach langer Mühe konnte er ein Stückchen davon lösen. Als er ringsum das Gestein losschlug, merkte er, daß das Gold tief in den Felsen hineinwuchs.

»Eine Goldader!« rief er überrascht.

Seine Augen weiteten sich. Ja, er hatte eine ziemlich dicke Goldader entdeckt. Das Stück Gold, das er endlich gelöst hatte, war reines Metall. Erregt klopfte er mehr und mehr von den Felsen ringsum ab, aber die dicke Goldader reichte viel tiefer in den Felsen hinein. Er atmete erregt. Dieser Fund war überraschend, und er vermutete, daß diese Goldader sicher nicht die einzige im Felsgestein war. Er zwang sich zur Ruhe, Erregung konnte er nicht brauchen bei seiner gefährlichen Kletterpartie. Tief atmete er einige Male auf. Dann kennzeichnete er die Stelle, wo sich die Goldader befand, damit er sie wiederfinden konnte. Dann kletterte er in dem schmalen Felsspalt aufwärts, bis dieser zu Ende war. Er mußte sich nun herausschwingen und weiter an der Felswand emporklimmen. Aber ehe er den Felsspalt verließ, lockte es ihn, nochmals mit der Axt in den Felsen hineinzuschlagen. Und wieder stieß er auf eine schwache Goldader. Aber es war unstreitig, daß dieser Felsen stark goldhaltig war. Auch diese Stelle kennzeichnete er und stieg dann weiter empor. Während er langsam höher und höher kam, schwirrten die Gedanken in seinem Kopf herum wie ein aufgescheuchter Bienenschwarm.

Nach einer weiteren Stunde hatte er eine Felszacke erreicht. Er ließ sich nieder und grübelte.

Also deshalb waren diese Felsen so unwirtlich. Vielleicht

enthielten sie ungeahnte Schätze. Nun fiel ihm wieder der Sagenkranz ein, der diese Felsen umgab.

Vor mehreren hundert Jahren hatten hier Indianerstämme gehaust, und von ihnen stammten vermutlich diese Sagen. Sie waren vielleicht bis auf die Nahuas zurückzuführen, die Mexiko gegründet hatten.

Er mußte in sich hineinlachen. Schlaue Indianer! Sie wußten, warum sie hier böse Geister und Dämonen hausen ließen.

Er erhob sich auf der Felszacke und schlug auch hier oben an verschiedenen Stellen in das Gestein. Diesmal blieb er an verschiedenen Stellen erfolglos, aber dann stieß er wieder auf goldhaltigen Quarz. Er war nun wieder ganz ruhig geworden und begann zu überlegen, was dieser Fund für ihn bedeuten konnte. Dabei kletterte er weiter, von Zeit zu Zeit wieder mit der Axt in den Felsen schlagend. Immer wieder fand er Stellen, die auf goldhaltige Quarze führten. So kam er dem Gipfel immer näher und hatte ihn endlich erreicht. Seine Brust weitete sich, und seine Augen labten sich nun erst einmal an dem herrlichen Rundblick. Da drüben lag Doxana! Es glänzte im Sonnenlicht wie ein weißes Zauberschloß mit seinen Arkaden und den bunten Sonnenzelten auf dem Dach. Das ganze Land vermochte er zu überschauen, das zu Doxana und zu Sirena gehörte, dieses wunderbare, fruchtbare Land, das der liebe Gott gesegnet hatte.

Dieser Anblick lohnte allein schon den Aufstieg. Aber der Goldfund? Er warf sich auf den schmalen Felsgrad, um auszuruhen. Die Sonne brannte auf ihn herab, und über ihm kreiste ein Raubvogel mit ausgebreiteten Schwingen. Seine Augen blinzelten in das flimmernde Sonnenlicht, und er zog sich den Hut über das Gesicht, weil ihn die Helle blendete. Dann überlegte er. Was sollte er mit seiner Entdeckung beginnen? Unruhig richtete er sich auf und zog das Stück Gold aus seiner Tasche. Er betrachtete es von allen Seiten. Es war etwa zwei Zentimeter lang, einen Zentimeter hoch und zwei Zentimeter breit. Und so dick, wie es lang und breit war, hatte sich die Goldader aus dem Felsen herausgedrängt.

Vermutlich ging sie in derselben Stärke tiefer hinein. Und an anderen Stellen hatte er doch auch Gold gefunden. Jedenfalls stand es fest, daß dieser Felsen, den er bestiegen hatte, große Goldvorkommen besaß. Vielleicht die beiden anderen Felsen auch noch. Das mußte er an den nächsten Sonntagen feststellen. Er würde die Zeit kaum erwarten können. Und wenn seine Vermutung sich bestätigte?

Wem gehörte das Gold? Dem Besitzer dieser Felsen, also der Regierung dieses Landes, oder dem Finder? Eine Streitfrage. Aber – wenn der Finder zugleich der Besitzer dieser Felsen war? Dann war es wohl keine Streitfrage mehr?

Wie, wenn er diese Geisterfelsen von der Regierung kaufte?

Er sprang auf, und seine Augen glänzten. Ja, er wollte die Felsen erwerben, wollte seine Forschungen fortsetzen. Wenn die Felsen hielten, was sie ihm heute versprochen hatten – dann, dann konnte er vielleicht sehr schnell ein reicher Mann werden. Ja, hier bot ihm Fortuna ihr Füllhorn, er brauchte nur zuzugreifen.

Zwölftausend Mark hatte er sich gespart, seine Schwester besaß ebenfalls noch fünftausend Mark aus der Aufwertung der Kriegsanleihe – sie würde ihm das Geld zur Verfügung stellen, falls er es zum Ankauf brauchte. Aber vielleicht war die Regierung schon froh, wenn sie zehntausend Mark für dieses Stück Ödland bekam. Von dem Goldfund würde er nichts verraten, niemandem, und ohne Gold war das Ödland kaum einen Batzen wert.

Wieder grübelte er. Er war bereits fest entschlossen zum Ankauf der Felsen. Wer nicht wagt, gewinnt nicht! Und ein Wagnis war es nicht einmal. Den Kaufpreis holte er ohne Schwierigkeiten gewiß an Gold aus dem Gestein heraus. Wahrscheinlich aber viel, viel mehr.

Und wenn er wirklich reich wurde – sehr reich? Sein Herzschlag setzte aus. Dann würde er um Ceda Nordau werben können, ganz frei und offen, dann konnte er nicht in den Verdacht kommen, es nur auf ihren Reichtum abgesehen zu haben. Seine Augen brannten! Ceda! Ceda!

Sehnsüchtig streckte er die Arme aus, hinüber nach Doxana. Und sein Herz rief voll Sehnsucht nach der Geliebten, der er sein starkes, heißes Fühlen bisher hatte verbergen müssen wie ein Unrecht. Ihm war, als sei mit einem Mal ein riesengroßes Hindernis zwischen ihr und ihm fortgeräumt. Selbst Alfonso Mentora kam für ihn jetzt nicht mehr als ein solches in Betracht – oh, den wollte er schon ausstechen, kraft seiner Liebe, wenn er sie nur endlich zeigen durfte. Er war bisher an der Möglichkeit verzweifelt, Ceda erringen zu können. Aber nun sah er plötzlich eine. Es konnte ein Wunder geschehen – war vielleicht schon geschehen. Da unter seinen Füßen schossen reiche Goldadern durch das Gestein. Der Schatz mußte nur gehoben werden. Sein Geheimnis war es, daß die Felsen goldhaltig waren. Er hatte es entdeckt, und wenn er die Felsen kaufte, war alles sein, was sie enthielten.

Ihm war, als sei ihm die Brust zu eng für das, was er empfand, und er mußte sich Luft schaffen. Ein heller Jauchzer flog zum Himmel hinauf. Ceda!

Dann mußte er über sich selber lachen; aber zugleich breitete er die Hände aus, als umfasse er die drei Felsen.

»Freundliche Geister, helft mir, daß ich mein Liebstes erringe durch eure Schätze!« So sagte er in tiefer Erregung, als spräche er mit den Geistern der Felsen.

Nun war es aber Zeit, an den Abstieg zu denken. Er setzte sich zunächst nieder und verzehrte seinen Imbiß. Er mußte bei Kräften bleiben, sein Leben war ihm jetzt tausendmal mehr wert als vordem, weil er die Möglichkeit auftauchen sah, Ceda Nordau zu erringen.

Als er sich gestärkt hatte, begann er den Abstieg, der teilweise leichter, teilweise schwerer war als der Aufstieg. Er schlug denselben Weg ein, den er aufwärts genommen hatte, und suchte die Fundorte der Goldadern nochmals auf, als wolle er sich überzeugen, daß ihm kein Irrtum unterlaufen sei. Aber alles war noch da. Und an der Stelle, wo er die erste, starke Goldader gefunden hatte, machte er abermals in dem schmalen Felsspalt halt und versuchte, noch ein Stück des gelben Metalls zu lösen. Es gelang ihm auch nach großer

Mühe, und befriedigt steckte er auch dieses zweite Stück Gold zu sich. Das eine sollte eines Tages Ceda Nordau erhalten, das andere seine Schwester Christa.

Schnell legte er nun den Rest des steilen Weges zurück. Als er unten anlangte, hielt er sich nicht länger auf. Es drängte ihn, heimzukommen, wieder in Ceda Nordaus Gesicht sehen zu dürfen, mit der Hoffnung im Herzen, sie könne einmal die Seine werden.

Als er aus der Schlucht herausbog, um zu dem Grenzgraben hinüberzuschreiten, sah er plötzlich drüben zwischen den Agavenfeldern eine Reiterin dahinjagen. Er zuckte zusammen und spähte hinüber. Seine Augen weiteten sich. Das war doch Ceda Nordau? Ja, sie mußte es sein, er erkannte ihren Goldfuchs. Und sie ritt auf dem Weg, der von den Geisterfelsen nach Doxana führte.

Was hatte sie hierhergeführt? Weshalb jagte sie in so rasendem Tempo davon?

Mit großen Sätzen rannte er hinüber, sprang über den Graben hinweg und bestieg in Eile das Pferd. Dann jagte er hinter der fliehenden Reiterin her. Er mußte sich überzeugen, daß es Ceda war, die bei den Geisterfelsen gewesen war.

Ceda hatte es vor Unruhe zu Hause nicht mehr ausgehalten; ihr war, als schwebe Heinz Römer in Gefahr. Der Gedanke, daß er auf den Geisterfelsen herumkletterte, regte sie mehr und mehr auf, und sie hatte das Gefühl, als könne sie eine ihm drohende Gefahr bannen, wenn sie in seiner Nähe wäre.

So ließ sie endlich satteln und ritt zu den Geisterfelsen hinüber. Mit brennenden Augen suchte sie deren Zacken schon von weitem ab, allein sie vermochte keine Spur von Heinz zu entdecken, da er ja an der Innenseite den Auf- und Abstieg vornahm. Das Herz krampfte sich ihr zusammen vor Angst um ihn. Immer näher kam sie heran. Endlich sah sie sein Pferd stehen, das ruhig graste. Sie ritt heran und streichelte seine Mähne.

»Wo ist dein Herr?« fragte sie das Tier, als könne es ihr

Antwort geben. Unruhig nahm sie dann mit ihrem Pferd den Graben und ritt ganz dicht an die Felsen heran. Es war das erstemal in ihrem Leben, daß sie über diesen Graben hinausging. Unwillkürlich hatte auch sie diese Grenze respektiert. Aber heute dachte sie nicht daran, sie mußte die Felsen von allen Seiten absuchen, um zu entdecken, wo Heinz war.

Dicht an der die drei Felsen verbindenden Schlucht angekommen, sprang sie vom Pferd, denn über das Geröll konnte sie es nicht gehen lassen. Sie sah erst forschend in den Geröllgrund hinein, ohne eine Spur von Heinz zu entdecken. Dann kletterte sie über das lose Geröll in die Schlucht und sah zu dem Grat empor. Da erblickte sie Heinz vielleicht hundert Meter hoch über sich an der steilen Felswand. Sie atmete wie erlöst auf. Zwar sah es gefährlich genug aus, wie er an der schroffen Steinwand hing, aber seine ruhigen, sicheren Bewegungen beruhigten sie. Nur eine kurze Weile sah sie ihm zu und hätte ihm am liebsten zugejauchzt, aber dann wurde sie sich bewußt, wie seltsam es ihm erscheinen mußte, bemerkte er sie hier. Was sollte er denken? Hastig wandte sie sich ab und ging zurück zu ihrem Pferd. Im Übermaß ihres Empfindens umfaßte sie dessen Hals, ehe sie wieder aufstieg. Sie jagte in gestrecktem Lauf über den Graben und ritt dann im schnellsten Tempo zu den Agavenfeldern hinüber, nur darauf bedacht, aus seinem Gesichtsfeld zu kommen, wenn er unten angelangt sei und sich umsehen würde.

Aber Heinz hatte sie doch bemerkt und jagte nun hinter ihr her. Sie sah sich nicht noch einmal um; so bemerkte sie nicht, daß er ihr folgte. Erst als sie sich weit genug von den Felsen entfernt hatte, verlangsamte sie ihr Tempo, und so kam ihr Heinz immer näher. Einzuholen versuchte er sie aber erst, als sie beide etwa noch eine halbe Stunde von Doxana entfernt waren. Das Herz schlug ihm wie ein Hammer in der Brust, seit er Ceda mit Bestimmtheit erkannt hatte. Immer wieder legte er sich die Frage vor, was sie zu den Geisterfelsen geführt hatte.

Ceda hörte nun den Hufschlag seines Pferdes hinter sich und zwang sich zu ruhiger Haltung. Er konnte ja glauben, sie habe einen Spazierritt unternommen. Daß sie an den Geisterfelsen gewesen war, konnte er nicht bemerkt haben, meinte sie.

»Guten Tag, Señorita!« rief Heinz mit erzwungener Ruhe.

Wie erstaunt, wandte sie sich um.

»Ah! Guten Tag, Señor Römer! Ich denke, Sie wollten die Geisterfelsen besteigen!«

Er lachte ein wenig erregt.

»Das habe ich auch getan, wenigstens den einen. Nächsten Sonntag kommt der zweite dran. Und – Sie sind allein unterwegs?«

»Ja, mir kam die Lust zu einem Spazierritt an. Ich – ich war drüben im Dorf der Indios«, sagte sie ein wenig unsicher.

Er wußte, daß sie ihm nicht die Wahrheit sagte, die Richtung zum Dorf war eine ganz andere als die von ihr eingeschlagene. Weshalb verheimlichte sie ihm das Ziel ihres Rittes? Diese Frage regte ihn auf. Wenn sie es ruhig zugegeben hätte, hätte er annehmen können, die weibliche Neugier habe sie hingetrieben. Aber – da sie leugnete, hatte sie einen Grund, den sie verheimlichen wollte.

Welcher Grund war das?

»Ich darf Sie vielleicht das letzte Stück Weges begleiten – oder sehe ich zu verwildert aus?« fragte er, sie forschend betrachtend.

Es war deutlich zu sehen, wie sie mit ihrer Verlegenheit rang – sie war nicht gewöhnt, die Unwahrheit zu sagen. Weshalb hatte sie es getan? Warum sollte er nicht wissen, daß sie ihm gefolgt war?

»Bitte sehr, wir haben ja einen Weg«, sagte sie scheinbar gleichmütig. »Wie war es auf den Geisterfelsen?«

»Man hat einen herrlichen Ausblick nach allen Seiten«, erwiderte er, sich zur Ruhe zwingend.

»Aber es muß doch eine sehr gefährliche Tour gewesen sein – Sie haben sehr lange gebraucht«, sagte sie mit leise bebender Stimme. Dabei sahen ihre Augen ihn einen Moment mit unverhüllter Sorge an.

Das machte ihn natürlich nicht ruhiger, aber er lachte glücklich auf.

»Wenn es nicht ein bißchen gefährlich wäre, hätte es keinen Reiz, Señorita.«

»Sie sind zu waghalsig!« stieß sie hervor.

»Das scheint nur so!«

»Nein, nein, ich weiß es. Sie sollten sich nicht mutwillig in Gefahr begeben. Wenn Sie nun abgestürzt wären?«

»Daran müssen Sie nicht denken, man kann auch auf ebener Erde unglücklich zu Fall kommen, wenn man unvorsichtig ist.«

Sie atmete schwer, und er sah, wie ihre Lippen zuckten.

»Was aus uns wird – aus Mamia und mir – wenn Ihnen etwas zustößt – daran denken Sie nicht«, sagte sie mit zitternder Stimme.

Er konnte nicht sofort antworten. Mit unbeschreiblicher Genugtuung wurde er sich bewußt, daß sie sich um ihn gebangt hatte, daß sie deshalb zu den Geisterfelsen geritten war und – daß sie das nur nicht eingestand, weil sie ihm nicht verraten wollte, was in ihr vorging.

Da sah sie zu ihm hinüber – gerade in seine heißen, sehnsüchtigen Augen hinein – und erschrak bis ins tiefste Herz vor dem Ausdruck dieser Augen, aus denen ihr zum ersten Mal unverhüllte Liebe entgegenleuchtete.

»Bedeute ich Ihnen denn etwas, Señorita? Würden Sie mich wirklich vermissen, wenn ich – wenn ich nicht mehr da wäre?« fragte er endlich, als sie sich erschrocken wieder abgewandt hatte.

Sie riß sich mit aller Kraft zusammen und zeigte ihm ihren alten, stolzen Ausdruck.

»Sie vergessen, daß wir Sie nötig brauchen, hauptsächlich Mamia.«

Ihre stolze Kühle brachte ihn wieder zu sich, aber er ließ sich doch nicht mehr so ganz täuschen. Ein wenig, ein ganz klein wenig hatte sie den Schleier von ihrem Empfinden gelüftet, und so, wie sie ihm verheimlichen wollte, daß sie bei den Geisterfelsen gewesen war, so wollte sie ihn nun auch mit ihrem Stolz und ihrer scheinbaren Unnahbarkeit irreführen. Das war ihm klar und erfüllte ihn mit jubelnder Freude. Ohne den Goldfund drüben bei den Geisterfelsen hätte er sich durch ihr Benehmen sicherlich wieder zurückgeschreckt gefühlt, aber seit heute glaubte er an Wunder, die ihm den Weg zu ihrem Herzen ebnen konnten. Aber er zeigte sich nun auch wieder ruhig und sagte scheinbar leichthin:

»Ich würde sehr leicht zu ersetzen sein. Mir scheint, Señor Mentora würde sich glücklich schätzen, den Damen in jeder Beziehung behilflich zu sein.«

Dabei sahen seine Augen forschend zu ihr hinüber.

Daß in seinen Worten trotz aller Beherrschtheit eine leise Eifersucht mitklang, wußte er nicht, aber sie spürte es, und das machte sie noch viel unsicherer. Sie verschanzte sich daher noch viel mehr hinter ihrer Unnahbarkeit.

»Señor Mentora hat genug mit seiner eigenen Besitzung zu tun. Sie wissen, daß Sirena nicht viel kleiner ist als Doxana. Wir möchten ihm nicht noch die Sorge um unseren Besitz aufbürden.«

Er atmete tief aus.

»Sie können unbesorgt sein, Senorita, ich werde mir immer bewußt bleiben, daß ich eine Pflicht zu erfüllen habe. Das Besteigen der Geisterfelsen ist wirklich nur eine Spielerei im Verhältnis zu anderen Bergtouren, die ich schon gemacht habe. Es ist nichts als ein gutes Training – und ich werde bestimmt vorsichtig sein«, erwiderte er so gelassen, wie es ihm möglich war.

Sie plauderten nun, während sie im gemächlichen Tempo dahinritten, von allem möglichen. Als sie in Doxana ankamen, fragte die Señora Heinz, ob er auch vorsichtig gewesen sei und sich nicht mutwillig in Gefahr begeben habe. Er beruhigte sie und fragte, ob sie noch Befehle für ihn habe, sonst werde er sich an die Durchsicht der Bücher machen.

»Aber heute ist doch Sonntag, Señor Römer«, erwiderte die Señora.

»Ich möchte so bald wie möglich mit der mir gestellten Aufgabe fertig werden.«

»Sie sollten sich jetzt lieber einige Stunden Ruhe gönnen.«

»Ich bin nicht ruhebedürftig.«

»Nun gut, man darf Sie nicht halten, das weiß ich bereits. Bis zum Abendessen sind Sie beurlaubt.«

Heinz zog sich zurück. Ceda hatte indessen ihr Zimmer aufgesucht, um sich umzukleiden. Als sie damit fertig war, stand sie lange, die Hände auf das Herz gedrückt, am Fenster und sah zu den Geisterfelsen hinüber.

Weshalb hatte Heinz Römer sie so angesehen? Wie konnte er das wagen, er, der eine andere liebte? Oder liebte er die blonde Christa nicht mehr?

Ganz deutlich sah sie im Geiste das weinende, blonde Mädchen vor sich, das Heinz Römer so betrübt Abschiedsgrüße zugewinkt hatte. Konnte er ein so liebes, reizendes Geschöpf so bald vergessen?

Diese Frage beunruhigte ihr Herz. Und sosehr sie ihn liebte und sich nach seiner Liebe sehnte, sie meinte, eine Untreue seinerseits an jenem lieben, blonden Mädchen würde sie nicht beglücken.

Seufzend strich sie sich über die Stirn und ging hinunter zu ihrer Mutter.

Heinz saß in seinem Arbeitszimmer und schrieb an die Regierung ein Gesuch um käufliche Überlassung der Geisterfelsen und erbat sich Nachricht, wie hoch der Preis für diese Felsen und das sie umgebende Ödland sei. Er faßte dieses Gesuch sehr klug und vorsichtig ab und war damit zufrieden, als es fertig war.

Dann schrieb er an seine Schwester:

»Meine liebe, kleine Christa! Bisher habe ich Dir immer nur flüchtige Nachrichten von hier senden können, aus denen hervorging, daß wir hier gut angekommen sind und daß es hier märchenhaft schön ist. Ich habe, gottlob, ein wohlgerütteltes Maß an Arbeit vorgefunden, und ich kann Dir mitteilen, daß ich schon heute einen langfristigen Vertrag unter glänzenden Bedingungen abschließen könnte, wenn ich wollte. Aber ich will erst noch besser in mein neues Amt hineinwachsen. Mir steht der Posten eines Generaladministrators offen, und ich weiß noch gar nicht, wie ich dazu komme. Die Señora ist fest davon überzeugt, mir in jeder Beziehung vertrauen zu können, daß ich sie unter keinen Umständen enttäuschen darf. Also, meine Stellung hier ist sicher, nun endlich kann ich Dich zu mir rufen. Bitte, liebe Schwester, kündige Deinem Professor Bergt sofort nach Erhalt dieses Briefes und mache Dich dann auf die Reise nach Mexiko. Ich lasse Dir kein Reisegeld überweisen, nimm vorläufig von Deinen fünftausend Mark, was Du brauchst; das andere lasse sogleich auf meinen Namen an die Bank in Zacatecas überweisen. Es ist möglich, daß ich dieses Geld gut anlegen kann. Die Adresse der Bank notiere ich Dir am Schluß dieses Briefes. Behalte Dir aber genug Reisegeld zurück, damit Du nicht in Verlegenheit kommst.

Ich könnte Dir noch viel erzählen, aber meine Zeit ist knapp, und wir müssen uns das aufheben, bis wir wieder beieinander sind. Für heute lebe wohl, liebe kleine Schwester. Auf Wiedersehen in Mexiko! Ich grüße und küsse Dich herzlich.

Dein treuer Bruder Heinz.«

Er machte die Briefe postfertig. Er wollte sie später hinübertragen zum Rentamt, wo die Post abends und morgens abgeholt und gebracht wurde. Dann begab er sich an seine Arbeit.

XVI

Als Heinz am nächsten Morgen wieder zum Rentamt ging, kam ihm Ombra mit kriecherisch-freundlichem Gesicht entgegen.

»Guten Morgen, Señor Römer!«

»Guten Morgen, Señor Ombra. Wollen Sie bitte Weisung geben, daß das Hauptbuch der Zuckerfabrik aus meinem

Zimmer abgeholt wird. Es kann wieder in die Fabrik zurückgebracht werden.«

»Gut, gut. Also sind Sie fertig?«

»Ja.«

»Alles in Ordnung, nicht wahr?«

»Bis auf die gefälschten Posten, ja!«

Ombras Gesicht zuckte.

»Nicht so laut, Señor; das Fenster steht offen. Sie machen einen Scherz, nicht wahr?«

»Ich bin nicht zum Scherzen aufgelegt.«

»Wir werden uns verständigen.«

»Ich habe schon in diesem Hauptbuch Fehlbeträge von über dreißigtausend Pesos gefunden.«

»So sagen Sie mir doch den Preis. Was kostet Ihr Schweigen?« fragte Ombra nervös.

»Das werde ich Ihnen sagen, wenn ich die anderen Bücher nachgeprüft habe. Bitte, lassen Sie mir jetzt das Hauptbuch von der Brauerei heraufbringen. Danach werde ich das Buch über die Viehbestände nachrechnen. Ich will in vier Wochen mit allem fertig sein. Unter uns, Señor Ombra, Sie sind ein Gauner! Es ist eine Schande, wie die Bücher frisiert sind.«

Ombras Augen schossen unheimliche Blitze.

»Ich – ich bin überbürdet, es können einem da kleine Fehler unterlaufen.«

»Na, die Fehler sind beträchtlich. Wenn sich in den anderen Büchern Fehler ähnlichen Ausmaßes befinden, dann hat sich das für Sie gelohnt.«

»Nun gut, wir machen halbe-halbe«, knirschte Ombra zwischen den Zähnen hervor.

»Mit Ihrer Überlastung ist es übrigens auch nicht weit her. Sie bekommen so ziemlich alles hübsch mundgerecht zubereitet von den beiden Ihnen unterstellten Administratoren. Die haben die Hauptarbeit.«

»Zum Teufel, Señor, was glauben Sie, was mir die Bücher für Arbeit gemacht haben – sie mußten doch stimmen.«

Heinz lachte hart auf.

»Ja freilich, in Ihre eigenen Taschen haben Sie gearbeitet. Aber dafür werden Sie doch nicht bezahlt.«

»Nun ja, schweigen Sie schon. Also, auf mein Wort, es gilt, halbe-halbe. Man will doch auch leben und auf einen grünen Zweig kommen. Wir werden uns verständigen. Für die Damen bleibt übergenug.«

Heinz bezwang sich und sagte ruhig:

»Also gut! Ich mache jetzt einen kurzen Ritt; der eine Administrator erwartet mich im Pferderancho. Wir wollen Inventur aufnehmen, das erleichtert mir die Arbeit mit den Büchern.«

»Wozu machen Sie sich diese unnütze Arbeit? Auf mein Wort, Sie bekommen die Hälfte.«

»Ich überzeuge mich lieber selbst. Also wenn ich zurückkomme, will ich das Buch von der Brauerei hier haben.«

»Es wird hier sein«, sagte Ombra unterwürfig.

Als er dann hinter Heinz hersah, glühten seine Augen unheimlich auf.

»Nimm dich in acht, mein Bürschchen«, knirschte er zwischen den Zähnen hervor.

Aber er ahnte nicht, daß Heinz unbestechlich sein könnte. Für ihn hatte jede Sache ihren Preis. Er zweifelte nicht, daß auch der spitzfindige Deutsche käuflich war. Aber teuer, sehr teuer würde er sein. Ombra grübelte darüber nach, wie er ihm später das wieder ablisten könnte, was er ihm würde zahlen müssen.

Heinz ritt in schnellem Trab zum Pferderancho hinüber. Dort war er sehr gern; er interessierte sich für die Aufzucht der schönen Tiere. Wie er sich um alles kümmerte und in allen Betrieben zu lernen suchte, so auch hier.

Der Administrator war schon da. Er verhandelte eben mit den Arbeitern des Rancho. Heinz merkte, daß er alles am Schnürchen hatte, und in kurzer Zeit war er informiert und hatte sich seine Notizen gemacht.

Der Administrator begleitete ihn dann auf die Rinderweiden, wo ebenfalls auf Heinz Römers Wunsch die Bestände aufgenommen worden waren. Nun brauchte er nur noch die

Bücher durchzusehen, um vergleichen zu können, was vorhanden und was verkauft war.

Auf dem Rückweg traf er den anderen Administrator, der über die Agavenfelder geritten kam und Heinz lächelnd begrüßte. Sie sprachen einige Worte über die Pulquebrauerei, dann ritt Heinz wieder hinauf zum Rentamt. Er freute sich, wie mühelos und leicht sein Pferd den aufsteigenden Weg nahm. Im Rentamt fand er das Hauptbuch der Brauerei vor. Señor Ombra wollte ihm wieder Erklärungen geben und ihn überreden, sich die Arbeit zu sparen, aber Heinz lachte hart auf.

»Nein, nein, ich traue Ihnen nicht; ich will selbst feststellen, wie hoch eventuell mein Anteil sein wird, wenn wir halbe-halbe machen«, sagte er ohne Wimpernzucken.

Ombras Gesicht verzerrte sich vor Wut, aber er sagte kein Wort und ging hinaus. Er war nun schon darauf gefaßt, daß er diesem deutschen Teufel glatt die Hälfte seiner hübschen Ersparnisse würde abtreten müssen. Wenn er ihn ohne Schaden für sich hätte umbringen können, so hätte er es gewiß getan.

So vergingen für Heinz wieder Wochen in fleißiger Arbeit, und immer mehr beherrschte er die Lage. Er hatte in den nächsten Tagen seiner Schwester eine genaue Reiseroute ausgearbeitet und ihr allerlei Ratschläge erteilt für die weite Reise, die sie ja allein machen mußte.

Am Sonntag darauf hatte er den zweiten Geisterfelsen bestiegen. Auch hier hatte er hier und da Goldadern entdeckt. Er war nun sehr gespannt auf die Antwort, die er von der Regierung bekommen würde.

In der Mitte der zweiten Woche traf dann die Antwort der Regierung ein. Seine Augen glänzten auf, als er las, daß die Regierung auf sein Anerbieten ohne weiteres einging und der Kaufpreis nur etwas über zehntausend deutsche Goldmark ausmachte. Für das unfruchtbare Ödland war das freilich ein anständiger Preis, aber für die goldhaltigen Felsen war es wiederum billig. Man war anscheinend froh, daß sich ein Käufer für dieses Stück Land gefunden hatte.

Ohne Zögern wies Heinz den Kaufpreis an. Er, der immer davon geträumt hatte, seine Ersparnisse einmal für ein fruchtbares Stück Land hinzugeben, war jetzt der glückliche Käufer eines unfruchtbaren Erdenflecks, den die Indios verfluchten Boden nannten, weil nichts darauf wachsen wollte, und wofür sie die bösen Geister und Dämonen verantwortlich machten.

In Wahrheit war Heinz jetzt schon der Besitzer der Geisterfelsen; was jetzt noch nötig war, waren nur Formalitäten. Mit der Hinterlegung des Kaufpreises war der Kauf vollzogen.

Mit der Bücherrevision kam Heinz schneller vorwärts, als er gedacht hatte. Seit er Ombras Taktik kannte, fiel es nicht mehr schwer, die unterschlagenen Summen festzustellen, und es kam eine stolze Summe heraus. Schüchtern war Ombra nicht gewesen, und mit der Zeit war er immer unverschämter geworden.

Im übrigen hatte sich Heinz mit den beiden Administratoren immer besser eingearbeitet. Er glaubte, nun bald ohne Ombra fertig werden zu können.

Am dritten Sonntag machte sich Heinz auf, um den dritten Felsen zu besteigen. Dieser schien am schwierigsten zu sein, das hatte er schon bemerkt. Und er hatte sich diesen deshalb bis zuletzt aufgehoben.

Am Tag vorher hatte er die Urkunde über den Kauf der Geisterfelsen bekommen. Es hatte sich alles glatt und rasch abgewickelt, weil man wohl der Angelegenheit wenig Bedeutung beimaß.

Als Heinz heute dies Erdenfleckchen betrat, beschlich ihn ein seltsam feierliches Gefühl.

»Mein eigener Grund und Boden – das hatte ich mir einst anders ausgemalt«, sagte er vor sich hin.

Sorgsam hatte er die Urkunde verschlossen; vorläufig sollte niemand wissen, daß er der Besitzer der Geiserfelsen war. Das hätte viele unnütze Fragen gegeben. Man hätte ihn ausgelacht, daß er sein gutes Geld für ein Stück Brachland hingegeben hatte. Auch die Regierung würde sich ins Fäustchen gelacht haben, daß sie es losgeworden war. Hätte man geahnt, was Heinz entdeckt hatte, würde man ihm natürlich die Felsen nicht verkauft haben.

Mit einem stolzen Gefühl war er über den Graben gesprungen, und nun stand er in der Geröllmulde und sah zu den Felsen empor.

»Nun seid mir untertan, ihr Geister dieser Felsen; jetzt bin ich euer Herr!« rief er lachend.

Heute hatte er sich besonders gut ausgerüstet. Der dritte Felsen würde ihm mehr Arbeit machen als die anderen beiden, denn er war höher und auch schwieriger. Er würde mindestens zwei Stunden länger brauchen als für die beiden anderen. Deshalb hatte er sich auch reichlich verproviantiert. Auch einige gute, starke Stahlhaken hatte er mitgenommen, für den Fall, daß er das Seil daran befestigen müßte. Sein Pferd hatte er wieder an derselben Stelle angebunden. Gestohlen wurde es hier nicht; in die Nähe der Geisterfelsen kam niemand.

Nun begann er den Aufstieg. Langsam und stetig, jeden Schritt und jeden Griff wägend, kletterte er empor. Als er etwa ein Drittel der Höhe genommen hatte, kreuzte er plötzlich eine seltsame Spur, auf die er erstaunt und betroffen niederstarrte. Das waren doch Stufen, die in den Felsen gehauen waren, unverkennbar von Menschenhand gehauen? Sie waren freilich schon ganz verwittert, aber auf alle Fälle künstlich angelegt. Er sah nach unten, diese Stufenspur mit den Augen verfolgend, und merkte, daß sie sich bis hinab in die Geröllmulde zogen und etwa fünfzig Meter von der Stelle aus, von der er den Aufstieg begonnen hatte, aufhörten und sich im Geröll verliefen. Er schüttelte erstaunt den Kopf. Die Stufen waren schmal und verwittert; sie konnten schon vor hundert und mehr Jahren in das Gestein geschlagen worden sein, aber unbedingt von Menschenhand.

Das bewies ihm, daß dieser Felsen vor langer Zeit von Menschen bestiegen worden war.

Er trat nun in diese Stufenspur und benutzte sie zum Aufstieg; sie führte in gleichmäßigen Abständen aufwärts, und so wurde ihm dieser Aufstieg unerwartet leicht. Er hätte die Spur wieder verlassen, wenn er nicht gespannt gewesen wäre, wie weit und wohin sie führte.

Heinz Römer staunte immer mehr, wie systematisch der Weg nach oben führte; ganz gemächlich ging es in Serpentinen hinauf. Wenn die Stufen nicht so verwittert gewesen wären, hätte es keinerlei Mühe gekostet, weiter hinaufzusteigen.

Heinz grübelte während des Emporsteigens darüber nach, zu welchem Zweck die Stufen wohl angelegt worden seien. Man mußte doch einen Grund gehabt haben, einen einigermaßen bequemen Weg anzulegen. Vielleicht stammte dieser Weg von denselben Menschen, die es sich hatten so angelegen sein lassen, die abschreckenden Sagen um diese Geisterfelsen zu weben.

Während er noch darüber nachgrübelte, hörten die Stufen plötzlich, etwa in zwei Drittel der Höhe des Felsens, auf, und zwar auf einer Felsenplatte, die etwa zwei Meter im Durchmesser maß. Diese Felsenplatte bildete eine vorspringende Felszacke, die er von unten für einen winzigen Vorsprung gehalten hatte. Aufatmend schwang er sich auf die Platte und sah sich forschend um. Nein, weiter führten die Stufen nicht; hier war die Spur zu Ende.

Also hier ist den Nahuas die Lust vergangen, weitere Stufen in das Gestein zu hauen, dachte er und sah zum Gipfel empor. Hier begann allerdings der schwierigste Teil des Aufstiegs, der ihn nun, nach der bequemen Tour, besonders lockte. Aber er wollte erst eine Weile auf der Felsenplatte Rast machen.

Wahrscheinlich, so dachte er, waren die Nahuas auf ihrem Nomadenzug weitergewandert und deshalb gehindert worden, die Stufen bis zum Gipfel fortzuführen. Sie konnten ja schon von hier aus das Gelände überblicken; vielleicht hatten sie die Stufen angelegt, um schnell hinaufklettern zu können, um nach etwaigen Feinden auszuspähen.

Er betrachtete die Felswand, die sich steil von der Platte

bis zum Gipfel hinaufzog, genauer, und dabei entdeckte er einen ziemlich breiten Felsspalt, der mit Spinnweben überzogen war. Ganz dicht und verstaubt waren diese Spinnweben und bildeten eine Art festgewebten Vorhang. Er lachte. Also die Spinnen hatten die Geister dieses Felsens nicht gefürchtet; sie waren furchtlos darangegangen, hier ihre Netze zu spinnen.

In Gedanken verloren, zerriß Heinz mit der Bergaxt das Spinnengewebe; er war neugierig, zu ergründen, wie tief der breite Felsspalt, durch den er bequem schreiten konnte, in den Felsen hineinreichte. Ehe er hineintrat, zog er seine elektrische Taschenlampe hervor und leuchtete hinein. Da bemerkte er zu seinem Erstaunen, daß der Felsspalt sich schnell verbreiterte und zu einer Höhle von beträchtlicher Größe ausdehnte.

Seine Neugier erwachte. Diese Höhle mußte er sich genau ansehen. Es erschien ihm jetzt, als seien die Stufen extra angelegt worden, um diese Höhle bequem erreichen zu können. War sie ein Schlupfwinkel auf der Flucht vor Feinden gewesen, oder hatte sie noch eine andere Bestimmung?

Vorsichtig tastete er sich Schritt für Schritt hinein. Ein Lebewesen konnte die Höhle nicht bergen, sonst wären die Spinnweben zerrissen gewesen. Aber er leuchtete vorsichtig den Boden ab, weil er nicht wußte, ob es in dieser Höhle Abgründe gab.

Er stellte zu seinem Erstaunen fest, daß der Fußboden der Höhle glatt und eben war.

Nun stand er in der sehr großen Höhle und leuchtete die Wände ab; Licht drang nur ganz vorn in den Teil, der dicht an dem Felsspalt war. Die Wände sahen aus, als wenn sie mit Werkzeugen bearbeitet worden wären; sie waren behauen worden. Wahrscheinlich war also auch diese Höhle durch Menschenhand gebildet oder zumindest erweitert worden.

Und nun sah er in einer Ecke, als wären sie mit Bedacht zusammengestellt, allerlei seltsame Werkzeuge, die sicherlich schon seit Jahrhunderten hier lagen; sie waren sehr primitiv, hatten aber zweifelsohne dazu gedient, diese Höhle auszuhauen. Auch seltsame, primitiven Schmelztiegeln gleiche Gefäße lagen in der Ecke bei den Werkzeugen. Aber das war nicht der ganze Inhalt der Höhle. Sauber an den Wänden aufgestapelt, lagen lange, rechteckige Steine von verschiedener Größe; die größten etwa ein Drittel so groß wie Ziegelsteine und auch von derselben Form. Heinz erblickte bei den Werkzeugen und Schmelztiegeln einige Formen, in die diese seltsamen Steine wohl hineinpaßten. Vielleicht hatte man die Höhlenwände mit diesen seltsamen Steinen auskleiden wollen?

In einer anderen Ecke lag ein Haufen grober Erde wie kleine Kieselsteine. Auch diese Erde war wie die Steine und Werkzeuge von einer dicken Staubkruste überzogen.

Heinz beugte sich über die größten aufgestapelten Steine und faßte einen aus der obersten Reihe. Er war eigenartig schwer im Verhältnis zu seiner Größe. Aus welchem Material bestanden diese Steine? Die dicke Staubschicht hinderte ihn, das zu beurteilen, und so nahm er die Schneide seiner Bergaxt und schabte die Staubschicht herunter. Da schrie er plötzlich laut auf vor Überraschung: auf der abgeschabten Fläche erschien ein matter Goldglanz. Fast erschrocken trat er damit an den Felsspalt heran, um das Tageslicht darauffallen zu lassen, und sein Gesicht erblaßte vor Erregung. Was er in der Hand hielt, war unstreitig ein Barren reines Gold. Seine Hand zitterte; er griff nach einem anderen Stein und befreite ihn vom Staub, dann wieder einen und noch einen und noch einen – lauter Gold! Alles, was hier aufgestapelt war, außer den Handwerkszeugen und Schmelztiegeln, war Gold; sogar der etwa ein Meter hohe Haufen grober Erde, die er für Kieselsteine gehalten hatte, waren kleine, noch nicht zusammengeschmolzene Goldklumpen, die schon aus den Quarzschichten herausgebrochen, aber noch nicht zusammengeschmolzen waren.

Es wurde ihm klar: Hier befand er sich in einer geheimnisvollen Werkstätte, in der sowohl die goldhaltigen Steine ausgebrochen als auch das Gold aus ihnen gesondert und in Barren zusammengeschmolzen worden war. Aufgeregt trug er immer wieder einen der Goldbarren hinaus ins Freie, befreite ihn vom Staub und schabte mit dem Messer an dem weichen Metall. Da das Gold ganz rein, also nicht legiert war, konnte er es sehr leicht mit dem Messer ritzen. Es war kein Zweifel, er hatte einen riesigen Goldfund gemacht.

Aufatmend sank er draußen auf der Felsplatte nieder und sah mit großen Augen, fast mehr erschrocken als erfreut, vor sich hin. Welch märchenhafter Reichtum fiel ihm hier auf einmal zu! Was diese Höhle barg, war nicht abzuschätzen. Das Gold konnte seit Jahrhunderten hier gelegen haben. Die Menschen, die diese Schätze aus dem goldhaltigen Gestein gegraben und zusammengeschmolzen hatten, waren wohl gestorben, ehe sie Zeit gehabt hatten, ihr Geheimnis zu verraten, und hatten es mit ins Grab genommen. Aus welchem Grund? Vielleicht war der ganze Stamm der Azteken, zu denen diese geheimnisvollen Goldgräber gehört hatten, durch kriegerische Überfälle eines anderen Stammes mit einem Mal ausgerottet worden. Nichts war von ihnen übriggeblieben als die abschreckenden Sagen von Dämonen und bösen Geistern, die sie ersonnen hatten, um ihren Goldschatz zu hüten. Nur die Goldgräber allein hatten von diesen Schätzen gewußt und hatten dieses Geheimnis auch im Tod nicht preisgegeben.

Über all das grübelte Heinz nach. Dann dachte er daran, daß die Geisterfelsen vom ersten Tag an eine magnetische Anziehungskraft auf ihn ausgeübt hatten. Wohnten in diesem Edelmetall magnetische Kräfte, die den Menschen anzogen? Aber dann hätten diese Kräfte gewiß auch schon auf andere Menschen wirken müssen, nicht nur auf ihn. Aber er war von der Vorsehung dazu bestimmt worden, diese Schätze zu heben.

Er sprang auf und ging wieder in die Höhle hinein, als müsse er sich nochmals überzeugen, daß er nicht geträumt, daß ihn kein Spuk geäfft habe. Er leuchtete mit seiner Taschenlampe die Wände ab und kratzte hier und da den Staub fort. Da sah er staunend, daß all das Gestein ringsum mit reichen Goldadern durchsetzt war. Die Felsen bargen noch weit mehr Gold, als hier aufgestapelt war. Die Azteken hatten diese Höhle ausgehauen, weil sie erkannt hatten, daß in den Wänden ungeheure Goldschätze lagerten. Vielleicht hatten sie nur das Gold in dieser Höhle entdeckt, vielleicht hatten sie gar nicht gewußt, daß auch die übrigen Felsen von Goldadern durchzogen waren? Oder hatten sie gewußt, daß gerade hier die reichsten Goldlager waren?

Das Gestein, aus dem sie das darin enthaltene Gold entfernt hatten, warfen sie als wertloses Geröll in die Tiefe. Daher die Ansammlung von Geröll in der Schlucht. Ganz ungeniert hatten sie hier arbeiten können, denn die anderen Felsen verbargen sie und ihr Tun vor der Außenwelt. Nur das reine Gold hatten sie immer in der Höhle zurückbehalten.

An der Wand, dicht am Ausgang durch den Felsspalt, entdeckte Heinz seltsame Runen und Zeichen. Das schien eine Art primitiver Buchführung zu sein. Es waren zweifelsohne Zahlen und dahinter Buchstaben, die irgend etwas bezeichnen sollten. Vielleicht bezeichneten sie die einzelnen Stapel der verschieden großen Goldbarren.

Immer noch ganz benommen, starrte er auf diese Schriftzeichen, als müßten sie ihm über das alles Aufklärung geben. Er hatte bisher in seinem Leben jede, auch die schwierigste Situation mit Überlegenheit gemeistert, aber diese Fülle des jetzt auf ihn herniedersinkenden Glückes erdrückte ihn fast. Als seine Taschenlampe versagte, taumelte er durch die Felsspalte hinaus ins Freie. Aber er nahm einige von den Goldbarren mit, von jeder Größe einen, und auch eine Handvoll der kleinen Goldkiesel. Draußen ließ er sich auf der Felsplatte nieder und sah verloren ins Weite. Bis schließlich ein lautes, befreiendes Lachen den auf seiner Brust liegenden Druck löste. Wie töricht von ihm, sich so aus der Fassung bringen zu lassen! Er leerte den leinenen Beutel, den er mitgenommen hatte, um seinen Proviant darin zu bergen. An Stelle der Nahrungsmittel steckte er die Goldbarren hinein und legte ihn neben sich. Dann verzehrte er einen Teil des Proviants; den anderen Teil verwahrte er, in Papier gewikkelt, in dem Felsspalt, damit er vor der Sonne geschützt war. Dabei grübelte er immer wieder über die geheimnisvollen Goldgräber nach. Was sie wohl mit diesen unschätzbaren Reichtümern hatten anfangen wollen? Daß sie gewußt hatten, daß es ein kostbarer Schatz war, ging daraus hervor, daß sie ihn so geheimnisvoll gehütet hatten, so daß nicht die geringste Kunde davon durchgesickert war. Denn keine der Sagen deutete auf einen Goldschatz hin. Vielleicht hatten die Goldgräber doch nicht ganz erfaßt, wie wertvoll dieser Schatz war? Vielleicht hatte zu jener Zeit bei ihnen das Gold noch nicht den Wert gehabt, den es jetzt hatte? Wie dem auch war, jetzt hatte er den Schatz entdeckt – und nun war er mit einem Schlag ein schwerreicher Mann.

Dieser Gedanke überwältigte ihn. Mochte er mit dem Schatz jetzt beginnen, was er wollte, selbst wenn er ihn der Regierung des Landes auslieferte; schon der gewaltige Finderlohn machte ihn unermeßlich reich. Für einen einzelnen Menschen war dieser Reichtum viel zu groß; ungeteilt würde er unerträglich werden. Ihm würde es vollauf genügen, wenn ihn die Regierung am Fund prozentual beteiligte, und was noch in den Felsen verborgen lag, in seinen Felsen, war auch noch ein riesengroßer Schatz.

Aus all der Wirrnis seiner Gedanken löste sich endlich befreiend nur das eine – jetzt war er nicht mehr der arme Schlucker, der nicht um Ceda Nordau werben durfte.

Ceda! Ceda! Ceda!

Ach, welche Wonne, der Weg zu ihr war ihm frei. Und Christa, seine kleine, tapfere Schwester – ach, wie sollte sie es jetzt gut haben! Heute machte er aber seinem Glücksempfinden nicht durch einen lauten Aufschrei Luft. Still und versonnen saß er da und wehrte sich, daß ihn die Fülle des Glücks nicht erdrücke. Denn wie er alles auch beleuchtete: wenn nur ein kleiner Teil dieses Schatzes auf ihn fiel, stand eines fest, er würde reich genug sein, um ganz Doxana kaufen zu können. Dadurch war er Ceda gleichgestellt. Er konnte frei und offen um sie werben, sich zu seiner Liebe bekennen.

Ob er ihre Liebe erringen würde? Er lachte glücklich vor sich hin. Seit jenem ersten Sonntag, da er sie von den Geisterfelsen auf ihrem Pferd hatte fortjagen sehen, seit sie ihm so verlegen die Unwahrheit gesagt hatte, war in ihm eine stille Hoffnung erwacht, daß er ihr mehr gelte, als sie zeigen wollte. Er hatte seine Fühler ausgestreckt und sie heimlich beobachtet. Und so manches hatte er bemerkt, das ihm verriet, daß sie ihm keinesfalls gleichgültig gegenüberstand. Er glaubte, nur ihr Stolz stehe noch Wache vor ihrem Gefühl für ihn. Sie wollte sich wohl nicht an einen Mann verschenken, der in Abhängigkeit von ihr und ihrer Mutter lebte. Aber – jetzt war er reich! Jetzt konnte er mit jedem in die Schranken treten, auch mit Señor Mentora.

Auf diesen jedoch war er schon längst nicht mehr eifersüchtig, denn die Señora hatte ihm eines Tages in vertrauter Stunde gesagt: »Mein Mann und Alfonso Mentoras Vater hatten ihre Kinder füreinander bestimmt; aber sie sind sich darüber klargeworden, daß an ihrem Freundschaftsverhältnis nichts geändert werden soll. So ist nicht zu erwarten, daß Alfonso Mentora eines Tages die Last der Verantwortung für Doxana von meinen Schultern nimmt, und deshalb bin ich so froh, daß ich Sie habe, Señor Römer.«

Hatte die Señora geahnt, welche Last sie dadurch von seinem Herzen genommen hatte? Also, Ceda würde nicht Alfonso Mentoras Gattin werden. Warum nicht?

Die Beantwortung dieser Frage hatte ihm Kopfzerbrechen gemacht. Würde er Ceda Nordaus Liebe erwerben? Gehörte sie ihm vielleicht schon?

Das war die große Frage, die jetzt sein ganzes Denken und Fühlen beherrschte. Aber jetzt konnte er sich bald darüber Gewißheit schaffen – sehr bald – so schnell wie möglich; denn nun dünkte ihm plötzlich jeder Aufschub unerträglich.

Wie lange er so in Gedanken versunken vor sich hingesonnen hatte, wußte er nicht. Er richtete sich endlich auf und dehnte und streckte seine Glieder. Er sah an der steilen Felswand empor, die ihn noch vom Gipfel trennte. Es verlangte ihn, seine Kräfte anzustrengen; er mußte etwas tun, um sein Gleichgewicht zurückzuerobern.

Dahinauf mußte er, wie er es sich vorgenommen hatte; daran sollte ihn auch der Goldschatz nicht hindern. Nie war er auf halbem Weg stehengeblieben. Die Leinentasche mit den Goldbarren ließ er zurück, auch seinen Imbiß. Den wollte er vollends verzehren, wenn er vom Gipfel zurückkam.

Er klomm nun weiter an der steilen Felswand empor. Es war das schwierigste Stück Arbeit, das er auf allen drei Felsen zu bewältigen gehabt hatte, aber gerade das brauchte er jetzt, um wieder ganz ruhig zu werden. Es erfrischte ihn, jetzt alle Kräfte, alle Gewandheit brauchen zu müssen. Hier mußte er auch von den Stahlhaken Gebrauch machen, die er in die Felsen hineinschlug, um ab und zu das Seil daran zu befestigen. Nach einer guten Stunde stand er oben auf dem Gipfel. Der Grat war sehr schmal hier oben; er konnte nur wenige Schritte hin und her gehen. Lächelnd sah er auf die beiden anderen Gipfel seiner Felsen herab; sie lagen unter ihm. Er stand jetzt auf der höchsten Stelle seines Besitzes.

Wieder sah er nach Doxana hinüber. Und heiße Sehnsucht nach Ceda überflutete ihn.

Bei einem Blick auf seine Uhr erschrak er ein wenig. Er mußte in der Höhle sehr lange gewesen sein; seine Uhr zeigte die vierte Nachmittagsstunde. Gegen sechs Uhr wurde es dunkel, da mußte er wieder unten sein. Er würde dann erst kurz vor acht Uhr wieder in Doxana eintreffen – und Ceda würde sich vielleicht wieder um ihn ängstigen. Von den beiden anderen Felsen war er viel früher heruntergekommen. Sie sollte sich nicht beunruhigen, obwohl es ein herrliches Gefühl war, zu wissen, daß sie sich um ihn sorgte. Das Herz wurde ihm warm und weit. Aber er sprang auf; es litt ihn jetzt nicht mehr hier oben.

Das Seil, an dem er die letzte kurze Strecke angeseilt gewesen war, lag noch bereit; es war noch an dem Stahlhaken befestigt. Leicht und gewandt ließ er sich daran herab bis zu einem erneuten festen Stützpunkt, das Seil immer wieder neu befestigend. So kam er schneller auf die Felsplatte herunter, als er zum Aufstieg gebraucht hatte. Hier warf er noch einen lachenden Blick in die Höhle, verzehrte schnell den Mundvorrat und hing dann den Proviantbeutel mit den Goldbarren an seinen Lederriemen. Schwer hing er daran herab.

Er lachte sich selbst ein bißchen aus, weil er die Goldbarren mitschleppte; er hätte sie ruhig bei den anderen lassen können; aber er wollte etwas Greifbares bei sich haben, sobald er der Höhle fern war, damit er sich selber beweisen konnte, daß er nicht geträumt, daß ihn kein Spuk genarrt hatte.

XVII

Es war wenige Minuten nach halb acht Uhr, als Heinz in Doxana ankam. Er ritt gleich den Wirtschaftsweg zu den Ställen hinüber, um dort sein Pferd einzustellen. Dann schritt er schnell durch den Park dem Hause zu. Beim Näherkommen bemerkte er Ceda, die, von innerer Aufregung getrieben, unter den Arkaden hin und her lief. Sie trug ein weißes, fließendes Gewand. Das Licht der elektrischen Bogenlampe beleuchtete sie scharf, während er im Dunkel blieb, bis er unter dem Portal stand. Auch da sah sie ihn noch nicht, weil sie gerade zur anderen Seite ging. Erst wollte er sich ungesehen von ihr ins Haus stehlen, weil er so schmutzig und verwildert aussah; aber da wandte sie sich um, und er sah in ihr von Angst und Sorge bewegtes Gesicht.

Er wußte, fühlte, daß sie sich um ihn sorgte. Da hielt es ihn nicht; mit einem Satz sprang er von der Treppe unter die Arkaden.

»Señorita!«

Er sah, wie sie zusammenzuckte und plötzlich taumelnd, mit schwankenden Schritten auf ihn zukam, als suche sie nach einem Halt.

»Señor Römer! Mein Gott – Sie – ich . . .« Sie konnte vor

Erregung nicht weitersprechen. Nun war er auch schon an ihrer Seite und fing die schwankende Gestalt auf, weil er fürchtete, sie könnte fallen. Groß und erregt sahen ihre grauen Augen aus dem blassen zerquälten Gesicht zu ihm auf. Vergeblich versuchte sie, sich Haltung und Ruhe zu geben.

»Was ist geschehen, Señorita?« fragte er sanft.

»Ich habe mich so geängstigt – um Sie. Gott sei Dank, daß Sie da sind!« stammelte sie, noch ganz außer sich.

Er sah mit heißen, brennenden Augen in ihr zuckendes Gesicht.

»Ich bitte tausendmal um Verzeihung, Señorita; aber dieser dritte Felsen nahm längere Zeit in Anspruch als die beiden ersten. Es tut mir sehr leid, daß ich Sie beunruhigt habe.«

Sie zwang mühsam ihre qualvolle Erregung in sich nieder, die sie schon lange ruhelos umhergetrieben hatte.

Sich schroff aufrichtend, sich ihrer Schwäche bewußt werdend und sich ihrer schämend, trat sie von ihm zurück.

»Mamia war hauptsächlich schuld; ihre Unruhe steckte mich an. Mamia glaubte, Sie seien abgestürzt, und sie wollte schon Juanita zu den Administratoren hinüberschicken, die nach Ihnen suchen sollten. Plötzlich standen Sie vor mir – da – da bin ich ein wenig erschrocken.«

Er sah, wie sie um Fassung rang, aber sie konnte ihn nicht mehr täuschen.

»Ich bin untröstlich, daß ich schuld gewesen bin an Ihrer und Ihrer Frau Mutter Unruhe. Ich konnte ja nicht wissen, daß Sie in Sorge um mich waren.«

Ceda krampfte die Hände zusammen; sie wußte, daß sie sich verraten hatte, sah an seinen heißen, strahlenden Augen, daß er sie trotz ihrer Ausrede durchschaute. Da stieg ein heißer Zorn in ihr auf. Wie konnte er es wagen, sie so anzublikken? Es machte ihm wohl gar noch Freude, daß sie sich so um ihn gesorgt hatte? Mit einem Ruck warf sie ihren Kopf stolz zurück.

»Sie sollten diese törichten Klettereien aufgeben, Señor

Römer; es muß einen ja nervös machen, wenn man weiß, daß Sie auf diesen steilen Felsen Ihr Leben riskieren.«

Er faßte plötzlich ihre Hände und sah sie mit einem glückseligen Leuchten seiner Augen an.

»Es hilft Ihnen nichts mehr, Señorita«, sagte er weich und zart, »wenn Sie sich jetzt zornig stellen. Ich weiß doch, daß Sie sich um mich gesorgt haben, und das macht mich unsagbar glücklich. Heute ist ein großer Glückstag für mich, und ich will, ich kann ihn nicht vorübergehen lassen, ohne Ihnen gesagt zu haben, daß ich Sie liebe – unsagbar liebe, süße, holde Señorita. Bitte, bitte, lassen Sie die Maske fallen; damit hat meine stolze Herrin sich und mich genug gequält. Ich weiß ja doch, daß auch Sie mich lieben – es kann nicht anders sein. Eine Liebe wie die meine muß Gegenliebe erwecken. Und – so namenlos bangt sich eine Frau nur um den Mann, den sie liebt. Señorita, sehen Sie mich doch nicht so stolz und abweisend an; ich liebe Sie – ich liebe Sie und kann es nicht länger verschweigen. Lassen Sie Ihren Stolz beiseite, ich flehe Sie an.«

Sie hatte erst wie im Traum auf diese Worte gehört, die ihm aus dem Herzen zu kommen schienen. Noch nie hatte sie ihn bei einer Unwahrheit ertappt. Sie sah in seine Augen, die sie so heiß und zärtlich anstrahlten. Ach, daß sie ihm auch jetzt hätte glauben dürfen. Aber das Glücksgefühl, das wie eine heiße Welle über ihr zusammenschlagen wollte, zwang sie in einem heißen, schmerzlichen Zorn nieder. Sie richtete sich auf und sah ihn mit funkelnden Augen an, während ihr Gesicht totenblaß war.

»Das wagen Sie? Sie wagen es, mit mir von Liebe zu sprechen – Sie – mit mir?« Stieß sie außer sich hervor.

Er wich zurück und biß die Zähne zusammen. Der strahlende Glanz in seinen Augen erlosch. Hatte er sich doch getäuscht? War es nicht sorgende Liebe gewesen, die sich um ihn gebangt hatte? Oder ließen es ihr Stolz und Hochmut nicht zu, einzugestehen, daß sie einen armen Schlucker, einen Untergebenen, liebte? Auch er wurde sehr blaß.

»Warum soll ich nicht wagen, von meiner Liebe zu sprechen, Señorita? Weil ich ein armer Schlucker bin? Demütigt es Ihren Stolz, daß ein Mann Sie von ganzer Seele liebt, der auf einer anderen gesellschaftlichen Ebene steht als sie selbst? Ist es vermessen von ihm, daß er Ihnen sein Herz zu Füßen legt? Lange genug habe ich dieses starke, heiße Gefühl in mich verschlossen – heute ging es nicht mehr. Ich weiß, daß Sie sehr stolz sind, aber – fragt wahre Liebe danach? Ich liebe Sie, und trotz meiner Armut bin ich mir meines Wertes bewußt.«

Sie lachte bitter auf.

»Ich habe Sie immer für einen Mann gehalten, der sich trotz seiner Armut mit jedem messen kann. Aber jetzt habe ich erkennen müssen, daß – daß Sie einer niedrigen Handlungsweise fähig sind. Sie sprechen von Liebe, weil ich eine reiche Erbin bin!«

»Señorita!«

»Ja – ja – ja! Nur deshalb sprechen Sie von Liebe! Es kann ja nicht sein, daß Sie mich lieben! Ihr Herz gehört einer anderen, einer blonden Deutschen! Oh, lügen Sie nicht, erniedrigen Sie sich nicht noch mehr in meinen Augen. Es – es tut mir weh, daß ich Sie so klein sehen muß. Schlagen könnte ich Sie – ins Gesicht schlagen, obwohl Sie mir das Leben gerettet haben, weil Sie mir eine solche Demütigung zugefügt haben. Hätten Sie mich doch lieber aus Ihren Armen in die Tiefe stürzen lassen, es wäre besser gewesen, als daß Sie mir eine solche Schande zufügen.«

Und ihre Stimme brach in einem wehen Laut.

Er war zurückgewichen und starrte sie an.

»Señorita, von wem sprechen Sie? Von welcher blonden Deutschen?«

Sie preßte beide Hände auf ihr klopfendes Herz.

»Oh, wie klein stehen Sie vor mir! Ich weiß, weiß alles! Sie lieben ein blondes deutsches Mädchen, das Sie jetzt betrügen wollen, weil es wahrscheinlich arm ist. Es sah Ihnen mit so traurigen Augen nach, damals in Berlin, am Lehrter Bahnhof. Ich habe mit meinen eigenen Augen gesehen, daß Sie ihr eine Kußhand zum Abschied zuwarfen; habe dann mit meinen eigenen Ohren gehört, wie Sie an der offenen Wagentür Abschied von diesem Mädchen nahmen. Es nannte sie: ›Lieber, lieber Heinz!‹ Und Sie sagten zu ihr: ›Tapfer, kleine Christa, wir sehen uns wieder!‹ Darauf hofft nun das arme deutsche Mädchen! Und Sie – Sie wagen es, zu mir von Liebe zu reden? Oh, wie klein stehen Sie vor mir; Sie, den ich so hoch erhoben hatte!«

Er begriff jetzt alles! Nun löste sich ihm auch das Rätsel, weshalb sie damals im Zug so blaß und elend ausgesehen hatte; weshalb sie lange mit geschlossenen Augen in den Polstern lehnte und mit einem Schmerz rang, den er fühlte und doch nicht begreifen konnte. Und danach war sie plötzlich wieder so kalt und förmlich geworden. Auf der Reise durch England und Skandinavien hatte sie es ihn fühlen lassen. Und vorher war sie doch so lieb und weich gewesen – nach Florenz. Ach, jetzt wußte er alles. Sie hatte ihn schon damals geliebt. Mit dieser Liebe hatte sie schmerzhaft gerungen, weil er, wie sie glaubte, eine andere liebte.

Tief atmete er auf, wie von einer Last befreit.

»Sie müssen mir das alles abbitten, Señorita«, sagte er weich. »Sie tun mir furchtbar unrecht; aber schlimmer ist, daß Sie sich selbst damit weh getan haben. All die Zeit haben Sie mir unrecht getan. Nun weiß ich wenigstens, weshalb Sie oft so kalt und abweisend zu mir waren, auch als Sie mich noch nicht für treulos hielten. Ja, ich habe mich heimlich in Berlin von einer jungen Dame verabschiedet, die Sie gerne einmal sehen wollte, weil ich ihr so viel Liebes und Gutes von Ihnen berichtet hatte. Nur Ihretwegen kam sie zum Bahnhof.«

Sie lachte bitter auf, obwohl sie daran denken mußte, daß die blonde Christa sie groß und forschend angesehen hatte.

»Meinetwegen? Weshalb tischen Sie mir so ein Märchen auf?«

»Oh, Señorita, wieviel werden Sie mir abbitten müssen! Es ist kein Märchen. Christa Römer wollte die junge Herrin ihres Bruders einmal von Angesicht sehen – Christa ist meine Schwester!«

Sie schrak zusammen und sah ihn fassungslos an. Ein Zittern lief über sie hin.

»Ihre – Ihre – Schwester?«

»Ja, Señorita, meine kleine blonde Schwester Christa, die so tapfer den Lebenskampf aufgenommen hat, weil sie mir nicht zur Last fallen wollte und ich noch nicht imstande war, ihr ein sorgloses Dasein zu schaffen. Jetzt endlich bin ich dazu imstande; ich habe meine Schwester schon hierhergerufen nach Doxana. Ich wollte dieser Tage mit Ihrer Frau Mutter darüber sprechen, wollte sie bitten, daß sie mir eines der kleinen Häuschen zur Verfügung stellt, wo ich mit meiner Schwester wohnen könnte.«

Sie preßte die Hände an ihre Schläfen.

»Warum – warum haben Sie uns nie gesagt, daß Sie eine Schwester haben? Daß es Ihre Schwester war, die am Bahnhof von Ihnen Abschied nahm?«

»Weil ich die Damen nicht mit meinen Privatangelegenheiten belästigen wollte. Nur auf Christas dringenden Wunsch gestattete ich ihr, zum Bahnhof zu kommen.«

Mit großen, heißen Augen sah sie zu ihm auf.

»Oh, was haben Sie mir für Schmerzen bereitet, dadurch, daß Sie mir verschwiegen, daß diese blonde Dame Ihre Schwester war!« sagte sie mit verhaltener Stimme.

Da riß er sie in seine Arme.

»Ceda, Ceda! Weißt du, was du mir damit sagst?«

Mit feuchtschimmernden Augen sah sie zu ihm auf.

»Ja, Heinz, ich weiß es, und ich will es dir jetzt ganz klar und deutlich sagen: Ich liebe dich, mußte dich lieben; ich glaube, vom ersten Moment an, da ich dich sah. Ich kämpfte gegen diese Liebe mit meinem ganzen törichten Stolz, bis du mich auf deinen Armen in ein neues Leben trugst. Da gab ich jeden Widerstand auf – bis ich ein blondes Frauenhaar an deinem Rock hängen sah – in Berlin – im Hotel, als du von einem Ausgang zurückkehrtest. Dann sah ich die reizende, blonde Christa. Da rief ich all mein Selbstgefühl wieder zu Hilfe, daß du nicht merken solltest, wie sehr ich dich liebte. O Heinz, wie schrecklich hast du mich gequält!«

Sie schmolz in Weichheit hin, all ihr Stolz war verschwunden. Er zog sie fest in seine Arme, und ihre Lippen fanden sich im ersten heißen Liebeskuß.

So standen sie lange, ganz versunken in ihr heißes, junges Glück. Dann aber hielt er sie mit beiden Armen weit von sich, sah ihr mit glücklichem Übermut in die feuchtschimmernden Augen und fragte:

»Und so einen armen Schlucker willst du zum Mann haben, meine stolze, schöne Herrin?«

»Ob arm oder reich, was gilt das mir? Du bist du!«

Er zog sie wieder an sich und sagte ernst:

»Aber für mich ist es ein großer Unterschied, Ceda, und bei all meiner Liebe hätte ich nicht den Mut gehabt, um dich zu werben. Fast wäre unser Glück daran gescheitert, da ich mittellos war. Die Furcht, du könntest mir eigennützige Motive unterschieben, hätte mir den Mund verschlossen. Daß ich heute sprach – sieh, Ceda, ich sagte dir schon vorhin, daß heute ein Glückstag für mich ist. Ich bin nicht mehr arm. Plötzlich bin ich ein sehr reicher Mann geworden. Und deshalb ließ ich meine Gefühle mit mir durchgehen, als ich dich hier, aufgelöst in Angst und Sorge um mich, fand. So gut du dich hinter deinen Stolz versteckt hast, zuweilen hast du mir doch ein wenig verraten, daß du mich liebst. Also höre und staune, Ceda, ich bin nicht mehr arm. Aber selig macht es mich doch, daß du dich auch dem armen Heinz Römer zu eigen geben wolltest. Meine schöne, stolze Señorita! Süße Herrin – das wirst du ja doch bleiben, immerdar –, weil ich dich liebe mit allen Fasern meines Seins.«

Er gab ihr die zärtlichsten Liebesnamen, wie das nur Liebende tun. Sie fühlte beseligt, daß ihr dieser Mann gehörte mit all seinen Sinnen und Gedanken, und war stolz und glücklich, weil sie nun wieder wußte, daß er es wert war, von ganzer Seele von ihr geliebt zu werden.

Daß er ihr gesagt hatte, er sei jetzt ein reicher Mann, war wie belanglos von ihr abgeglitten, aber nun sagte sie mit einer leisen Schelmerei, die ihr entzückend stand:

»Wodurch bist du denn plötzlich ein reicher Mann geworden, Heinz? Daß du es bist, freut mich, weil du mir sonst wohl nie deine Liebe gestanden hättest. Ich las sie freilich zuweilen in deinen Augen, aber ich wollte sie nicht sehen – weil ich unbeschreiblich eifersüchtig auf die blonde Christa war.«

»Du warst nicht *allein* eifersüchtig; auch ich litt an dieser schlimmen Krankheit, wenn ich dich mit Señor Mentora zusammen sah. Von dieser Krankheit heilte mich aber deine liebe Mutter durch eine Äußerung, aus der hervorging, daß ihr auf Wunsch eurer Väter ein Paar werden solltet, daß ihr aber beschlossen hättet, nur Freunde zu bleiben. Seither ist er mir noch viel sympathischer geworden. Vorher lag die Sympathie mit meiner Eifersucht im Streit.«

Wieder küßten sie sich heiß und innig. Aber dann sagte Heinz: »Wie ich ein reicher Mann geworden bin, das berichte ich dir nachher. Es ist ein Wunder geschehen. Die Geisterfelsen haben mich reich gemacht. Heute ist überhaupt ein Tag voller Wunder, und das süßeste bist du! Herr Gott im Himmel, wie kann ein Mensch nur so glücklich sein, wie ich es mit einem Mal geworden bin!«

Sie sah ihn lächelnd an.

»Jetzt muß ich aber zu Mamia, Heinz; es ist unrecht, daß ich sie so lange in Angst und Not um dich ließ.«

»Was wird deine Mutter sagen, wenn sie hört, daß wir uns lieben und Mann und Frau werden wollen?«

Schelmisch sah sie zu ihm auf.

»Sie war mir schrecklich böse, daß ich so herzlos war, mich nicht einmal in einen Mann wie dich zu verlieben. Ihrer Meinung nach muß ein junges Mädchen, das sich nicht einmal in dich verlieben kann, kein Herz haben. Das hat sie mir rundheraus erklärt – und ich konnte ihr doch nicht gestehen, daß ich dich nur zu lieb hatte!«

»Du meinst also, sie wird nicht erschrecken, wenn sie von unserer Liebe hört?«

»Nur freudig, Heinz. Sie hat eine schreckliche Angst, daß ich eine alte Jungfer werden könnte. Das wäre ich auch geworden, wenn ich deine Frau nicht hätte werden dürfen. Keinem anderen Mann hätte ich mich zu eigen gegeben. Mamia wird mit meiner Wahl sehr zufrieden sein; sie ist gleich mir der Ansicht, daß du der herrlichste Mann der Welt bist. Aber das sage ich dir jetzt zum ersten und letzten Mal, damit du nicht eitel wirst.«

Er zog sie entzückt an sich und küßte sie, bis sie beide atemlos waren.

»Jetzt will ich mich schnell umkleiden! In einem so verwilderten Zustand habe ich um meine schöne Herrin gefreit! Das ist unerhört. Ich will mich nun wenigstens in einen zivilisierten Zustand versetzen, wenn ich bei deiner lieben Mutter um dich anhalte.«

»So geh, mein Heinz! Wir warten mit dem Abendessen auf dich!«

Noch ein heißer Kuß, eine innige Umarmung, dann eilte Heinz zum Portal und betrat das Haus.

Ceda blieb noch eine Weile mit gefalteten Händen stehen und sah mit einem weichen, verträumten Lächeln zum sternenbesäten Himmel hinauf. Der Mond stand als volle, klare Scheibe am Firmament. Sie mußte dem Himmel für ihr Glück danken.

Gleich darauf, gerade als sie hineingehen wollte, kam ihre Mutter heraus.

»Ich halte die Unruhe nicht mehr aus, Ceda! Wir müssen Leute zum Geisterfelsen schicken. Señor Römer muß ein Unglück zugestoßen sein!« sagte sie aufgeregt.

Ceda legte den Arm um die Schulter ihrer kleinen Mamia.

»Beruhige dich, Mamia. Er ist zurückgekommen und nur schnell auf sein Zimmer gegangen, um sich umzukleiden. Komm hinein, es wird kühl. Und – ich habe dir viel zu sagen.«

Sie zog die Mutter in das Zimmer zurück und drückte sie in einen Sessel.

»Was hast du mir denn zu sagen, Kind?« fragte die Señora.

Ceda setzte sich zu ihr und faßte ihre Hand. Mit feuchtschimmernden Augen sah sie die Mutter an.

»Ich will dir sagen, Mamia, wie es gekommen ist, daß dir deine Ceda so herzlos erscheinen mußte. Ich habe Heinz Römer liebgehabt, schon so lange, wie er bei uns ist. Aber mein Stolz ließ es nicht zu, es ihm zu zeigen, und – auch dir nicht. Aber – nun haben wir uns verlobt.«

Die Señora schlug die Hände zusammen, halb bestürzt, halb erfreut.

»Aber Ceda, wie ist das so schnell gekommen?«

Ceda fiel ihr um den Hals. Halb lachend, halb weinend beichtete sie alles. Mit großen Augen hörte ihre Mutter zu und streichelte immer wieder ihr Haar. Und als sie zu Ende war, sagte sie:

»Mein armes Kind! So viel Leid hast du in dich verschlossen! Und ich habe es dir noch schwerer gemacht durch meine Ungeduld. Gottlob, daß du nun glücklich bist! Ich fürchtete wirklich, du seiest nicht imstande, einen Mann zu lieben. Du warst mir vollkommen unverständlich! Aber nun ist mir alles klar, und ich kann sehr wohl begreifen, daß du diesen Mann lieben mußt. Ob arm, ob reich, er ist ein Mann, und in seinem Schutz bist du geborgen. Gott segne dich, meine Ceda!«

Sie sprachen noch über mancherlei, was Mutter und Tochter in einem solchen Fall zu besprechen haben.

Als Heinz bald darauf erschien, bedurfte es nicht vieler Worte. Die Señora zog seinen Kopf zu sich herab und küßte ihn auf die Wange. Dann legte sie ihm Ceda in die Arme.

Nach Tisch, als das Brautpaar mit der Señora in deren Salon zusammensaß, berichtete Heinz zuerst, daß er die Geisterfelsen gekauft habe. Die beiden Damen sahen ihn erstaunt an.

»Mein lieber Heinz, ich habe dich bisher immer nur kluge und vernünftige Dinge tun sehen, aber der Kauf dieses Brachlandes ist meiner Ansicht nach etwas sehr Unvernünftiges. Was willst du mit den kahlen Felsen, die auf einem ebenso kahlen Stück Land liegen?« fragte die Señora.

»Es war der klügste Einfall meines Lebens, liebe Mamia« – sie hatte ihm gestattet, sie so zu nennen –, »Sie werden das gleich zugeben müssen.«

Er berichtete von der Besteigung der drei Geisterfelsen und von den Entdeckungen, die er dabei gemacht hatte. Immer gespannter folgten die Damen seinen Ausführungen. Als er endlich von dem großen Schatz in der Höhle berichtete, hatte ihre Erregung den Höhepunkt erreicht.

»Das ist ja ein Wunder, ein Märchen, Heinz. Täuschst du dich auch nicht? Ist das wirklich alles Gold?« fragte Ceda.

Er sprang auf.

»Entschuldigt mich einen Moment; ich hole den Beutel mit den mitgebrachten Goldbarren.«

Er eilte auf sein Zimmer und kam mit dem Proviantbeutel zurück. Er hatte die Goldbarren und auch die kleinen Kristalle vorher in seinem Badezimmer abgescheuert, und nun präsentierten sie sich in ihrem Glanz. Sprachlos wogen die Damen die Barren in ihren Händen. Es gab ein aufgeregtes Hin und Her. Heinz bat die Damen, vorläufig kein Wort über den gefundenen Schatz lautwerden zu lassen. Er wollte sich erst genau informieren, was er in seiner Lage zu tun habe, ohne mit dem Gesetz in Konflikt zu geraten. Er sagte ihnen, daß er gar nicht den ganzen Schatz beanspruchen möchte; das wäre ein viel zu großer Reichtum für einen einzelnen Menschen. Ihm sei daran gelegen, daß dieser Fund wirklich Segen stifte; er werde dafür sorgen, daß wenigstens ein Teil dieses Goldschatzes zu wohltätigen Stiftungen verwandt würde. Er werde das Geheimnis des Schatzes nicht eher preisgeben, als bis er die nötigen Garantien in den Händen habe. Deshalb sei es sehr wichtig, daß vorläufig niemand etwas davon erfahre. Das sahen die Frauen ein und versprachen ihm Stillschweigen. Dann mußte Heinz von seiner Schwester erzählen, mußte ihre Fotografie herbeiholen, und Heinz neckte Ceda und fragte sie, ob sie auch ganz sicher sei, daß dies dieselbe blonde Christa sei, die sie auf dem Bahnhof gesehen habe.

Die Señora war zartfühlend genug, sich ab und zu intensiv mit den Alben zu beschäftigen, die Fotografien ihrer Reise durch Europa enthielten. Heinz hatte sie ihr zusammengestellt und zwischen den Fotos immer einige Seiten Text eingefügt mit Beschreibungen dieser Reise. So blieb ihr immer alles im Gedächtnis. Heute gab sie sich immer wieder den Anschein, ganz und gar in die Fotos vertieft zu sein. So blieb dem Brautpaar Gelegenheit, sich mit sich selbst zu beschäftigen. Sie hatten so viel nachzuholen, hatten sich noch so viel gegenseitig zu beichten, von heimlich getragenen Schmerzen, von quälenden Täuschungen und heimlichen Hoffnungen.

Es wurde an diesem Abend sehr spät, ehe man zur Ruhe ging.

XVIII

Christa Römer hatte nach der Abreise ihres Bruders ihr stilles, bescheidenes Leben wieder aufgenommen. Sie ging jeden Morgen in das Laboratorium, um ihre Pflicht zu erfüllen, und freute sich, wenn sie zuweilen einen Brief von ihrem Bruder bekam. Oft mußte sie an dessen schöne junge Herrin denken. Es erschien ihr nur zu verständlich, daß Heinz sich in dies entzückende Geschöpf verlieben mußte. Aber – was sollte daraus werden? Dabei konnte doch nur Kummer und Herzeleid für ihn herauskommen.

Noch eine Sorge bedrückte Christas Herz. Leider hatte Kurt Bergt seine Nachstellungen nicht aufgegeben. Wenn er sich auch im Laboratorium nicht mehr sehen ließ, so tauchte er doch bald wieder überall auf, wo er ihr in den Weg treten konnte. Einmal saß er plötzlich in der Elektrischen neben ihr, das andere Mal lauerte er ihr auf der Straße auf oder stand im Hausflur ihrer Wohnung. Immer bedrängte er sie mit seinen wenig taktvollen Liebesgeständnissen. So schroff sie ihn auch zurückwies, so energisch sie ihm auch drohte, seinem Vater zu sagen, daß er sie belästige, es half alles nichts. Da Christa dem Professor nichts davon sagte, um ihn nicht zu betrüben, und Kurt Bergt merkte, daß sie sich bei seinem Vater nicht beschwert hatte, gab er noch nicht alle Hoffnung auf. Er hatte sich wirklich so ernsthaft, wie es bei seinem Charakter möglich war, in Christa verliebt.

Eines Abends trat Kurt Bergt aus einem Hausflur Christa plötzlich in den Weg, so daß sie erschrocken zusammenzuckte und schnell weitergehen wollte. Aber er blieb an ihrer Seite.

»Guten Abend, süßes kleines Fräulein!«

Sie antwortete nicht, sah ihn auch nicht an und beschleunigte ihre Schritte noch mehr. Aber er wich nicht von ihrer Seite und sprach weiter auf sie ein. Als sie auf keine seiner Reden antwortete, sagte er plötzlich aufseufzend:

»Na also, ich weiß nun, daß Sie aufs Ganze gehen, und ich bin so schauderhaft in Sie verliebt, daß Sie mich schon ganz klein gekriegt haben. Also gut, Sie wollen partout geheiratet werden, obwohl die Ehe ein längst überwundener Standpunkt ist. Aber was tut man nicht, um ein so süßes, reizendes Dingelchen in seinen Armen halten zu dürfen! Kurz und gut, ich gebe mich gefangen. Ich bin so wahnsinnig in Sie verliebt, daß ich ohne Sie einfach nicht mehr leben kann. Das ist ein Antrag in aller Form – bitte, werden Sie meine Frau –, ich muß Sie besitzen.«

So stieß er erregt hervor, und damit glaubte er all ihren Widerstand besiegt zu haben.

Christa blieb mit einem Ruck stehen und sah ihn bleich und zornig an.

»Schämen Sie sich nicht, auf solche Art um eine Frau zu werben? Sie irren sich, wenn Sie glauben, daß ich von Ihnen geheiratet werden möchte. Ihre sogenannte Werbung und Ihr ganzes Verhalten mir gegenüber sind eine so bodenlose Unverschämtheit, daß ich Ihnen eine Ehre antue, wenn ich mich davon beleidigt fühle. So wirbt ein anständiger Mann nicht um die Frau, die er an seine Seite stellen will. Aber Sie sind leider kein anständiger Mensch, was mir, Ihres Vaters wegen, sehr leid tut. Sie bilden sich ein, ich müßte dem Schicksal dankbar sein, wenn Sie sich herablassen, mir Ihre Hand anzubieten. Aber Sie irren sich. Ein Mann, der nicht imstande ist, für sich selbst zu sorgen und einzustehen, der mit seinen achtundzwanzig Jahren noch immer auf der Tasche seines Vaters liegt und nichts, absolut nichts vor sich gebracht hat, darf sich nicht erdreisten, um die Hand einer Frau anzuhalten, ganz sicher nicht um die Hand einer Frau, wie ich es bin, die gelernt hat, sich selbst ihr Brot zu verdienen. Sie sind mir viel zu verächtlich, als daß ich Ihre Frau werden möchte, ganz abgesehen davon, daß ich Ihrem von mir hochverehrten Vater nicht noch eine neue Last aufbürden möchte. Er hat schwer genug an dem zu tragen, was ihm schon aufgebürdet wurde. Ich ziehe es vor, zu bleiben, was ich bin, und ersuche Sie nun energisch zum letzten Mal, mir nicht wieder in den Weg zu treten. Geschieht es noch einmal, rufe ich polizeilichen Schutz herbei. Und nun, guten Abend, Herr Bergt!«

Das klang so bewußt, so energisch, daß er endlich das Vergebliche seiner Bemühungen einsehen mußte. Er war allerdings erstaunt, daß ein Mädchen nicht mit beiden Händen zugriff, wenn sie ihn zum Mann bekommen konnte. Er hatte angenommen, daß sein großmütiges Anerbieten, sie zu heiraten, jeden Widerstand besiegen würde, hatte wunder gemeint, was für eine Tat er vollbracht habe, seine kostbare Freiheit einer einzigen Frau opfern zu wollen, da er doch immer geplant hatte, sich einmal sehr glänzend zu verheiraten. Er hatte zu seinen Freunden stets gesagt: »Meinen Leichnam verkaufe ich einmal sehr teuer; eine Frau, die ich heirate, muß klotzige Moneten haben.«

Und nun schlug ihn dieses Mädchen aus, zu dem er sich herablassen wollte. Das war toll, einfach toll! Was dachte sich die Krabbe eigentlich? Wie konnte sie sich erdreisten, ihn so abzukanzeln, ihn, den Sohn ihres Brotherrn? Mit seinem Vater war ja leider nicht vernünftig zu reden, sonst hätte er ihn einfach bestimmt, diese freche Krabbe zu entlassen. Aber daran war leider nicht zu denken.

Wütend und noch ganz benommen, daß ihm, *ihm*, so etwas passieren konnte, ging er davon. Die schnell aufgeflammte und durch Begehrlichkeit genährte Flamme seiner Leidenschaft für Christa schlug in Zorn und Wut um.

Christa aber war schnell nach Hause geeilt, als fürchte sie, daß Kurt Bergt doch wieder hinter ihr herkommen könne. Aufatmend schlug sie die Korridortür hinter sich zu, sobald sie ihre Wohnung erreicht hatte.

Frau Schwalbe rief sie aus ihrem Zimmer an, wo sie an der Schreibmaschine saß:

»Kindchen, ein Brief aus Mexiko ist gekommen; er liegt in Ihrem Zimmer auf dem Tisch. Das Abendessen holen Sie sich bitte mal selber aus der Küche; ich muß noch mit meiner Arbeit fertig werden.«

»Ja, ja, Frau Schwalbe, ich danke herzlich. Nachher komme ich noch auf ein Stündchen zu Ihnen und lese für Sie Korrektur.«

»Lieb von Ihnen, Kindchen; dann werde ich schneller fertig, und wir können noch ein Weilchen vor dem Zubettgehen schwatzen.«

Eilig tippte Frau Schwalbe auf ihrer Schreibmaschine weiter. Christa legte Hut und Mantel im Korridor ab und ging in ihr Zimmer. Zuerst wollte sie den Brief des Bruders lesen, ehe sie aß. Es war der Brief, in dem ihr Heinz schrieb, sie möge sofort ihre Stellung kündigen und die Reise nach Mexiko antreten. Sie weinte und lachte ein bißchen durcheinander, las den Brief noch zweimal durch und drückte ihn an ihr Herz. Herrgott, wie herrlich! Was würde sie da für ein schönes Stück Welt zu sehen bekommen. Und dann für immer mit dem Bruder zusammen sein, fort von Berlin, wo ihr der widerliche Bengel immer wieder in den Weg lief. Freilich, ihr Professor würde betrübt sein – und Frau Schwalbe auch, aber das durfte sie nicht abhalten, dem Ruf des Bruders zu folgen.

Ein bißchen aus den Fugen vor Aufregung, nahm sie ihr Abendessen ein und ging dann zu Frau Schwalbe hinüber, die inzwischen mit dem Schreiben fertig war und Korrektur las. Diese weinte ein bißchen, als sie hörte, daß Christa sie verlassen wollte. Eine so ruhige, anständige Mieterin fand sie nicht so leicht wieder. Aber sie verstand es, daß Christa sich darauf freute, mit dem Bruder vereint zu werden.

Die Überraschungen nahmen aber kein Ende. Am nächsten Morgen erhielt Christa ein Telegramm ihres Bruders, das sehr ausführlich war:

»Ceda Nordau und Heinz Römer grüßen Dich als Verlobte. Sehr glücklich. Komm so schnell wie möglich. Reiseroute unterwegs. Wir freuen uns auf Dich. Reise mit allem Komfort, versorge Dich gut mit Garderobe. Anweisen des Geldes nicht mehr nötig; kannst alles verbrauchen, brauchst nicht zu sparen. Auf frohes Wiedersehen. Drahtantwort. Ceda und Heinz.«

Christa jauchzte glückselig auf. Ihr Bruder Heinz! Nun war sie doch sein eigen geworden, die schöne Ceda Nordau. Oh, sie hatte es doch geahnt, daß der Bruder seine junge Herrin liebte. Gesegnet sollte sie sein, wenn sie den Bruder glücklich machte.

Sie wußte vor Aufregung nicht, was sie tat. Welch ein Glück, welch ein großes Glück! Zwecklos lief sie hin und her, rannte dann zu Frau Schwalbe hinüber und verkündete ihr, was geschehen war. Dann mußte sie sich beeilen, um ins Laboratorium zu kommen. Sie wollte zuerst mit Professor Bergt sprechen und danach an Heinz depeschieren. Aber im Laboratorium stürzte ein neues Ereignis auf sie ein. Professor Bergt war in der Nacht einem Schlaganfall erlegen. Er hatte sich, wie Christa wußte, schon einige Tage nicht recht wohl gefühlt. Aber es war für sie so überraschend und erschütternd, daß sie es kaum zu fassen vermochte. Sie weinte schmerzlich um den treuen alten Freund ihres Vaters.

Es war nun nicht mehr nötig, daß sie eine Kündigungsfrist einhielt; der Tod des Professors hatte sie sofort freigemacht. Sie bekam bis zur Kündigungsfrist ihr Gehalt ausgezahlt, war aber schon jetzt ganz frei. So depeschierte sie an ihren Bruder:

»Innige Glückwünsche dem Brautpaar! Freue mich unsagbar! Reise, sobald Reiseroute erhalten. Innige Grüße. Christa.«

Christa traf nun sofort ihre Reisevorbereitungen und versorgte sich, wie Heinz ihr aufgetragen, mit Garderobe. Sie verstand, daß er wünschte, daß sie sich angemessen ausstatten solle, damit sie in Doxana würdig auftreten konnte. Was sein mußte, mußte sein. Sie stattete sich also gut aus mit allem, was sie brauchte, und bestellte sich, wie Heinz gewünscht hatte, eine Kabine erster Klasse. Des Professors Tod wollte Christa zartfühlend nicht in ihrem Glückwunschtelegramm bemerken.

Acht Tage nach Erhalt des Telegramms erhielt Christa die von Heinz aufgestellte Reiseroute mit allerlei Ratschlägen. Christa hatte bereits den Dampfer ausgewählt, mit dem sie reisen wollte; es war derselbe, mit dem ihr Bruder und die Damen Nordau die Überfahrt gemacht hatten.

So reiste sie guten Mutes nach Bremerhaven, depeschierte von dort nochmals an den Bruder, ihm den Namen des Dampfers, ihre Abfahrt und den Tod Professor Bergts meldend.

Wohlbehalten kam sie zur festgesetzten Zeit in Tampico an, wo sie von ihrem Bruder empfangen wurde. Es war ein frohes und glückliches Wiedersehen.

Christa konnte es vor Staunen nicht fassen, als sie von ihrem Bruder das Geheimnis der Geisterfelsen erfuhr; vor Erregung fing sie an zu weinen. Sie fiel dem Bruder um den Hals und schluchzte sich alle Aufregung vom Herzen. Als sie sich gefaßt hatte und Heinz ihr seine Verlobungsgeschichte erzählte, kam eine neue Aufregung über sie, als sie erfuhr, daß sie ihren Bruder beinahe um sein Lebensglück gebracht hätte durch ihren Wunsch, Ceda Nordau auf dem Bahnhof zu sehen. Heinz beruhigte sie aber lachend, und schließlich lachte sie mit. Gottlob, es war ja alles gut ausgegangen.

Heinz teilte ihr mit, daß er in reger Unterhandlung mit der Regierung stehe wegen des Schatzes in den Geisterfelsen und die Regierung glatt alle seine Bedingungen erfüllen würde, weil er sonst das Geheimnis nicht offenbaren würde. So war Heinz wirklich ein sehr, sehr reicher Mann geworden.

Er kaufte für Christa in Tampico noch allerlei. Obwohl sie sich gut ausgestattet hatte, sagte er lachend: »Du mußt dich jetzt schon in das schwere Schicksal fügen, die Schwester eines Nabob zu sein, kleine Christa. Ich will, daß du in Doxana so antrittst, wie das meiner Schwester zukommt. Ach Christa, wie froh und glücklich bin ich, daß ich dich verwöhnen kann!«

In Doxana wurden die Geschwister von den Damen Nordau und von Alfonso Mentora empfangen.

Alfonso Mentora hatte mit Fassung die Kunde von Cedas Verlobung mit Heinz Römer ertragen und hatte den beiden herzlich gratuliert mit der Bemerkung, daß er schon geahnt habe, daß Ceda ihr Herz an Heinz Römer verloren habe.

Ceda hatte ihm dann lächelnd berichtet, in welchem Wahn sie befangen gewesen sei. Alfonso hatte lachend gesagt:

»Wie konntest du nur annehmen, daß er neben dir eine andere Frau ansehen würde? Um deinem Zauber nicht restlos zu verfallen, muß man eben dein guter Freund sein.«

»Oh, bitte«, hatte Ceda erwidert, »sieh dir das Bild meiner süßen kleinen Schwägerin an, dann wirst du verstehen, wie mir die Eifersucht zugesetzt hat.«

Sie hatte Alfonso Christas Bild gezeigt, das Heinz ihr überlassen hatte. Von diesem Moment an war Alfonso Mentora Christas Zauber verfallen. Er wollte nun unbedingt dabeisein, wenn sie in Doxana eintraf.

Die lebende Christa gefiel ihm noch tausendmal besser als ihr Bild. Alfonso Mentora lernte nun mit einem Male kennen, was die echte, rechte Liebe ist.

Christa und Ceda fielen sich lachend und weinend um den Hals, und sie wußten beide, daß sie sich sehr liebhaben würden. Die Señora war von Christa entzückt und verwöhnte sie in der Folge nach Herzenslust, weil Christa sich das viel lieber gefallen ließ als ihre Tochter Ceda, die jetzt für nichts und niemand mehr zu sprechen war.

Inzwischen war Señor Ombra aus seiner Stellung entlassen worden. Großmütig hatte ihm die Señora ein Drittel seines Raubes belassen; das andere aber mußte er abliefern. Sie wollte ihn nicht ruinieren. Das gab ihr gütiges Herz nicht zu.

Heinz stellte sich an die Spitze des Unternehmens und freute sich sehr, daß er nun ein richtiger Landwirt geworden war.

Als nach zwei Monaten Cedas und Heinz Römers Hochzeit mit allem Glanz stattfand, bat Alfonso Mentora die blonde Christa, seine Frau zu werden. Und da sie inzwischen viel zu tief in seine schönen, dunklen Augen gesehen und seine vornehmen Charaktereigenschaften kennengelernt hatte, war sie ihm von ganzem Herzen und von ganzer Seele zugetan. Sie gab ihm ihr Jawort. Und so hatten beide Geschwister Römer ein volles, leuchtendes Glück in Mexiko gefunden.

Zwischen Doxana und Sirena herrschte seitdem ein noch regerer Verkehr als bisher. Die beiden jungen Paare hielten in inniger Liebe zueinander. Wenn sie alle beisammen waren, dann strahlten die Augen Señora Nordaus von einem zum anderen. Sie wurde von allen geliebt und verehrt, die kleine Mamia.

Die Geisterfelsen verloren mit der Zeit ihren schlechten Ruf, denn sie brachten für viele Menschen Glück. Ihr Geheimnis war nun gelüftet, und der sagenhafte Fluch hatte sich in reichen Segen verwandelt.